W0338861

Christoph Güsken
Der Tod fährt Rad

Christoph Güsken wuchs in Mönchengladbach auf, studierte in Bonn und Münster und war Buchhändler in Köln. Er verfasste Texte im Geist der legendären Monty Python, u. a. für die »Springmaus«. Seit 1995 lebt er als freier Autor in Münster, schrieb zahlreiche Krimis, einige wenig ernste Romane und Hörspiele. »Der Tod fährt Rad« ist der erste Kriminalroman um den schrägen Ex-Hauptkommissar de Jong, der bei seiner Suche nach dem Sinn des Ganzen ständig über die schlimmsten Verbrechen stolpert.

Christoph Güsken

Der Tod fährt Rad

KBV

Originalausgabe

www.kbv-verlag.de
E-Mail: info@kbv-verlag.de
Telefon: 0 65 93 - 998 96-0
Fax: 0 65 93 - 998 96-20
Umschlaggestaltung: Ralf Kramp
unter Verwendung von: © marioav - www.fotolia.de
Lektorat: Volker Maria Neumann, Köln
Druck: CPI books, Ebner & Spiegel GmbH, Ulm
Printed in Germany
ISBN 978-3-95441-297-6

Für Alicia
und dass der Augenblick für sie verweile.

Centurion: »Crucifixion lasts hours,
it's a slow, horrible death.«
Matthias: »Well, at least it gets you
out in the open air.«

Zenturio: »Die Kreuzigung dauert Stunden,
das ist ein langsamer, grauenvoller Tod!«
Matthias: »Na ja, aber wenigstens ist man
dabei an der frischen Luft.«

Monty Python

Kapitel 1

Zuerst ging er davon aus, dass da nur ein einzelner Radfahrer war. Das rote Rücklicht tanzte auf der nächtlichen Promenade wie ein fettes Glühwürmchen, eine männliche Stimme drang herüber. Das war schon ein geschwätziges Zeitalter, in dem sie lebten, dachte er. Die meisten Leute telefonierten ständig. Früher hatte man für den Schutz der eigenen Privatsphäre gekämpft, heute ging es darum, dass man vor der Privatsphäre anderer geschützt wurde.

Dann kam eine weibliche Stimme hinzu. Der Radfahrer telefonierte also gar nicht. Er beschleunigte, schloss zu dem Rücklicht auf, und richtig: Beim Näherkommen konnte er ein zweites Fahrrad ausmachen: ein dunkler Schatten nur, eine bloße Silhouette auf dem nächtlichen Radweg.

Mit einem ergebenen Seufzer trat er in die Pedale. Irgendwie hatte er das Gefühl, dass die beiden für einen Scherz in der späten Abendstunde zu haben waren. Als er längsseits ging, bemerkten sie ihn nicht, so kam er auf die Idee, ihnen ein bisschen den Weg abzuschneiden.

»Hey, was soll das?«, beschwerte sich die Frau, als es eng wurde.

»Fahrradpolizei, Sondereinheit«, sagte er. »Sie sollten im Dunkeln immer das Licht einschalten, das ist Vorschrift.«

Der Mann starrte ihn an, während er weiterstrampelte. Er war jung, schätzungsweise Mitte zwanzig, und trug einen Dreitagebart wie einer dieser coolen Fernsehkommissare. »Hey, hast du irgendwelche Probleme?«, fragte er.

»Ausweis und Fahrzeugpapiere, wenn ich bitten darf.« Dann das erlösende Grinsen. »War nur ein Scherz.«

»Sehr komisch!«, griente der Schönling und warf seiner Gefährtin, einer langbeinigen Blondine mit Schmollmund, einen vielsagenden Blick zu.

»Finden Sie es wirklich komisch?«, erkundigte sich der Unbekannte.

»Und wie. Echt zum Ablachen.«

»Es hört sich aber nicht so an.«

»Wie hört es sich nicht an?«

»Dass Sie es komisch finden. Es klang eher so, als würden Sie es in Wirklichkeit überhaupt nicht zum Lachen finden.«

Der Schönling zog ein angeekeltes Gesicht. »Hey, was bist du für ein schräger Typ?«

»Wenn Sie es wirklich komisch finden, dann lachen Sie doch.«

»Sag mal, spinnst du oder was?«

»Haben Sie sich schon mal überlegt, dass ein einziges Lachen die Welt besser macht?«

»Warum sollte ich mir so einen Scheiß überlegen?«

»Vielleicht weil Sie auch die Welt besser machen wollen?«

»Also jetzt reicht's mir langsam ...«

»Los, lachen Sie.«

»Den Teufel werd ich.«

»Das ist ja voll krass«, gluckste die Blondine.

»Ich muss darauf bestehen«, sagte der Mann. »In Ihrem eigenen Interesse.«

Der Jüngling kicherte. »Was ist das eigentlich für eine alberne Maske? Bist du Zorro oder was? Zorro auf dem Fahrrad, zum Quieken! So was finde ich komisch, wo wir schon davon reden.«

»Ich aber nicht. Und zum Quieken schon gar nicht.«

»Ach nein? Er findet das nicht. Hast du das gehört, Schatz?«

»Komm, wir fahren da vorne links«, schlug die Frau vor.

»Nein, ich fürchte, die Reise ist hier zu Ende«, sagte der Maskenmann.

»Hey, was soll das jetzt? Steck das Messer weg oder ich ...«

Nie im Leben hätte der Dreitagebärtige damit gerechnet, dass der Mann auf dem Fahrrad neben ihm zustach. Mit einem Ächzen sackte er über dem Lenker zusammen. Das führerlose Fahrrad kam ins Torkeln und brach seitlich aus. Dann lag es auf der Promenade und der Schönling blutend darunter.

Seine Freundin vermied einen Crash, indem sie eine Vollbremsung machte. Eine, zwei Sekunden war es totenstill bis auf ein Zuggeräusch, das vom nahen Hauptbahnhof herüberschallte. Aber dann schrie das

Mädchen auf. Es waren stoßweise, panische Schreie, die durch die Nacht gellten.

»Seien Sie doch still«, bat der Mann.

Aber die Blondine stieg in die Pedale. Wie vom Teufel gejagt preschte sie davon. »Hilfe!«, kreischte sie. »Hilft denn keiner! Polizei!«

Zu dumm, dass sie diesen Lärm machen musste, sie würde noch alle Leute aufwecken, dachte der maskierte Mann und stieg auf sein Rad, um die Verfolgung aufzunehmen. Man musste ihr lassen, für eine Frau war sie blitzschnell, aber er hatte es trotzdem nicht eilig. Sie fuhr ja mit Licht, also konnte sie nicht entkommen.

2. Kapitel

De Jong litt an Humorlosigkeit. Auf den ersten Blick keine große Sache, schließlich gab es Millionen von Menschen auf diesem Planeten, die nicht einen Funken Humor besaßen und damit bestens klarkamen. Aber ganz so einfach war die Sache auch wieder nicht. Schließlich lebte man nicht für sich allein, man hatte Freunde und Bekannte, Kollegen, Geliebte vielleicht. Und in diesem Zusammenhang kam es dann schon schnell zu Beeinträchtigungen des täglichen Lebens, welches dieses seltene Leiden mit sich brachte. Humor war nämlich en vogue, unter Freunden traf man sich gern mal zum Kabarett oder sah sich gemeinsam einen Standup-Comedian im Fernsehen an. Wenn man dann jedes Mal sagen musste; nein danke, man lache nicht, dann dauerte es nicht lange und man manövrierte sich zwangsläufig ins soziale Abseits. Und wenn es das nächste Mal mit den Freunden in die Stadt ging, wurde man gar nicht mehr eingeladen. Im Kreis der Kollegen war es noch schlimmer: Scherze waren heutzutage aus der Betriebsphilosophie ebenso wenig wegzudenken wie die endlos ermüdenden Wortspiele aus der Werbung. Wer da nicht mitkonnte, stand ziemlich schnell allein auf verlorenem Posten. Man hatte keine Vorurteile gegenüber Leuten, die nicht lachten, aber man wollte auch nicht mit ihnen befreundet sein.

Soweit er sich erinnern konnte, hatte alles damit angefangen, dass Giulia nicht mehr mit ihm zusammen sein wollte. Damals hatte es mit seinen mürrischen Stimmungen angefangen, und wenn die Kollegen auf dem Kommissariat ihre üblichen Witze rissen, hatte er das säuerlich grinsend mit »sehr witzig« kommentiert. So war er für alle Mr. Sehr witzig geworden.

Giulia sah das natürlich ganz anders, aber das war auch nicht verwunderlich. »Seit wir zusammen sind, kann ich mich nicht erinnern, dass du auch nur einmal herzhaft gelacht hättest«, sagte sie. »Ich meine, so richtig schallend.« Sie waren zwanzig Jahre ein Paar gewesen, allein schon deshalb konnte das nicht stimmen. Das hieß: Sicher traf es zu, dass sie sich nicht erinnerte, aber nicht, dass er wirklich nie schallend gelacht hätte in all diesen Jahren. Und man musste ja auch nicht über alles laut lachen. Es erschien de Jong durchaus möglich, über einen feinen Sinn für Humor zu verfügen, der das Komische in dieser Welt auf nachdenkliche, aber keineswegs weniger angemessene Art würdigte. Die Wahrheit, dachte er, lag wie meistens in der Mitte.

Im Übrigen hatte Giulia in all den Jahren nie etwas an de Jongs angeblicher Humorlosigkeit auszusetzen gehabt. Das hatte erst angefangen, als sie Mommsen kennenlernte. Marc Oliver Mommsen, den bekannten TV-Comedian. Zunächst war sie nur hin und weg von ihm gewesen und fand ihn »so was von witzig« – de Jong hatte sein Bestes getan, hatte ihr zu ihrem Hochzeitstag Karten für einen Mommsen-Liveauftritt in der Kulturwerkstatt geschenkt. Mommsen, der uneingeschränkte Meister der schnellen Pointe. Angeblich schaffte er über zwanzig Pointen pro Minute – ein selbst im europäischem Vergleich bislang unerreichter Rekord. Menschen, die über Herzbeschwerden klagten, wurde vom Genuss der Mommsen-Comedy ausdrücklich abgeraten. »Dieser Mann ist ein Phänomen!«, hatte Giulia geschwärmt. Sie war regelrecht aufgeblüht. Und als de Jong endlich begriffen hatte, dass dieses Lob nicht nur im künstlerischen Sinn gemeint war, dass sie nicht nur Marc Oliver, den Witzbold, sondern auch den Mann meinte, da hatte er sich fortan geweigert, Giulia zu Comedy-Abenden zu begleiten.

Das alles war jetzt fast ein Jahr her. Zehn Monate, drei Wochen und vier Tage, um genau zu sein. Was de Jong anging, war das Kapitel Giulia abgeschlossen, er hatte seinen Frieden mit ihr gemacht. Längst hatte er sein neues Leben begonnen, lebte in einer neuen Wohnung am grünen Stadtrand von Münster mit Blick auf die Schrebergärten, den er an Frühsommerabenden wie diesem gern genoss, um über wesentliche Fragen des Daseins nachzusinnen. Und er hatte wenig Verständnis, wenn dieser kleinbürgerliche Frieden urplötzlich gestört, ja in seinem Bestand bedroht wurde. Indem sie nämlich doch wieder anrief.

»Niklas? Bist du dran? Warum sagst du nichts?«, drängte ihre Stimme, weil er das Gespräch angenommen hatte, sich aber nicht meldete.

»Was willst du, Giulia?« Er wusste nämlich genau, dass es nur einen Grund geben konnte, weshalb sie sich meldete: Sie wollte ihn um einen Gefallen bitten.

»Gar nichts, wie kommst du darauf? Wie geht es dir? Was macht die Kripo-Arbeit?«

»Was soll die schon machen? Vor zwei Monaten bin ich aus dem Dienst ausgeschieden.«

»Richtig, du hattest mir davon erzählt. Und jetzt? Sag schon, was machst du so?«

»Falls es dich überhaupt interessiert, würde ich dir erzählen, dass ich an einem Roman schreibe.«

»Wie interessant«, meinte Giulia höflich. Wie schon erwartet interessierte es sie nicht.

»Wie geht's dem guten Marc Oliver?«

»Ach, der«, sagte sie. Und instinktiv begriff er, dass sie seinetwegen anrief. »Marc O geht es super, er kann nicht klagen. Nächstes Jahr bekommt er seine eigene Fernseh-Show. Übrigens schreibt er auch an einem Roman ...«

»Natürlich«, sagte de Jong und: »Wie interessant«, um klarzumachen, dass er sich für alles, was mit Mommsen zu tun hatte, genauso wenig interessierte.

»Aber wo du schon fragst«, sagte Giulia. »In letzter Zeit hat er ein paar seltsame Briefe bekommen, und da dachte ich, weil du ja vom Fach bist ...«

»Vom Fach? Bin ich etwa bei der Post?«

»Sehr komisch«, meckerte sie, als wollte sie sagen: Wenn du für irgendetwas kein Fachmann bist, dann im Äußern von witzigen Bemerkungen. »Hör zu, Niklas: Er kriegt Berge von Fanpost, und weil er einfach nicht die Zeit hat, sich darum zu kümmern, habe ich das für ihn übernommen. Da sind Briefe dabei, die wirklich besorgniserregend klingen. Regelrechte Drohbriefe. Und deshalb wollte ich dich bitten, wenigstens mal mit ihm zu reden.«

»Das ist doch nicht dein Ernst, Giulia.«

»Mein voller Ernst. Schließlich waren wir beide mal eine lange Zeit zusammen und standen uns sehr nahe, hast du das so schnell vergessen?«

»Ich versuche es wenigstens, und es würde mir vielleicht auch gelingen, wenn du mich nicht dabei stören würdest.«

Am anderen Ende der Leitung blieb es still.

»Und wenn es eine ernste Sache sein sollte, was ich, ehrlich gesagt, bezweifle, warum geht ihr damit nicht zur Kripo? Die sind für so was nämlich zuständig.«

»Glaubst du, das habe ich noch nicht getan? Aber die nehmen uns nicht ernst. Fanden das eher zum Lachen.«

»Bravo!«, feixte de Jong. »Aber was das angeht, ist dein Mommsen doch der Experte und nicht ich.«

Giulia war Redakteurin bei einem lokalen Rundfunksender. Ihre Stimme war geschult: In einem Moment konnte sie einschmeichelnd klingen, verführerisch wie die einer Sirene, dass einem ein Schauer über den Rücken lief, im nächsten kühl und geschäftsmäßig, beispielsweise wenn Giulia bewusst wurde, dass weitere Schmeicheleien sinnlos waren, so wie jetzt. »Tut mir leid, Niklas, ich weiß nicht, wie ich überhaupt auf die Idee kommen konnte, dich anzurufen.«

»Ich auch nicht«, sagte er, aber sie hatte die Verbindung schon unterbrochen.

Es war diese phänomenale Stimme, ging es de Jong durch den Kopf, als er dastand, mit dem Telefon in der Hand, in die er sich damals verliebt hatte.

3. Kapitel

Dr. Daniel Frau, sein Therapeut, hatte ihm geraten, dem Grund für seine Humorarmut (Dr. Frau bevorzugte diese Formulierung) auf die Spur zu kommen. »Jede Krankheit hat ihren Grund auszubrechen, sogar ein alltäglicher Schnupfen.«

»Aber Sie sagten doch, es handele sich nicht um eine Krankheit.«

»Was würden Sie davon halten, wenn wir es als Störung bezeichnen? Aber wie auch immer wir es nennen, erkennen Sie die Gründe dafür und Sie haben den halben Weg schon bewältigt.«

»Meine Frau ist mit einem Hohepriester des Humors zusammen, das ist der Grund. Deshalb hasse ich Lachen wie die Pest.«

Frau runzelte die Stirn. »Aber gab es da nicht schon vorher gewisse … sexuelle Unstimmigkeiten zwischen Ihnen? Und erwähnten Sie nicht auch, dass Ihre Frau die Humorarmut als Grund für die Trennung von Ihnen anführte?«

»Hören Sie doch auf«, ärgerte sich der Ex-Kommissar. »Dieser Kerl hat ihr erst eingeimpft, dass ein Leben ohne Lacherei nicht lebenswert sei.«

Dr. Frau fixierte seinen Klienten mit einem investigativen Blick. »Und Sie sind demnach der Ansicht, dass es das wäre?«

***

Everswinkel war eine der zahllosen, unspektakulären westfälischen Kleinstädte im westlichen Münsterland. Postalisch war es dem Kreis Warendorf zugehörig und verfügte über einen Bahnhof, eine Volkshochschule und ein recht überschaubares Gewerbegebiet. Die meisten Einwohner übernachteten hier aber nur – unter der Woche arbeiteten sie im nahe gelegenen Münster, wo sie auch die meisten Einkäufe tätigten. Münster war unbestritten größer als Everswinkel und eine jener mittleren Großstädte, die sich auch gern mit dem Begriff »Metropole« schmückten. Dass dieser Titel wie ein zu groß geratener Anzug wirkte, weil es auch dort eher beschaulich als großstädtisch zuging, daran konnten auch Tausende von Studierenden nichts ändern.

De Jong war nicht aus Überzeugung hergezogen, sondern wegen Giulia. Gebürtig stammte er vom Niederrhein und gehörte damit einem Menschenschlag an, dem nachgesagt wurde, dass er nicht ungern dort wegzog, wenngleich selten aus Überzeugung. Trotzdem oder vielleicht gerade wegen der hier allgegenwärtigen westfälischen Ordentlichkeit und der Langeweile, die wie ein riesiges Tuch über allen alltäglichen Dingen lag, war de Jong inzwischen ein richtiger Wahl-

Everswinkeler geworden. Er war Stammgast im *Knipperdolling,* der einzigen erwähnenswerten Kneipe im Ort, und traf sich dort hin und wieder mit Eugen Küppers, Hauptkommissar bei der Kripo Münster und damit Ex-Kollege.

»Sei bloß froh«, begrüßte der ihn an diesem Abend, noch bevor de Jong sein Bier in der Hand hielt, »dass du mit dem Laden nichts mehr am Hut hast. Ich kann dir sagen ...« Küppers war fast zehn Jahre jünger als de Jong und topfit. Er hatte eine Traumfigur. Aber er war nicht der geborene Bulle. De Jong konnte ihn sich besser als Sportler vorstellen – als Trainer des SC DJK Everswinkel beispielsweise, vielleicht sogar als Bundestrainer, aber für einen Polizisten fehlte ihm sowohl die Spürnase als auch die kriminelle Intuition.

»Klar, bin ich auch«, nickte der Ex-Kommissar. »Irgendwas Neues aus der Welt der Kapitalverbrechen?«

»Seit gestern Nacht haben wir Nummer drei und vier,« sagte Küppers. »Aber wenigstens auch eine Täterbeschreibung.«

»Du sprichst von dem mysteriösen Fahrradkiller?«

»*Bikeman,* genau. Dieses Mal hat er sich ein Pärchen vorgenommen. Sie BWL-Studentin, er angehender Zahnmediziner. Eine Sauerei, kann ich dir sagen. Sei bloß froh, dass du ...«

»Ja, ja, bin ich doch. Und wie sieht er aus?«

»Immerhin haben wir dieses Mal eine Täterbeschreibung. Eine Anwohnerin, die zufällig aus dem Fenster geschaut hat. Der Kerl ist männlich, schlank, trägt schwarze Klamotten und war wieder mal mit dem Fahrrad unterwegs.«

»Jetzt müsst ihr ihn nur noch schnappen.«

Der Hauptkommissar schnaubte. »Toller Rat, Niklas! Wie kann man einen Serienmörder stoppen?«

»Ganz einfach, indem man ihn schnappt. Bist du etwa anderer Meinung?«

Küppers setzte sein Glas ab und hatte Bierschaum an der Oberlippe. »Diese Stadt wimmelt von Kripobeamten, mein Lieber. Die gesamte Fahrradpolente ist auf den Beinen. Jeder zweite Radfahrer auf der Promenade ist einer von uns. Was denn noch?«

»Er ist also zu clever für euch?«

»So will ich das nicht sagen.«

»Wie denn dann?«

»Ganz einfach: Die Kripo Münster mag hoffnungslos unterbesetzt sein, aber genau darin liegt ihre Chance.« Küppers beugte sich verschwörerisch vor. »Der Kerl hält uns für unfähig, und deshalb kriegen wir ihn.«

»Absolut klar.« De Jong nickte. »Eine bestechende Logik.«

»Jedenfalls kannst du froh sein, dass du mit all dem nichts mehr zu tun hast.«

De Jong war tatsächlich froh. Aber eigentlich wollte er lieber auf etwas zu sprechen kommen, das ihm inzwischen leider doch auf den Magen geschlagen war. »Weißt du, wer mich heute angerufen hat? Giulia.«

Küppers schluckte sein Bier hinunter und grunzte. »Wie lange seid ihr jetzt auseinander?«

»Schon ziemlich lange«, meinte de Jong.

»Eins kann ich dir sagen.« Der andere hob sein Glas. »Sei bloß froh, dass du den Beziehungsstress quitt bist.« Er grinste aufmunternd und gab sich offenkundig Mühe, neidisch auszusehen. »Du ahnst gar nicht, wie gut du es hast.«

De Jong ärgerte sich. Eugen Küppers war mit einer bezaubernden Frau verheiratet und hatte zwei bezaubernde Kinder. »Sollte das ein Witz sein?«, erkundigte er sich mit Argwohn in der Stimme.

»Nein, nein, das ist mein voller Ernst«, versicherte der andere, der den Argwohn sehr wohl registriert hatte und obendrein seinen Freund lang genug kannte, um in seiner Gegenwart nicht leichtfertig mit Witzen zu hantieren.

Na prima, dachte de Jong, so wie Eugen redeten Leute, die alles hatten, was sie sich erträumen konnten, und doch nicht damit zufrieden waren. Er solle bloß froh sein, dass er keine Million auf dem Konto hatte. Er solle bloß froh sein, dass nachts neben ihm keine Frau im Bett lag. Er solle bloß froh sein, dass er nicht alle paar Monate in Urlaub fahren musste.

»Übrigens, wie das so ist«, sagte de Jong. »Ich hab da schon was am Laufen.«

Küppers wischte sich mit dem Ärmel über den Mund und war ganz Ohr. »Erzähl schon!«, verlangte er. Mit der Hand, die kein Bierglas hielt, orderte er zwei neue. »Du bist echt zu beneiden, Niklas, weißt du das?«

An diesem Punkt des Gespräches wurde de Jong klar, dass die Sache mit Giulias Anruf noch lange nicht erledigt war.

4. Kapitel

Wie viele andere beliebte Städte hatte Münster seine Schokoladenseite. Und wie in vielen anderen Städten verspürten betuchte Bürger das Bedürfnis, auf dieser Schokoladenseite zu wohnen. Hauseigentümer investierten in Luxusrenovierungen, erhöhten die Mieten, bis langjährige Mieter das Handtuch warfen und der Weg für die Betuchten frei war. Mit dem Geld veränderte sich das Viertel: Dönerbuden, Telefonshops und Discounter verschwanden und an ihrer Stelle schossen Luxusboutiquen, Nobelrestaurants und Fairtrade-Läden wie Pilze aus dem Boden. Sozialneider nannten das Gentrifizierung, Investoren und Immobilienmakler sprachen lieber von Verbesserung der Wohn- und Lebenswelt. Wie auch immer man es am Ende nannte, in seinen Genuss kamen nur die Betuchten, die allein zurückblieben, was wiederum dazu führte, dass die gefühlte Wohntemperatur deutlich absank. Um sich gegen sozialneidische Übergriffe zu wappnen, rotteten sich Wohnanlagen zusammen und betrauten private Sicherheitsdienste mit der Überwachung ihrer

Wohn- und Lebenswelt. Außenstehende mochten sich an die Wagenburgen der Siedlertrecks im Wilden Westen des 19. Jahrhunderts erinnert fühlen, die sich gegen Angriffe feindlich gesinnter Rothäute zur Wehr setzten.

Selbst im beschaulich braven Münster existierten mittlerweile solche Wagenburgen – vor allem im Kreuzviertel waren sie anzutreffen, das unter gutverdienenden Intellektuellen immer schon hoch im Kurs gestanden hatte. Auch bei Künstlern wie Marc Oliver Mommsen.

Obwohl er in zahlreichen Interviews schon oft damit geliebäugelt hatte, an die Elbe zu ziehen, hatte er angesichts eines Penthauses mit weitem Blick über das Münsterland – im Werbeprospekt war von »Wohnen wie in der Toskana« die Rede gewesen – nicht widerstehen können.

Als de Jong anrief, meinte Mommsen, dass er am besten jetzt gleich vorbeikommen solle, da der Rest der Woche inklusive Wochenende für Proben draufgehen würde.

Niklas de Jong klingelte gegen elf Uhr. Er kannte Mommsens Wohnung, weil er einmal mit Giulia zum Abendessen hier eingeladen gewesen war – noch bevor die beiden ein Paar geworden waren beziehungsweise er davon Wind bekommen hatte. Das hatte für ihn den Vorteil, dass er, nachdem er hineingebeten worden war, die vielen Fernsehpreise auf dem Kaminsims und die geschmackvoll gerahmten Plakate mit Ankündigungen von Jubiläumsauftritten nicht mehr zu bestaunen brauchte und sich gleich auf die Dachterrasse führen lassen konnte, um den Blick auf die westfälische Toskana zu genießen.

»Nehmen Sie Platz, Herr Kommissar. Ich weiß gar nicht: Hatten wir nicht Du gesagt?«

»Hauptkommissar«, sagte de Jong, da es seiner Ansicht nach schon mehr als genug war, dass der Kerl Giulia duzte.

»Na schön, Hauptkommissar«, amüsierte sich der Comedian spöttisch.

»Ex-Hauptkommissar, um genau zu sein.«

Jetzt amüsierte er sich nicht mehr. »Orangensaft?«, fragte er. »Oder ein Mineralwasser?«

Marc Oliver war auffällig klein und spindeldürr, eigentlich überhaupt nicht Giulias Typ. Er trug ein dunkelblaues, fast schwarzes Hemd, eine helle Sommerhose und vor allem sein berühmtes charmantes, überaus gewinnendes Lächeln. Diese Lächeln war Mommsens Geheimwaffe, es brachte so gut wie alle Menschen dazu, ihn sympathisch zu finden. Ein diabolisches Lächeln, wie de Jong fand, denn er selbst hatte Mühe, ihm zu widerstehen, wehrte sich allerdings mit allen Mitteln dagegen, denn man konnte ja wohl davon ausgehen, dass Giulia dem Mann wegen dieses Lächelns verfallen war.

»Ich bin hier, weil Giulia mich darum gebeten hat«, erklärte er betont zugeknöpft mit dem Glas Orangensaft in der Hand. »Es geht um Briefe, die Sie erhalten haben ...«

»Ach die!« Mommsen lachte gewinnend. »Die gute Giulia, sie macht sich immer so schnell Sorgen.«

Die gute Giulia also. »Tja dann«, meinte de Jong, stellte den Saft auf den Tisch und machte Anstalten, sich zu erheben. Wenn alles nur falscher Alarm war, dann gab es auch keinen Anlass, weiter Zeuge dieser Selbstbewunderung zu sein …

Aber der Comedian war schneller als er, sprang auf, verschwand in der Wohnung und kehrte gleich darauf mit einem Bündel Blätter in der Hand zurück. »Da haben wir sie auch schon.«

De Jong zuckte mit den Achseln und setzte sich wieder. »Na schön.«

»Ich muss dir nicht sagen«, ging Mommsen wieder zum Du über, »dass ich nicht immer so berühmt war.«

Nein, das musste er nicht. De Jong war über die gesamte Karriere seine Gegenübers im Bilde, nicht weil er sich so brennend für den Comedian interessierte, sondern aus einem unstillbaren Gefühl der Eifersucht heraus, das ihn unablässig nach dem berühmten Etwas suchen ließ, das Giulia an diesem Mann gefunden hatte und nicht an ihm. So wusste er beispielsweise, dass Mommsen zu den Prominenten gehörte, die sorgfältig das Image pflegten, im Privatleben »ganz anders« zu sein. Was für Mommsen bedeutete, dass er nicht immer und überall unter dem Zwang stand, Pointen abzusondern, sondern innerhalb seiner eigenen vier Wände eine vielschichtige Persönlichkeit besaß, die eine ernste und nachdenkliche Seite hatte. Eine bescheidene hatte er jedenfalls nicht, wie der Ex-Kommissar fand.

»... aber mit dem Fernsehen kommt der Erfolg praktisch von selbst.«

»Klar«, brummte de Jong.

»Das heißt natürlich nicht, dass ich nicht gut bin.« Wieder das einnehmende Lächeln, das de Jong gegen seinen Willen dazu veranlasste, ihm diese Lobhudelei durchgehen zu lassen. Er konnte sich gerade noch zurückhalten, den Mund zu einem bestätigenden Grinsen zu verziehen.

»Nein«, fuhr der andere fort, »ich weiß, dass ich einer der besten bin. Nur damit du nachvollziehen kannst, dass ich mich mit so einem Scheiß«, endlich überließ er die Papiere de Jong, der schon lange die Hand nach ihnen ausgestreckt hatte, »nicht herumschlagen muss.«

De Jong entfaltete das erste Blatt. Ein Brief. Er las vor: *»Du hast mich nackt ausgezogen, damit alle mich anstarren können. Hier stehe ich nun, also nimm mich …«*

Der Comedian riss de Jong das Blatt aus der Hand. »Sorry, das ist was ganz anderes«, meinte er.

»Was sagt denn die gute Giulia dazu?«

Mommsen zuckte mit den Schultern. »Schon mal was von Fanpost gehört, Herr Ex-Kommissar? Ich habe auch BHs in allen Größen, getragene Tangaslips – was immer Sie wollen.«

»Nein danke, kein Bedarf.« Das zweite Blatt war auch ein Brief, anonym zwar, aber in einer gestochen ordentlichen Handschrift verfasst.

Sehr geehrter Marc Oliver,

früher habe ich geglaubt, du weißt nicht, was du tust, und ich habe dir verziehen. Aber du weißt es genau und tust es trotzdem. Deshalb noch einmal meine Warnung: Hör auf, diesen Menschen Gewalt anzutun, indem du sie zum Lachen bringst, du riskierst nämlich, dass es dir sonst genauso ergeht.

P.S.: Bitte, mach nicht den Fehler, mir zu unterstellen, dass ich es nicht ernst meinen würde.

Mommsen langte hinter sich und warf einen Stoffteddybären auf den Tisch, in dem ein Messer steckte. »Das war auch in dem Brief.«

»Wie kuschelig!«

»Ich hab auch ein Schweinchen ohne Kopf und einen Stoffhasen, dem man die Ohren abgeschnitten hat.«

Niklas de Jong mochte keinen Humor haben, aber er war nicht schwer von Begriff und erkannte sofort, wenn sich eine Chance bot, den Ball ins gegnerische Tor zu spielen. »Den Menschen Gewalt anzutun, indem du sie zum Lachen bringst – das ist ein Scherz«, sagte er grinsend und ließ das Blatt sinken. »Von Ihnen, nicht wahr? Gar nicht mal schlecht.«

Der Comedian aber verzog keine Miene und das nicht etwa deshalb, weil es in seinen Kreisen nicht schicklich war, über die eigenen Witze zu lachen. »Lesen Sie die anderen auch.«

Na schön, dachte de Jong, der die anderen Blätter überflog, immerhin hatte er das mit der Duzerei endlich kapiert. Der Ton in den Schreiben wurde rauer, Mommsen wurde offen mit Mord gedroht. Fotomontagen lagen bei, die den bekannten Comedy-Star erschossen, erschlagen oder erdrosselt zeigten. *Wenn ich noch einmal über einen Ihrer Gags lachen muss, sind Ihre Tage gezählt. Gez. Miss G. Burth.*

»Miss G. Burth«, sagte er kopfschüttelnd.

»Ich finde das nicht komisch«, bekräftigte Mommsen.

»Haben Sie denn schon mal nachgesehen, ob sie im Telefonbuch steht?«

»Wozu denn? Wer unterschreibt denn einen Drohbrief mit seinem Namen?«

»Genau. Außerdem kann man so was doch ganz leicht auf dem PC herstellen.« Der Ex-Kommissar deutete auf die Fotomontagen.

»Aber warum?«, fragte Mommsen. »Das ist ja wohl die Frage, oder nicht?«

De Jong legte die Briefe auf den Tisch und lehnte sich in seinem Sessel zurück. »Also ich würde das alles für einen schlechten Scherz halten. Nun ja, was die angeht, sind Sie der Fachmann.« Erneut verzog er den Mund zu einem spöttischen Grinsen. »So habe ich das jetzt nicht gemeint.« Er erhob sich. »Wenn Sie ein Fachmann sind, dann natürlich für die guten, stimmt's?«

Mommsen grinste säuerlich, aber auch er war nicht blöd und nahm dem Kommissar seine verbale Tollpatschigkeit nicht ab. So endete das Treffen schließlich ohne ein Ergebnis: De Jong forderte Mommsen auf, ihn auf jeden Fall zu kontaktieren, wenn er einen weiteren ähnlich gearteten Brief erhalten sollte. Und Mommsen versprach, das auf jeden Fall zu tun. Beide wussten, dass nichts dergleichen geschehen würde.

5. Kapitel

Warum Giulia nicht zu ihrem wahnsinnig witzigen Mommsen ins Penthouse gezogen war, blieb de Jong schleierhaft. Vielleicht konnte der Comedian ja keine Nacht durchschlafen, ohne dass sein Körper von unterirdischen Lachsalven geschüttelt wurde. Dann wälzte er sich wie eine Kegelrobbe auf dem Trockenen, grunzend und zuckend – de Jong konnte sich das lebhaft vorstellen. Nein, Giulia bewohnte immer noch das Haus in Münster, das früher ihr gemeinsames Zuhause gewesen war. Südlich vom Zentrum gelegen, in einem der Stadtteile, die fast nur aus Doppelhaushälften bestanden, sauberen Vorgärten und einem Friseursalon um die Ecke, an dem seit den Fünfzigerjahren kein Zahn der Zeit mehr genagt hatte. Nicht gerade eine Wohngegend, mit der man angeben konnte, aber damals war das Angebot günstig gewesen.

De Jong hatte das Viertel immer spießig gefunden. Dabei konnte er mittlerweile gar nicht mehr sagen, was er damit meinte. Gab es überhaupt noch Spießer? Früher waren das die Kleinverdiener mit Pensionsanspruch gewesen, Reihenhäusle-Bewohner, ideologisch geprägte Kleingärtner, leicht zwanghaft, regelkonform und stockkonservativ. Aber das war lange her, im letzten Jahrhundert, und die Zeiten hatten sich wahrlich geändert. Die heutigen Spießer wählten Grün, kauften im Bioladen und hatten einen Facebook-Account. So gesehen wimmelte diese Stadt von ihnen.

Es war ein früher und überaus betörender Sommerabend, als de Jong vor dem Haus aufkreuzte und sich die Frage stellte, was zur Hölle er hier zu suchen hatte. Hatte er das Kapitel Giulia nicht abgeschlossen? Reichte es nicht, sich vor ihren Karren spannen zu lassen, weil »die gute Giulia« sich immer so schnell Sorgen um ihren Mommsen machte? Warum stand er jetzt hier und hörte sich das allgegenwärtige Brummen der Rasenmäher an, die es an einem Abend wie diesem nicht in den Schuppen hielt? Absolut richtig, dachte de Jong, dafür gab es keine vernünftige Erklärung. Aber jetzt war er nun mal hier. Also würde er sehen, was sie so trieb. Danach wollte er dann das Kapitel endgültig abschließen.

An der Haustür, die früher Saisonschmuck geziert hatte – Wiesenblumen im Sommer, bunte Blätter im Herbst und ein Kranz aus Tannengrün in der Vorweihnachtszeit – klebte jetzt ein buntes Plakat mit Marc Oliver und seinem unwiderstehlichen Charmelächeln: *Mommsen – das neue Programm.* Und noch etwas, ein kleiner, handgeschriebener Zettel: *Wir sind im Garten.*

Der Rasen sah anders aus, als de Jong ihn in Erinnerung hatte. Er schien frisch gemäht zu sein, das angrenzende Blumenbeet war frei von Unkraut und das Meer aus Brennnesseln, wo das Grundstück hinter dem Maschendraht an einen öffentlichen Weg grenzte, war ganz verschwunden. Neben der von einem riesigen, schwenkbaren Sonnensegel beschirmten Terrasse spuckte ein Fisch aus Terrakotta einen Wasserstrahl in ein bläulich schimmerndes Becken. Unter dem Sonnensegel stand ein Tisch, an dem Giulia und ein Mann saßen.

Giulia stand auf, sobald sie de Jong erblickte. Sie hatte das Haar offen und trug etwas Luftiges, Helles. Luftige, helle Sachen brachten ihre Traumfigur besonders zur Geltung. »Du warst also doch bei ihm!«, begrüßte sie ihn erfreut. »Schön dich zu sehen, Niklas.«

»Hi«, sagte de Jong und trat näher.

»Willst du mit uns essen? Marc Oliver stößt nachher noch dazu, wenn wir grillen.«

»Nein, danke.« De Jong verspürte kein Bedürfnis, Zeuge von Marc Olivers Dazustoßen zu werden. »Eigentlich wollte ich nur kurz vorbeischauen.«

»Dann hole ich dir wenigstens ein Bier.« Giulia umarmte ihn flüchtig, bevor sie sich auf den Weg ins Haus machte. »Das ist Rembert Kranich«, stellte sie den Mann am Tisch vor. »Marc Olivers treuester Fan.«

Der Mann war fünfzig oder noch ein bisschen älter und hatte ein rundes Gesicht, das von einem Rauschebart und hellgrauem Wuschelhaar eingerahmt wurde. De Jong glaubte zunächst, ihn von irgendwoher wiederzuerkennen, doch dann fiel ihm ein, dass das Gesicht ihn an altbackene Abbildungen von Karl Marx erinnerte.

De Jong nahm am Tisch Platz. Eine Weile schwiegen sie sich an, dann klatschte de Jong plötzlich in die

Hände, um ein Insekt davon abzuhalten, sich auf seiner Nase niederzulassen. »Fruchtfliegen«, erklärte er dem Marxähnlichen, der ihn erschrocken ansah. »Die waren hier immer schon eine Plage.«

»Eine Seele ist kleiner als das kleinste Wesen im Kosmos«, erwiderte dieser mit einer unerwartet hohen Stimme, »aber weiter als der Himmel reicht. Konfuzius, glaube ich.«

De Jong setzte sich und sinnierte für einen Moment darüber nach, wieso er sich Marx nur schwer mit einer hohen Stimme vorstellen konnte. »Sie sind also ein Mommsenfan?«

»Na ja, Fan würde ich jetzt nicht sagen.« Kranich nippte an seinem Getränk, es war irgendein Tee. »Eigentlich wohl eher alter Weggefährte. Früher sogar mal Kollege, aber jetzt ganz anders unterwegs.«

»Sie reisen also?«

Kranich prostete ihm mit seiner Teetasse zu und grinste verschlagen. »Ich bin der Rembert«, sagte er.

»Ich der Niklas.«

»Nein, denken Sie jetzt bloß nicht, ich wäre Speditionsfahrer oder so was. Mein Gebiet ist die Meditation.«

De Jong betrachtete den Mann, der neben ihm saß. Er musste feststellen, dass die Ähnlichkeit mit Karl Marx sich auch optisch verflüchtigt hatte. Nicht nur weil Kranich sein Haar zum Pferdeschwanz zusammengebunden hatte und de Jong sich Marx mit Pferdeschwanz noch schwerer vorstellen konnte. Dazu kamen die weinrote Schlabberhose und das orangefarbene Hemd, das mit Rüschen verziert war. Das grelle Outfit war auch der Grund, weshalb er darauf verzichtete, das Thema Meditation weiter zu vertiefen.

»Giulia erzählte, Sie sind in den Ruhestand gegangen?«, erkundigte sich Kranich nach einer Weile angespannten Schweigens.

»Die Wahrheit ist, ich habe meinen Job geschmissen, um dem ein Ende zu setzen.«

Der Meditator überlegte einen Moment. »Wem ein Ende?«

»Dem, dass alles immer so weitergeht.«

»Kann ich gut verstehen«, sagte der bunte Mann und nickte. Dabei konnte de Jong dem Kerl ansehen, dass er kein Wort verstand. »Etwas Neues anfangen, das ist ein schönes Ziel. Das sage ich meinen Klienten immer.«

»Ihren Klienten.« De Jong klang leicht despektierlich, wie um zu betonen, dass er ganz sicher kein Klient war.

»Vielleicht ist Ihnen der *Lotushof* ein Begriff? Ein Ort der Sinn- und Lebenshilfe vor den Toren dieser Stadt mit einer breiten Palette von Therapieangeboten. Meines ist nur eins von vielen.«

»Da fällt es bestimmt schwer, sich zu entscheiden.«

»Wie wahr! Vor allem, wo es uns allen ja um die eine Sache geht.«

»Und das wäre?«

»Unsere Klienten an die Erkenntnis heranzuführen, dass der Weg das Ziel ist.«

De Jong gab sich Mühe, neugierig zu klingen. »Der Weg ist das Ziel?«

»Genau das. Das Glück liegt direkt vor uns. Die Suche nach dem Glück ist das Glück.«

»Was denn jetzt?«, fragte de Jong. »So wie der Hunger das Essen ist?«

Kranich beugte sich vor. »Wenn Sie Zeit haben, lesen Sie den Faust. Da steht es Schwarz auf Weiß: Wer sich dem Glück des Augenblicks ergibt, ist des Todes. Nur der gelangt ans Ziel, der weiterstürmt, immer dem Ziel entgegen.«

»Und das macht ihn glücklich?«

»Ganz genau. Lernen Sie, das Vergangene abzuhaken und nach vorn zu schauen. Dann begreifen Sie: Man kann nie ein Ende setzen. Es geht immer weiter.«

»Tja«, widersprach de Jong mürrisch, weil ihm die Weisheit des anderen allmählich auf den Keks ging, »aber es ist ja wohl so, dass man heutzutage wegen allem meditiert. Ob Schweißfüße oder Misserfolg in der Liebe – die Liste ist lang.«

Der Mann im indischen Outfit war nicht beleidigt, sondern nickte eifrig. »Sie haben recht: Ob Ernährung, Fortkommen im Beruf, Erotik – überall kann Meditation hilfreich sein.«

»Erotik?«, rutschte es de Jong heraus.

»Beispielsweise biete ich eine spezielle Form der Paarmeditation an, die die sexuelle Erfüllung beider Partner steigert. Andere Techniken stärken die Erektionsfähigkeit beziehungsweise fördern die Fähigkeit zu multiplen Orgasmen.«

»Wie interessant.«

Wieder starrten sie eine Weile in verschiedene Richtungen.

»Wie Giulia sagte, haben Sie für Humor nicht viel übrig?«

»Jeder hat so seine Hobbys«, sagt de Jong achselzuckend.

»Schön und gut, aber bedenken Sie, dass Humor eine ungeheure, therapeutische Kraft entfalten kann.«

Wieso behielt der Kerl seine guten Ratschläge eigentlich nicht für sich?

Giulia kehrte zurück, in der einen Hand eine Flasche Bier und in der anderen eine Karaffe mit Orangensaft. Sie reichte de Jong die Flasche und goss sich Saft ein. »Du auch?«, fragte sie Kranich, der mit Verweis auf seinen Tee verneinte. »Also, wie schätzt du diese seltsame Sache ein?«, wandte sie sich an de Jong. »Erzähl doch mal.«

»Falscher Alarm«, sagte er. »Alles ist ein schlechter Scherz.«

Anstatt darüber erleichtert zu sein, dass es keinen Grund gab, sich wirklich Sorgen zu machen, wirkte sie verärgert, und ihr Gesicht verfinsterte sich. Sie hatte die Hand schon zu ihrem Orangensaft ausgestreckt, nahm ihn jetzt aber doch nicht. »Das ist nicht dein Ernst.«

»Wieso denn nicht?«

»Weil da jemand damit droht, Marc Oliver zu ermorden. Und du zuckst einfach so mit den Schultern und sagst: selten so gelacht.«

»Ein Kerl, der sich Miss G. Burth nennt«, sagte de Jong. »Ich bitte dich, Giulia.«

»Ich wünschte, du würdest die Sache ein bisschen ernster nehmen.«

»Mommsen scheint es doch auch nicht ernst zu nehmen.«

»Das sagt er nur, weil er nicht will, dass ich mir Sorgen mache.«

»Aber das will ich doch auch nicht.«

Giulia bedachte ihn mit einem kühlen Blick, der dies erstens in Zweifel zog und zweitens klarmachte, dass es ihr viel wichtiger war, dass Mommsen nicht wollte, dass sie sich sorgte. »Er tut so, als ob ihn das alles kalt lässt. Aber neulich hatte er auf der Bühne sogar einen Hänger. Das war das allererste Mal.«

»Also gut«, lenkte er ein. »Aber du kannst mir glauben, dass ich in meinen langen Jahren als Bulle gelernt habe, solche Dinge einzuschätzen. Wenn ich die Sache auch nur annähernd für gefährlich halten würde, dann würde ich dir das sagen.«

Giulia war nicht überzeugt. »Ich hätte dich nicht fragen dürfen«, sagte sie. »Du bist eifersüchtig bis unter den Kragen.«

»Eifersüchtig!« De Jong lachte so laut auf, dass der Meditationsmensch ihn pikiert ansah. »So ein Blödsinn!«

»Und deshalb wünschst du dir insgeheim, dass Marc O irgendwas passiert. Dass ihn jemand umbringt.«

De Jong schüttelte den Kopf. »Genau das wünsche ich mir«, alberte er hämisch. »Natürlich.«

»Du kannst nicht anders.«

»Ehrlich, damit hat es nichts zu tun«, beteuerte er. »Aber wenn wir schon bei diesen Briefen sind …«

»Ja?«

»Bist du dir hundertprozentig sicher, dass Marc O treu ist?«

Giulias Blick verfinsterte sich so sehr, dass man vor ihr regelrecht Angst bekommen konnte. »Ich wusste es doch«, zischte sie. »Du kannst nicht damit aufhören.«

»In Indien sagt man«, meldete sich jetzt auch noch Kranich zu Wort, obwohl ihn niemand um seine Meinung gebeten hatte, »dass der weise Mann ein schlechter Liebhaber ist. Was umgekehrt bedeutet ...«

Das war für den Ex-Kommissar der berühmte eine gute Rat zu viel. »Wissen Sie, was man in Indien auch sagt«, blaffte er. »Viele der weisen Männer würden heute noch leben, hätten sie frühzeitig gelernt, ihre Weisheiten für sich zu behalten.« Damit knallte er die Bierflasche auf den Tisch und stand auf.

»Vielen Dank für deinen Besuch«, sagte Giulia eisig.

»Da nicht für«, brummte er und klatschte noch eine Fruchtfliege, um den Meditator zu ärgern. »Ich wünsche noch einen schönen Grillabend.«

Aber noch bevor er das Grundstück verlassen hatte, war sein Ärger schon wieder verraucht. De Jong bemerkte das nicht zum ersten Mal und war immer wieder irritiert über seine abnehmende Kondition, was das Sichärgern über Dinge anging. Kaum kehrte er jemandem den Rücken, verpuffte sein Zorn, löste sich wie heißer Dampf in nichts auf. Vielleicht war er ja doch in der Lage, das Vergangene abzuhaken. Nach vorne zu schauen. Obwohl es ihm nicht passte, musste er dem Meditationsfreak recht geben: So verhielt sich nun einmal der moderne Mensch. Ständig schaute er nach vorn und ließ das Vergangene hinter sich. Es war vernünftig und zweckmäßig, sich nicht mit Angelegenheiten auseinanderzusetzen, an denen man nichts mehr ändern konnte. Aber de Jong hatte mitunter das Gefühl, dass ihm die Zeit davonlief, und er hatte auch seine Probleme mit dem Abhaken und dem Nachvornschauen.

Das Älterwerden hatte er sich jedenfalls anders vorgestellt. Schon eher so, dass man klappriger und vergesslicher wurde, die Zipperlein sich häuften und man den Frauen nicht mehr so oft nachsah – das waren doch angeblich die ersten Anzeichen. Dabei war es gar keine Sache der ersten Anzeichen. Ganz unabhängig davon, ob man den Frauen nachschaute oder nicht, hörte man irgendwann damit auf, mit seiner Vergangenheit so umzugehen, dass man das Vergangene abhakte und nach vorn schaute. Denn man wusste: Da vorne ist gar nicht mehr so viel. Und das Zurückschauen war auch nicht unproblematisch. Es geschah immer mehr in der Art eines Zurücklassens. Wie eine Insel, von der man sich langsam, aber stetig entfernt, bis sie eines Tages nur noch ein ferner Strich über dem Meereshorizont ist.

6. Kapitel

Die Wolbecker Straße war eine Hauptverkehrsader, die täglich Tausende von Individuen in die Innenstadt hinein- und wieder heraustransportierte. Damit war aber nicht nur der Autoverkehr gemeint, sondern auch die Radfahrer, Inlineskater und sogar Fußgänger. Vorausgesetzt, die Ader wurde nicht verstopft, zum Beispiel durch Autos, die auf dem Radweg parkten. Die Folge davon war dann, dass Zweiräder auf den Bürgersteig ausweichen mussten. Da ein Radfahrer aber nichts so sehr hasste wie Absteigen, beschränkte er sich darauf, den geparkten Pkw zu umfahren und entgegenkommende Fußgänger aus dem Weg zu klingeln. Jene, denen das ruhmreiche Image der Stadt als Radfahrermetropole ins Hirn gemeißelt war, reagierten schnell und drückten sich ohne Murren gegen eine Hauswand. Bürger, die einen Kinderwagen oder Rollator schoben, waren jedoch meist nicht so flexibel. Sie beschwerten sich lautstark und bedachten die Radler mit Worten, die in keiner Weise dazu beitrugen, den Verkehrsfrieden in dieser Stadt zu bewahren.

All das aber geschah nur, weil es immer wieder Unbelehrbare gab, die einfach keinen Bock darauf hatten, einen Parkplatz zu suchen, wenn sie in die City zum Shoppen wollten. So auch ein Herr Anfang dreißig, der sich an diesem Freitagvormittag seinem silbernen Audi näherte. Er trug einen konservativ geschnittenen, dunklen Anzug, darunter ein weißes Hemd und eine meerblaue Krawatte.

Ein anderer Mann, derjenige, den die Medien *Bikeman* nannten, stoppte auch ganz in der Nähe. Er stieg von seinem Rad, schloss es an ein Straßenschild und trat dem Audifahrer in den Weg.

»Haben Sie eventuell einen Moment Zeit?«, fragte er höflich. »Ich möchte Ihnen einen Witz erzählen.«

Der Mann mit der Krawatte verschränkte die Arme und ließ den Hintern hin und her pendeln wie jemand, der sich für ein hohes Tier hält. »Wollen Sie mich verulken?«

»Genau das.«

Kopfschütteln, aber dem Mann schien die dreiste Antwort zu imponieren. »Also los, dann machen Sie mal.« Der Mann schaute auf seine Uhr.

»Neulich ist eine 89-jährige Dame gestürzt, weil sie von einem auf dem Radweg parkenden Fahrzeug behindert wurde. Sie musste an der Hüfte operiert werden und ist seitdem an den Rollstuhl gefesselt. Wahrscheinlich für den Rest ihres Lebens.«

»Na ja, das dürfte sich um einen überschaubaren Zeitraum handeln, was?« Der Autobesitzer klang eher amüsiert als mitfühlend. »Und weiter?«

»Das war's schon.«

»Und wo ist der Witz?«

»Sie sind der Witz.«

Noch ein Kopfschütteln, dieses Mal ein enttäuschtes. »Hören Sie mal, ich könnte ein Arzt im Dienst sein und parken dürfen, wo immer es mir Spaß macht. Und Sie wären derjenige, der mich von meiner lebenswichtigen Arbeit abhält.«

»Sind Sie es denn?«

»Spielt das eine Rolle?« Der Punkt war nämlich der, dass der Anzugträger kein bisschen wie ein Arzt aussah. »Wichtig ist doch nur, dass Sie sich vorstellen, ich wäre einer.« Er schob den anderen sanft aus dem Weg und richtete seinen Schlüssel auf das Auto. Der Audi gab ein quiekendes Geräusch von sich und blinkte mit den Rücklichtern.

»Hören Sie, haben Sie schon mal von Bikeman gehört?«

Der Mann mit der karierten Krawatte drehte sich um und verzog das Gesicht. »Nein, nicht der!«, wimmerte er. »Jetzt bekomme ich aber gehörig Angst! Bitte, tun Sie mir nichts!« Er schlotterte regelrecht. Sobald er sich wieder im Griff hatte, schüttelte er den Kopf, bestieg seinen Audi und fuhr los.

Bikemann sah ihm nach. Wenn er sich's recht überlegte, glaubte er dem Mann nicht. Es hatte nämlich nicht so ausgesehen, als ob er wirklich Angst hatte. Im Gegenteil, Bikeman hatte eher den Eindruck gehabt, dass der Mann sich über ihn lustig gemacht hatte. Auch das Schlottern war höchstwahrscheinlich nur gespielt gewesen.

Das war auch der Grund dafür, dass er die Angelegenheit nicht als erledigt betrachtete, obwohl er den schnieken Typen ziehen lassen musste. Am frühen Abend, die Sonne hatte längst wieder die Oberhand, ergab es sich nämlich, dass er sich immer noch in der Stadt herumtrieb, genauer gesagt, am südlichen Kreisel. Und wie es der Zufall wollte, entdeckte er die silberne Limousine, deren Kennzeichen er sich natürlich vorsichtshalber notiert hatte, dieses Mal war sie ordnungsgemäß in einer Parktasche abgestellt. Und da er für den Rest des Abends keine weiteren Termine hatte, trank er im Café gegenüber einen Tee und dann noch einen. Zwischendurch bestellte er sich einen Chefsalat ohne Walnüsse. Durch das Fenster hatte er einen guten Ausblick auf die Straße und den geparkten Audi.

Das Café schloss, die Innenstadt leerte sich. Als der Krawattenmann auf der Bildfläche erschien, war es spät und Bikeman wartete bereits eine geschlagene halbe Stunde neben seinem Fahrrad. Aber zu spät war immer noch besser als nie. Der angebliche Mediziner angelte in der Hosentasche nach dem Schlüssel, hielt ihn in der Hand, aber dann besann er sich, möglicherweise aufgrund seines beschwipsten Zustandes, was Bikeman Respekt abnötigte. Der Kerl steckte den Schlüssel wieder ein und trottete in Richtung Promenade. Bikeman folgte ihm in einem angemessenen Abstand und schob sein Rad neben sich her. Etwa fünf Minuten brauchten sie bis zum Kanonengraben, dem Rest einer ehemaligen Stadtbefestigung aus dem siebzehnten Jahrhundert, heutzutage malerischer Weiher und Entenkloake. Der Audifahrer blieb stehen, als wollte er den Anblick des Gewässers im Mondlicht genießen. Sein leichtes Schwanken konnte aber auch darauf hindeuten, dass er sich jeden Moment übergeben würde, was Bikeman zum sofortigen Handeln veranlasste.

Er stellte das Fahrrad ab und trat zu dem Betrunkenen. »Erinnern Sie sich noch an mich?«

Der Kerl drehte sich um und verlor dabei beinahe das Gleichgewicht. »Verdammte Scheiße, was willst du denn schon wieder?«

»Es geht um die Sache von heute Vormittag. Wissen Sie noch: Ich habe Ihnen einen Witz erzählt, und Sie haben nicht gelacht.«

Der Mann schwankte immer noch und versuchte sein Gegenüber zu fixieren, indem er die Augen zusammenkniff. »Sag mal, was hast du eigentlich für ein Problem, du Arsch?«, fragte er und verzog das Gesicht zu einem hässlichen Grinsen: »Ich vergaß, du bist dieser Fahrradmann, Retter der Waisen und Beschützer der Rechtschaffenen, was?«

»Finden Sie das komisch?«

»Ja, allerdings, zum Schreien komisch!«

»Es ist aber nicht komisch.« Bikeman sah sich um und entdeckte einen schweren Ast direkt zu seinen Füßen. Er nahm ihn auf und wog ihn in der Hand.

Der Mann im Anzug wechselte sofort den Ton. »Jetzt mach mal halblang, Kollege! Okay, natürlich ist das nicht komisch.«

»Dann lache.«

»Was? Aber wenn es nicht komisch ist, warum soll ich dann …«

»Nicht darüber. Über den Witz.«

»Über welchen Witz?«

»Sie haben ihn also schon vergessen?«

»Nein, natürlich nicht. Aber hören Sie, lassen Sie uns doch ...«

»Also gut. Dann mal los.«

»Haha!«

»Was sagten Sie? Ich habe Sie nicht verstanden.«

»Haa Haa!«

»Tut mir leid, aber dadurch, dass Sie es buchstabieren, wird es nicht überzeugender.«

Der Mann war zu besoffen, um sich auf sein Lachen zu konzentrieren. »Was sind Sie eigentlich für einer«, schimpfte er verzweifelt, »ein Perverser, oder was? Ich ruf jetzt die Polizei ...«

Dass das eine ganz falsche Idee war, konnte er sich aber doch denken. Bikeman hob den Stock, doch er schlug nicht zu, sondern stupste sein Gegenüber nur leicht gegen den Bauch. Der Audifahrer kippte nach hinten. Er verlor endgültig das Gleichgewicht, überschlug sich und kullerte den Hügel hinunter, wobei er seltsame Geräusche von sich gab. Als er auf der grünen Wasseroberfläche aufschlug, hörte man kein Platschen. Eher war es ein Gurgeln.

7. Kapitel

Inzwischen kam es nicht selten vor, dass er seine Entscheidung, eine Laufbahn als Schriftsteller einzuschlagen, bereute. Nicht etwa, weil die Erfolgsaussichten so miserabel waren, sondern weil die Arbeit aus nichts anderem bestand als stundenlang am Schreibtisch zu hocken, auf einen PC-Monitor zu starren – in Erwartung einer Idee, die sich nicht einstellte, und ohne einen Schimmer zu haben, woher die auch kommen sollte. Eine Tätigkeit, die sich mit dem rosaroten Nimbus ungezügelt sprudelnder Kreativität umgab, dabei musste man sie eigentlich als so stumpfsinnig bezeichnen, ja sie gehörte geradezu verboten. De Jong kamen Filme in den Sinn, die von Schriftstellern handelten, die einen Whisky nach dem anderen tranken, während sie immer wieder ein Blatt aus ihrer Schreibmaschine zerrten, es wütend zerknüllten und wegwarfen. Immerhin, dachte er. Das mochte nicht faszinierend sein, war aber wenigstens eine Art von Tätigkeit. Der heutige Schriftsteller mit dem Laptop auf den Knien konnte vom Zerknüllen und Wegwerfen nur träumen. Ihm blieb einzig der Alkohol und das stumpfe Starren.

Deshalb war er erleichtert gewesen, als er in der örtlichen Buchhandlung *Eulenkötter* einen Aushang entdeckte. Darauf stand, dass sich im Heimathaus Everswinkel einmal im Monat donnerstags Freizeitliteraten in einer Literaturwerkstatt trafen. Und dass man sich über jeden freue, der dazustoßen wolle.

Genau das Richtige für Ex-Kommissar de Jong. Für ihn war das nun schon der dritte Donnerstag, an dem er teilnahm.

Die Literaturwerkstatt lief im Wesentlichen immer gleich ab. In einem Stuhlkreis saßen neun Erwachsene, zwei davon Schüler, drei Studenten, der Rest Ruheständler wie de Jong, die eine zweite Karriere starten wollten. Der Kursleiter, ein junger Kerl mit einer extravaganten, fünfeckigen Brille, dessen literarischer Ruhm vor allem darin wurzelte, dass er es in einem Poetryslam einmal bis ins Halbfinale geschafft hatte, wo er dann gegen einen Rapper ausgeschieden war, erteilte einem der Teilnehmer das Wort, welcher dann mit einem Blatt Papier raschelte und darauf hinwies, sein Text sei bis jetzt noch lange nicht perfekt. Es handele sich lediglich um einen Entwurf. Nach einem langen Räuspern folgte die Lesung, danach angespannte und nachdenkliche Stille.

»Möchte einer etwas dazu sagen?«, erkundigte sich der Kursleiter, um die Magengeräusche zu übertönen, die sich anschickten, die Oberherrschaft über die Stille zu erlangen. Niemand wollte das, aber dann fühlte sich doch der eine oder andere gedrängt und erklärte, das ihn dieser Text sehr betroffen gemacht habe, auch wenn man an dem einen oder anderen Satz sicher noch feilen könne. Ob sich schon ein Verlag gefunden habe, fragte einer der älteren Herren.

»Ein Verlag?« Der Vorleser spitzte den Mund und faltete seinen Zettel wieder zusammen. Es sei doch wohl kein Geheimnis, dass die Verlage heutzutage nur noch seichtes Zeug bringen würden und an Literatur, die nicht den breiten Mainstream bedienen könne, keinerlei Interesse hätten. Verkaufszahlen und TV-Talkshows – das seien die Instanzen, die das Handeln der Buchkonzerne bestimmten, nicht die Leidenschaft für das künstlerische Wort.

Darauf allgemeiner Beifall. Es sei alles so kommerziell geworden, Texte dürften nicht mehr unbequem sein, so die allgemeine Überzeugung. Aber Texte, die nicht unbequem sein dürften, seien banal, bloße, stumpfe Unterhaltung.

Auch de Jong las einen Text vor. Auch nach seiner Lesung herrschte eine Pause, die die Magensäfte für eine kleines Konzert nutzten.

»Das ist ja eine Science-Fiction-Geschichte«, sagte eine Frau, die noch nicht an der Reihe gewesen war. Ihr Kommentar klang nicht ganz wertfrei. Eher so, als wollte sie fragen, ob er sich vielleicht in der Tür geirrt habe.

»Klar«, sagte der Kursleiter. »Auch Science-Fiction bietet eine Menge Möglichkeiten.«

Stille.

»Außerdem ist es ja auch erst ein Versuch, nicht wahr?«

De Jong schüttelte den Kopf. »Vor allem ist es kein Science-Fiction. Es ist ein Generationenroman, der nur ein wenig in der Zukunft spielt. Er ist eben nicht rückwärtsgewandt, sondern will das Vergangene abhaken und nach vorn schauen.«

Eine Frau mit Dreadlocks in einer schwarzen Lederjacke, die de Jong ziemlich attraktiv fand, obwohl ihr die Lederjacke nicht stand, meldete sich zu Wort. »Egal«, meinte sie abfällig. »Geschichten von Aliens, Fantasy und der ganze Schrott. Das ist keine Literatur, das ist Business.«

»Und was ist mit Steven King, Stanley Kubrik oder Edgar Allan?«, erregte sich der ältere Herr, der nach dem Verlag gefragt hatte.

»Alles Schrott«, wiederholte die Frau und fügte in die darauf folgende Pause hinein gehässig hinzu: »Außerdem heißt es bekanntlich nicht Edgar, sondern Woody. Woody Allen.«

»Ach ja?« Der Mann bekam einen koketten Lachanfall. »Woody Allan Poe! Von dem hab ich noch nie gehört. Wie originell! Da merkt man die angehende Schriftstellerin, was?«

»Schrott«, bekräftigte seine Kontrahentin. »Alles dämlicher Mainstream-Schrott.«

»Momentan habe ich das Gefühl, dass wir ein wenig auf der Stelle treten«, versuchte der Kursleiter zu retten, was zu retten war, und bat schließlich die Frau mit der Rastafrisur, die übrigens Vivian hieß, ihren Text vorzulesen. Sie saß an einem Lokalkrimi. Eine Privatdetektivin, die zwar frei erfunden war, aber der Autorin zum Verwechseln ähnlich sah, jagte einen pädophilen Serientäter.

»Eigentlich gar nicht schlecht«, meinte der Leiter der Runde und nahm seine fünfeckige Brille ab. »Aber es könnte ein wenig witziger sein.«

Vivians Miene bewölkte sich. »Witziger?«

»Komischer. Sie wissen schon, was ich meine.«

»Nein, weiß ich nicht.«

»Nun, Sie schreiben einen Krimi und wir erwarten Spannung und Dramatik. Aber ein wenig augenzwinkernder Humor täte der Geschichte ganz gut.«

»Meinen Sie.«

Der Kursleiter nickte. »Es ist wie immer nur ein Vorschlag.«

»Finde ich auch«, meinte der ältere Herr, der die Häme in seiner Stimme nur schlecht verbergen konnte. »Aber nicht nur ein wenig, sondern eine ganze Portion davon. So wie sie jetzt ist, wirkt die Geschichte hölzern, wenn Sie mich fragen. Behäbig sogar.«

»Sie fragt aber keiner«, schnappte Vivian wütend.

»Jetzt seien Sie mal nicht so, Frau Schriftstellerin.«

»Augenzwinkernder Humor«, nickte die Dame, die noch nicht dran gewesen war. »Das ist heutzutage Standard. Sie kriegen ja auch praktisch keinen Neuwagen mehr ohne eingebautes Navi.«

»Das ist der größte Blödsinn, den ich je gehört habe!«

»Was haben Sie denn bloß gegen Humor?«

»Ich hasse ihn, besonders den augenzwinkernden.«

»Also wirklich ...!«, entrüstete sich die Dame.

De Jong fand immer noch, dass die Dreadlockige etwas an sich hatte, das ihn faszinierte. Und deshalb nutzte er seine Chance im selben Moment, da er sie witterte: »Das geht mir genauso«, sagte er.

Seltsamerweise wurde es still. Alle Augen richteten sich auf ihn. De Jong räusperte sich. »Es werden schon genug edle Romane und Erzählungen durch Gekalauere und literarisches Herumgealbere ruiniert«, erklärte er. »Vor den wenigen Autoren und Autorinnen«, er bedachte die Vorleserin mit einem kurzen Blick, den sie aber nicht erwiderte, »die in der Lage sind, darauf zu verzichten, kann man nur den Hut ziehen.«

Natürlich gab ihm niemand recht, und der Tumult ging von vorne los. De Jong reichte es langsam, er schaute heimlich auf die Uhr, schließlich verdrückte er sich unter dem Vorwand, die Toilette aufzusuchen.

Als er sie wieder verließ, wurde er schon erwartet. »Hi«, sagte die Dreadlockige und streckte ihm die Hand entgegen. »Vivian Gramm.«

»Ich bin Niklas«, sagte de Jong, und während er die Hand der Dame ergriff, nahm er sich vor, beim nächsten Mal ans Händewaschen zu denken. »Niklas de Jong.«

»Hast du das eben wirklich so gemeint?«

Er grinste. »Selig die Humorlosen, denn sie dürfen sich ausruhen und die Füße hochlegen, während all die anderen Spaß haben müssen. So steht es geschrieben.«

Sie lächelte. »Tut mir leid, was ich über deinen Text gesagt hatte. Eigentlich war ich nur neidisch.«

»Schon vergessen. Außerdem stimmt's wahrscheinlich.«

»Vielleicht trinken wir einen Kaffee, was meinst du, hättest du Lust?«

»Gern«, sagte de Jong.

Aber es war schon kurz vor halb zehn, für Everswinkel nachtschlafende Zeit. Also begaben sie sich in die

Gaststätte *Knipperdolling*. Die Rastafrau erzählte, dass sie freie Journalistin sei und meistens für eine Münsteraner Zeitung schreibe. Eigentlich stehe sie auf Improtheater, aber eine Freundin habe ihr die Everswinkeler Literaturwerkstatt wärmstens ans Herz gelegt. Nur am heutigen Abend sei ihr die Lust ziemlich vergangen.

De Jong bekannte ganz offen, dass er nicht immer so ernst gewesen sei. Aber er habe das unschöne Ende einer Beziehung hinter sich und danach sei ihm der Spaß an den meisten Dingen des Lebens geradezu weggebrochen. Wäre das alles nicht passiert, hätte er ja wohl auch nie die Idee gehabt, sich in diesem gottverlassenen Kaff niederzulassen.

Vivian nippte an ihrem Bier und ließ den Blick nach draußen in das gottverlassene Kaff schweifen, über den Platz vor dem Rathaus, der fast menschenleer war, bis auf einen einsamen Mann, der mit seinem Smartphone hantierte. Und eine Skulptur, die eine Schweinefamilie darstellte, an der der Hund sein Bein hob. Sie hatte viel Verständnis. Nicht nur Verständnis, sie konnte alles, was de Jong erzählte, mitfühlen, wie sie ihm mehrmals versicherte: Sie habe nämlich ganz ähnliche Beziehungserfahrungen gemacht, sagte sie. Männer zum Beispiel, die immer nur mit ihr ins Bett wollten und von denen sie sich dann nur benutzt gefühlt habe. Und dass das genau der Pool von Gefühlen sei, aus dem sie jetzt schöpfe, wenn sie schreibe. »Von Hause aus bin ich Journalistin. Und manchmal auch Bloggerin.«

»Und ich Ex-Polizist«, sagte de Jong.

»Echt stark dein Roman über diese Familie in der Zukunft.«

»Ach was. Dein Krimi ist aber auch nicht schlecht.«

»Kim Decker«, erklärte Vivian, »so heißt die Hauptfigur. Eine starke Frau. Ebenso stark wie scharfsinnig. Sie löst immer die Mordfälle.«

»Hört sich spannend an«, sagte de Jong. »Erzähl doch mal.«

»Dieses Mal wird im Ostviertel eine brutal verstümmelte Leiche aufgefunden. Kim Decker fängt an zu ermitteln und stößt auf eine Mauer des Schweigens. Aber dann kommt sie einem entsetzlichen Geheimnis auf die Spur. So in etwa …«

»Will ich unbedingt lesen«, baggerte er, obwohl es überhaupt nicht stimmte.

Sie zog eine Schnute, was de Jong sexy fand. »Keine Ahnung. Vielleicht mach ich auch was ganz anderes. Und das Thema ›pädophile Serientäter‹ ist ziemlich ausgelutscht.«

»Stimmt«, nickte er. »Ich glaube, ich hab so was auch schon mal gelesen.« Sein Blick streifte die Zeitung auf dem Nebentisch und die fette Schlagzeile: WEITERER GRAUSAMER MORD AUF DER PROMENADE – POLIZEI RATLOS! »Wie wäre es denn mit Bikeman? Erst gestern hat er wieder zugeschlagen, hab ich gehört. Wäre das nicht ein Stoff für einen Thriller?«

»Möglich«, sagte Vivian und nickte, aber sie schien nicht begeistert. »Irgendwie ist mir das zu nah an der Wirklichkeit. Literatur braucht die Freiheit der Fantasie, der Fiktion, weißt du? Sonst kann sie sich nicht entfalten.«

»Okay«, sagte de Jong. »Ich als Bulle könnte dir Fakten und Hintergründe liefern. Und du sorgst für den kreativen Teil. Was meinst du?«

Vivian war plötzlich abgelenkt. Ihr Smartphone, das auf dem Tisch lag, leuchtete bläulich und sie starrte darauf, während ihr Daumen hektisch auf dem Display herumtippte. »Tut mir leid, aber ich muss dringend weg«, sagte sie, erhob sich und steckte das Gerät ein. »Wie wär's, wenn wir telefonieren?«

»Gern, um das Weitere zu besprechen?«

»Genau. Gute Idee.«

»Kein Problem, die Getränke übernehme ich!«, rief de Jong ihr nach, aber sie war längst draußen.

8. Kapitel

Es war noch nicht Mitternacht, als er nach Hause zurückkehrte. De Jong holte sich ein Bier aus dem Kühlschrank und begab sich mit seinem Laptop auf den Balkon, um den Sommerabend mit einem Blick auf die malerischen Kleingärten Everswinkels ausklingen zu lassen. Außerdem ließ er seine literarischen Gehversuche Revue passieren, die die Rastafrau als »stark« bezeichnet hatte. Vielleicht war ihm selbst ja irgendetwas entgangen, sodass er die eigenen Texte gar nicht so recht verstanden hatte. Am Ende löschte er mehr als ein ganzes Kapitel. Was immer sie mit stark meinte, lesenswert war das Geschreibsel jedenfalls nicht. Aber das hatte auch sein Gutes: Je schlechter dieser Roman, dachte er, desto höher die Wahrscheinlichkeit, dass das Kompliment nicht dem Text, sondern ihm gegolten hatte. Insofern faszinierte ihn die Aussicht, mit Vivian Gramm an einem Krimi zu arbeiten. Natürlich ganz ohne Hintergedanken.

Den nächsten Abend verbrachte er ebenfalls im *Knipperdolling*, allerdings nicht so lange wie er eigentlich vorhatte. Hauptkommissar Küppers war nämlich nicht gerade bester Laune. Er schimpfte über seine Arbeit und verarbeitete einen Bierdeckel nach dem anderen zu Papierfetzen. Also ließ de Jong ihn reden, aber mit der Zeit musste er sich eingestehen, dass die Jammerei auch sein Bier schal schmecken ließ.

»Du hast gut reden«, meckerte Küppers. »Feierst deinen Ruhestand, machst nur das, nach dem dir ist. Hast von morgens bis abends Urlaub. Das möchte ich auch mal haben.«

»Ganz so ist es nicht«, wandte de Jong ein, aber sein Einwand blieb ungehört.

»Und ich hab diesen Verrückten am Hals«.

»Bikeman, sagte de Jong. Ein harter Brocken, was?«

»Diesmal hat es den Chef einer Werbeagentur erwischt. Der Kerl hat ihn mit dem Kopf voran ins Wasser gesteckt und mit einem Stein beschwert, sodass der Mann jämmerlich ersoffen ist. Keiner weiß, warum.«

»Um diese Frage zu beantworten, seid ihr ja auch da.«

»Ja, ja.« Der andere hob abwehrend die Hand. »Hab mir schon gedacht, dass das kommt. Aber tu mir einen Gefallen, Niklas: Verschone mich heute mit guten Ratschlägen à la warum schnappt ihr den Kerl nicht einfach?«

»Wird gemacht, Eugen. Nichts für ungut. Ich wollte nur helfen.«

»Nur helfen«, wiederholte der andere kopfschüttelnd. »Dazu kommt nämlich, dass wir personalmäßig absolut am Limit fahren. Du machst dir keine Vorstellung: zwei Kollegen auf Fortbildung, vier im Urlaub. Das sind Zustände wie bei der Bahn, nur dass wir nicht einfach Bahnhöfe schließen können. Und als wäre das noch nicht genug, drücken sie mir dann solche Kollegen aufs Auge, die alles besser wissen.«

»Ihr habt einen Neuen?«

»Heiner Merzenich aus Köln. Ich sag dir was, Niklas: Kölner und Kripo, das ist keine gute Kombination. Die Pappnasen haben nur zwei Dinge im Kopf: Karneval und den FC. Was anderes kennen die überhaupt nicht. Nur wenn du mit Humbahumbatäterää oder Alaaf einen Mordfall aufklären willst, dann kommt da auch nicht mehr raus, als wenn der FC nach der Meisterschale strebt: Abstieg in die zweite Liga.«

De Jong bemühte sich redlich, seinen ehemaligen Kollegen zu verstehen, wenngleich er auch ein bisschen den Eindruck hatte, dass es Küppers hauptsächlich darum ging, den Frust über die vergebliche Fahndung nach dem Promenadentäter auf unbedarfte, rheinische Schultern zu verlagern. »Ihr werdet ihn schon kriegen«, sagte er, um den anderen aufzumuntern.

»Ach ja? Und wie, bitteschön?«

»Irgendwann wird er einen Fehler machen.« De Jong fiel auf, dass er sich anhörte wie einer aus dem Fernsehen.

Küppers schnaufte unwillig. »Für einen Fehler kann ich mir aber nichts kaufen. Und wenn, uns kann das piepegal sein, solange kein Mensch weiß, wo der Kerl steckt!«

De Jong fiel jetzt auch nichts mehr ein. »Stimmt auch wieder«, sagte er deshalb nur.

Es hatte schon mal mehr Spaß gemacht, sich mit Küppers auf ein Bier in der Kneipe zu treffen. Der Abend schleppte sich zäh dahin, und de Jong suchte nach einem Thema, das seinen ohnehin schon gereizten Freund nicht noch mehr aufbrachte. Die Suche gestaltete sich mühsam. Dann erhielt Küppers einen Anruf. Weil er mit seinem Handy am Tisch sitzen blieb, bekam de Jong zwangsläufig mit, wie Küppers den Neuen zusammenfaltete, weil er von einem anonymen Anrufer berichtete, der den mysteriösen Bikeman gesehen haben wollte. »Offenbar wissen diese Kölschtrinker nicht mal, was Feierabend ist«, maulte Küppers, nachdem er sein Telefon weggesteckt hatte.

Und dann beging de Jong den Fehler, genau die falsche Frage zu stellen, nämlich wie die Kripo denn gedenke, den Fahrradmörder zu fassen, wenn sie nicht jedem Hinweis nachgehe.

Küppers knallte sein Bier auf den Tisch und funkelte sein Gegenüber wütend an. »Also jetzt du auch noch«, sagte er und schüttelte den Kopf, wie Caesar den Kopf geschüttelt haben mochte, nachdem ihm Brutus das Messer in den Rücken gerammt hatte.

»Auch noch was?«

»Fängst du auch noch an mit diesem Scheiß, auf den ich verzichten kann.«

»Tut mir leid, Eugen, ich wollte nicht … aber ich dachte nur …«

»Tja, so ist das.« Küppers ungeduldige Hand winkte den Kellner zum Abrechnen herbei. »Manchmal reicht es eben nicht, wenn man nur denkt, was?«

* * *

Samstags schlief de Jong gern lange. Dieses Mal aber wurde nichts daraus, weil das Telefon ihn aus dem Schlaf riss. Die Uhr zeigte zehn nach sieben. »Ja?«, meldete er sich schlaftrunken.

»Hier ist Vivian. Erinnerst du dich: die Krimiautorin.«

»Ja, ja, natürlich.« Er setzte sich auf und war hellwach. »Was gibt's denn?«

»Wegen morgen. Die Vorhersage behauptet, es soll nicht regnen. Was hältst du von Joggen?«

»Tja«, sagte er vage, »warum nicht, aber ich kann jetzt nicht sagen, dass ich …«

»Fantastisch. Dann machen wir das. Treffpunkt Aaseekugeln.« Sie legte auf.

De Jong versuchte noch mal einzuschlafen, allerdings vergeblich. Er verließ das Bett, ging in die Küche und machte Kaffee. Trat mit der dampfenden Tasse auf den Balkon und schnupperte Morgenluft. Es war kühler als am Vortag, bedeckt, aber trocken. Nur warum musste man dann ausgerechnet joggen? Eine bescheuerte Idee, wenn man's recht bedachte. Er ging hinein und schnappte sich das Handy, um die Verabredung wieder rückgängig zu machen. Vivian zu sagen, dass ihm Eisessen doch lieber sei als Sport zu treiben. Aber das Telefon kam ihm zuvor.

»Hier ist Rembert«, sagte jemand. De Jong erinnerte sich: der Meditationsfreak. »Rembert Kranich, ich weiß nicht, ob Sie …«

»Doch, doch. Wollen Sie auch joggen gehen?«

»Es geht um Marc Oliver. Er und Giulia haben sich gestern Abend heftig gestritten.«

»Von mir aus«, sagte de Jong kalt. »Was habe ich damit zu tun?«

»Danach hat Marc O das Haus verlassen und ist auch in der Nacht nicht wiedergekommen. Giulia macht sich große Sorgen, denn er hat morgen Abend Premiere mit seinem neuen Programm.«

De Jong wartete.

»So was hat er bisher noch nie gemacht. Er hat gesagt, dass er dem Teufel seine Seele verkauft hätte und die jetzt abstottern müsse. Sagt Giulia.«

»Sehr komisch.«

»Nein, nein, das ist nicht komisch, sondern beunruhigend. Was meint er wohl damit?«

»Was weiß denn ich«, sagte de Jong. »Warum ruft sie mich nicht selbst an? Und warum ruft sie nicht jemand anderen an? Jemand, der nicht nur dann zur Stelle sein soll, wenn alle Stricke reißen.«

»Würde sie ja gern«, sagte Kranich, »aber sie hat niemanden. Ich meine, niemanden, der auf kriminalistischem Gebiet bewandert ist.«

Wieder entstand eine Pause.

»Also gut. Dann sagen Sie ihr, sie soll mich anrufen.«

»Nein, dazu ist sie zu stolz. Giulia hat mir ausdrücklich untersagt, Sie anzurufen. Wegen der kleinen Meinungsverschiedenheit am Mittwoch. Aber ich hielt es trotzdem für besser, wenn ich ...«

»Wenn der Kerl sich nicht meldet, wie soll ich ihn denn auftreiben?«

»Nun ja«, gestand Kranich ihm zu, »da sind Sie wohl eher der Fachmann.«

»Gibt es irgendwelche Lokalitäten, wo Mommsen sich gern aufhält?«

»Tja, da wäre höchstens die *Rampensau*, das ist ein winziges Bistro gegenüber vom Theater. Da treffen sich Schauspieler und lokale Comedygrößen.«

9. Kapitel

Die *Rampensau* hatte mittags schon offen. Das Bistro lag im Souterrain, sodass man durch die schmalen Fenster nicht das Theater, sondern die Passanten zu sehen bekam, allerdings nur vom Knöchel an abwärts. Über der Zapfanlage baumelte ein Schwein aus Pappmaschee, die Rampensau, und die Wand dahinter war gepflastert mit signierten Fotos bekannter TV-Gesichter – nicht nur Comedians, auch Tatortkommissare und Schlagersänger umfasste die Sammlung. De Jong mochte bezweifeln, dass sich all diese illustren Stars tatsächlich hier in dieser stickigen Lokalität die Ehre gegeben hatten. Der Laden war voll, weil es ein Mittagsmenü zum Sonderpreis gab, das auch für Touristen interessant war. Das allgemeine Gequassel war so laut, dass die Musik keine Chance hatte, aber sie schien es auch nicht wirklich darauf anzulegen, wie sie so lustlos vor sich hin dudelte. De Jong trat an den Tresen und überlegte, ob er das Mittagsmenü zum Sonderpreis probieren sollte, und wurde Zeuge eines Wortwechsels, der sich nicht nur aufgrund seiner Schärfe vom allgemeinen Gebrabbel abhob, sondern auch, weil er sich unmittelbar hinter seinem Rücken abspielte.

Er: Nun aber zur Essenz des Komischen. Was haben wir uns wohl darunter vorzustellen, meine Liebe?

Sie: Das gewisse Etwas, weshalb wir uns sozusagen in die Hosen pinkeln vor Lachen.

Er: *(räuspert sich pikiert)* Vielleicht. Aber nicht nur das.

Sie: Natürlich nicht.

Er: Da ist auch noch die Frage der gesellschaftlichen Relevanz.

Sie: Ganz genau, Professor.

Er: Diese ist der eigentliche Grund, weshalb Sie lachen. Komik wird nur als solche erkennbar, wenn sie einen Kontrast zur gesellschaftlichen Faktizität erzeugt. Ich nenne es den kontrafaktischen Widerspruch.

Sie: Das hört sich voll krass an!

Er: Warten Sie, ich hole uns noch einen Kaffee.

De Jong hörte, wie ein Stuhl geschoben wurde. Ein Mann kam an den Tresen und trat direkt neben den Ex-Kommissar. »Bitte noch zwei Latte macchiato.«

»Kommen gleich«, sagte der Barmann.

»Wenn Sie die Kleine rumkriegen wollen«, sagte de Jong, »sollten Sie vielleicht das Thema wechseln.«

Der Mann zuckte mit den Schultern. Er war deutlich kleiner als de Jong und hatte weiche, fast feminine Züge. Sein dunkles, ja regelrecht finsteres Outfit sorgte dafür, dass sein bleiches Gesicht geradezu herausstach. Hauptattraktion in diesem Gesicht war eine dickrandige Brille, die tonnenschwer auf der zarten Nase zu lasten schien und ihrem Besitzer ein vampirhaftes Aussehen verlieh. Der Mann musterte ihn mit einem arrogantem Blick. »Sie ist eine Studentin, die an meinem Proseminar teilnehmen will, nichts weiter.«

»Glaube ich Ihnen sofort«, sagte de Jong.

»Darf es bei Ihnen auch etwas sein?«, erkundigte sich der Barmann.

»Ein Bier«, sagte de Jong und fragte ihn: »Kennen Sie Marc Oliver Mommsen?«

»Machen Sie Witze? Natürlich kenn ich den.«

»Der hängt doch manchmal hier ab, oder?«

»Tja, eigentlich ständig, aber heute nicht.«

»Sicher?«

»Na, das ist ja ein Zufall«, sagte der Mann. »Ich bin nämlich sein Nachbar.« Er nickte de Jong zu. »Sigurd Augenthaler.«

»De Jong«, sagte de Jong.

»Wir sind so was wie Kollegen im weitesten Sinne.«

»Also sind Sie auch Fernsehclown?«

Augenthaler lächelte schief wie Menschen, die es nicht gewohnt sind, auf den Arm genommen zu werden. »Der Humor ist seine Leidenschaft, so wie auch die meine.«

»Hätten Sie denn eine Idee, wo ich ihn finden könnte?«

»Ehrlich gesagt, ist unser Verhältnis recht durchwachsen, gleichwohl wir so etwas wie Kollegen sind.«

»Aber auch nur im weitesten Sinne.«

Nicken. »Im allerweitesten. Aber wo Sie ihn finden, da bin ich überfragt ...«

»Zweimal Latte macchiato«, sagte der Keeper und stellte Augenthaler die Kaffeebecher hin. »Macht 7,60 Euro.«

Augenthaler gab ihm einen Schein und sagte: »Stimmt so.« Dann schnappte er sich die Tassen.

»Viel Glück mit Ihrer Studentin«, sagte de Jong grinsend.

* * *

Auf dem Nachhauseweg wählte er Vivians Nummer.

»Ja, was ist denn?« Es war ihre Stimme, sie klang hektisch.

»Ich bin's, Niklas. Pass auf, wegen Morgen …«

»Tja, tut mir leid, aber das klappt leider nicht.« Vivian hörte sich atemlos an, offenbar hatte sie die Joggerei schon hinter sich gebracht.

»Deswegen rufe ich an, wenn wir nicht joggen, dann könnten wir doch etwas anderes unternehmen.«

Vivian sagte nichts, was de Jong nicht gerade schmeichelhaft fand. »Das hört sich ja richtig begeistert an«, sagte er, leicht vorwurfsvoll.

»Hör zu …«

»Niklas.«

»Es ist nichts gegen dich.«

»Ich weiß. Kann ich dir irgendwie helfen?«

»Nein, es ist nichts, ehrlich. Ich habe gerade ein Wiedersehen mit einem alten Bekannten hinter mir, das nicht so schön verlaufen ist, weißt du?«

»Klar, kenn ich«, sagte er, ohne zu wissen, wovon er sprach.

»Und deshalb finde ich es besser, wenn …«

»Klar, versteh ich.«

»Ich ruf dich wieder an.«

Tja, das war's dann wohl gewesen. Wenn er es recht bedachte, hatte er keinen Grund, enttäuscht zu sein. Vivian war zwar ganz nett, aber sie wirkte getrieben, eine atemlose Seele, die sich nicht umdrehen wollte, aus Angst, dort etwas zu sehen, das ihr auf den Fersen war. Für sie war es sicher leicht, nach vorne zu schauen. Alternativlos geradezu. Trotzdem, es mochte an ihrem angenehmen Geruch liegen, übte sie einen Reiz auf de Jong aus. Aber was waren schon Gerüche? Die konnte man in jedem Kaufhaus erwerben, und dies hatte zwangsläufig zur Folge, dass es Dutzende von Frauen mit exakt dem gleichen Geruch geben musste …

Es gab keinen Grund. Aber wieso war er dann doch enttäuscht?

Der Ex-Hauptkommissar verbrachte einen selten öden Abend vor dem Fernseher. Mit einer Sendung, an dessen Thema er sich später nicht mehr erinnerte, brach ein Experte den Stab über wortkarge und humorlose Menschen, warf ihnen vor, selbst schuld an ihrer Misere zu sein und erklärte sie als hochgradig empfänglich für alle Arten von chronischen Leiden. De Jong hätte normalerweise sofort abgeschaltet, aber er war eingedöst, sodass es dem Sermon gelang, sich praktisch an seinem Bewusstsein vorbei durch den Halbschlaf in seinen Kopf zu schleichen. Anschließend – eine Werbepause beendete mit ihren lärmenden Geschmacklosigkeiten das Nickerchen – ging er ins Bad, um sich die Zähne zu putzen. Auf der Ablage unter dem Spiegel fiel ihm eine Pappschachtel in die Hände: *Ridiclon Retard*. Das Medikament, das Dr. Frau ihm gegen seine Stimmungen und das Gefühl, über nichts lachen zu können, verschrieben hatte. De Jong war heute danach, einen Versuch zu wagen, also öffnete er die Schachtel. Was für ein Teufelszeug das auch immer sein mochte, er musste zugeben, dass es sich um ein schönes Medikament handelte: lustige kleine Kapseln, innen hohl und mit einem Fenster ausgestattet, sodass man in sie hineinsehen konnte. Drinnen tummelten sich viele winzig kleine Kügelchen in den verschiedensten Farben. Der Beipackzettel ließ sich fast endlos entfalten. De Jong überflog das Meiste – bei Medizin musste man nur darauf achten, dass sie nicht zu viele Nebenwirkungen entfaltete, gegen die dann weitere Arzneien zur Anwendung kommen mussten, was wiederum neue Kosten verursachte und eine endlose Therapiespirale in Gang setzte. Aber davon gab es angeblich so gut wie keine, weder gelegentliches Herzrasen, noch Persönlichkeitsstörungen, Erektionsbeschwerden oder stark riechenden Durchfall. Nur 0,2 Prozent der getesteten Personen hatten über einen unwiderstehlichen Lachzwang geklagt, der sich auch in ausgewiesen ernsten Situationen nicht abstellen ließ.

Der Ex-Kommissar hielt die Schachtel hoch und zeigte sie seinem Spiegelbild. Ihm fiel etwas ein, das er kürzlich gelesen hatte: *Hör auf, diesen Menschen Gewalt anzutun, indem du sie zum Lachen bringst.* Kopfschüttelnd schob er die hübschen Dinger wieder in die Schachtel zurück.

10. Kapitel

Der Sonntag war noch nicht angebrochen, als das Telefon klingelte. Schon wieder mitten in der Nacht, draußen wurde es gerade hell.

»De Jong?«, meldete er sich schlaftrunken.

»Ich bin's noch mal«, sagte eine weibliche Stimme.

»Vivian?«

»Hör zu, ich hab es mir überlegt. Was hältst du davon, wenn wir doch joggen gehen?«

»Ich weiß nicht. Und wann?«

»Na jetzt.«

»Um diese Uhrzeit?«, brummte er. »Na, toll ...«

»Ausgezeichnet, also abgemacht. In einer Stunde in der Stadt, unten am See. Wir laufen eine Runde.«

Nachdem sie aufgelegt hatte, starrte de Jong das Telefon in seiner Hand an. Erst sagt sie ja, dann nein, und dann wieder ja – was denn jetzt? Fünf Minuten vergingen, mindestens zwölf brauchte er für das Bad und die Suche nach Joggingklamotten, und dreißig gingen locker für die Fahrt drauf. Blieben noch zwölf übrig. Zu wenig, um sie damit zu verbringen, sich zu wundern.

Der See mit seinem Grüngürtel war kein einsamer Ort, sondern das Zentrum aller Outdoor-Freizeit-Aktivitäten in dieser Stadt. Nicht nur für Jogger, sondern auch Nordic-Walker, Radfahrer, Spaziergänger, Taichi-Boxer, Hundeausführer und Kinderwagenschieber. Um diese Tageszeit aber traf man kaum jemanden an. Der See dampfte in der Morgensonne, das Wasser sah blassblau aus, mit einem Hauch von Rot.

Sobald er sie erblickte, bereute de Jong nicht mehr, aus dem Schlaf gerissen worden zu sein. Vivian trug einen Jogginganzug im gleichen Farbton: blassblau mit einem Hauch von Rot. Er lag so eng an ihrem Körper, dass er wie eine zweite Haut wirkte, eine blassblaue Haut, die ihre weiblichen Formen beinahe ebenso klar zur Geltung brachte, als hätte sie es bei der ersten Haut belassen. Ihr kastanienbraunes, schulterlanges Haar, das sie offen trug, tanzte bei jedem ihrer Schritte. An diesem Morgen war Vivian Gramm eine aufregende Erscheinung.

Von Dauerlauf konnte allerdings nicht die Rede sein. Schon nach ein paar Hundert Metern stoppte sie, stützte ihre Hände auf die Oberschenkel und wartete darauf, dass de Jong zu ihr aufschloss.

»Ganz schön blöd, so ein Date, bei dem man nur keuchend nebeneinander herrennt«, sagte sie.

De Jong nickte nur. Er war jetzt schon außer Atem. Im gleichen Tempo wie sie zu laufen, war für ihn ein fernes, unerreichbares Ziel. »Hast du einen besseren Vorschlag?«

»Wir gehen ein bisschen spazieren und reden.«

Das klang verlockend. Besonders, dass sie von einem Date gesprochen hatte. De Jong kam der Verdacht, dass sie gar nicht vorgehabt hatte, Sport zu treiben. Es ging ihr nur um eine Gelegenheit, ihr sensationelles Outfit zu präsentieren.

Wenn er dagegen an sich hinuntersah: Er trug eine Trainingshose, die schon bessere Tage gesehen hatte, allerdings keine, die von aktivem Sporttreiben geprägt waren. Die Hosenbeine endeten viel zu früh und setzten untrainierte, weiße Waden den hämischen Blicken der Umwelt aus. Außerdem hatte er ein T-Shirt übergezogen, das er hin und wieder als Schlaf-T-Shirt benutzt hatte. Blitzschnell wurde ihm klar: Wenn er bei Vivian überhaupt einen Punkt machen konnte, dann musste er zulegen, und wenn schon nicht im sportlichen, dann vielleicht eher im kulturellen Bereich.

»Weißt du eigentlich, dass wir uns hier mitten in einer Skulpturenausstellung befinden?«, sagte er. Ausstellung war eigentlich übertrieben. Die Skulpturen standen überall im Park, sie hatten sich im Laufe mehrerer Jahrzehnte hier angesammelt, manche dienten den Kindern als Klettergelegenheit, andere waren so weit überwuchert, dass man sie gar nicht mehr als Kunstwerk erkennen konnte. »Es gibt eine neue, die könnten wir uns anschauen.«

»Ich weiß nicht«, sagte Vivian, wenig begeistert. »Bildende Kunst ist nicht so mein Ding.«

»Komm schon«, munterte er sie auf. »Es wird dir bestimmt gefallen.«

Die Installation nannte sich *View to the Horizon* und bestand aus einer Sitzgelegenheit und einem auf spezielle Art justierten Fernrohr, mit dem man über den See auf den Horizont blicken konnte. Beim Betrachter sollte ein Bewusstsein dafür entstehen, dass jede auch noch so alltägliche Landschaft immer auch die Endlichkeit in sich trug, bestehend aus einer Linie, die aber nur im Kopf existierte.

Sie erreichten den Aussichtspunkt. Obwohl um diese Tageszeit noch nicht viele Besucher den Grüngürtel bevölkerten, war eine kleine Schlange entstanden, was daran lag, dass immer nur eine Person auf der Bank sitzen durfte, um das Fernrohr zu benutzen. Ein älteres Ehepaar, offenkundig Holländer, wartete geduldig mit einer Broschüre in der Hand, die Wissenswertes über die Skulpturenansammlung enthielt, unter anderem das mit der Linie.

»Ich weiß nicht so recht«, meinte Vivian. »Komm, lass uns weitergehen.«

Aber hinter ihnen stand jetzt schon ein junges Pärchen mit der gleichen Broschüre, und de Jong wollte seinen Platz in der Schlange nicht so einfach aufgeben.

»Wie lange dauert das denn wohl noch?«, fragte Vivian ungeduldig und schien noch weniger begeistert.

»Keine Ahnung«, sagte de Jong. »Aber wo wir jetzt schon da sind …«

»Wenn sie nicht will«, mischte sich der Mann hinter ihnen ein. »Hören Sie doch auf Ihre Tochter.«

Diese unbedachte Bemerkung brachte de Jong spontan in Rage. »Wie kommen Sie darauf, dass sie meine Tochter ist?«, schnauzte er den jungen Typen an, dass der zusammenzuckte. »Wenn schon, dann hauen Sie doch ab. Sie machen mir nicht gerade den Eindruck, dass Sie einen Funken Verständnis für Kultur hätten.«

Der andere schüttelte entrüstet den Kopf, während seine Partnerin, mit einem bösen Blick auf de Jong, ihm zuflüsterte, sich nicht provozieren zu lassen.

»Wieso geht das denn nicht weiter?«, beschwerte sich die Holländerin.

»Los, wir machen was anderes«, schlug Vivian vor, was de Jong unter Zugzwang setzte. Er bahnte sich einen Weg an den älteren Herrschaften vorbei. »Lassen Sie mich mal«, verlangte er. Mehrere Trittsteine führten zum Seeufer. Auf der Sitzbank saß ein Mann. »Hören Sie bitte«, sagte de Jong. »Die anderen wollen auch drankommen.«

Der Mann reagierte nicht. De Jong trat näher. Jetzt, wo er direkt hinter ihm stand, beschlich ihn ein bestimmtes Gefühl, das er aus seiner aktiven Zeit als Kriminalbeamter nur zu gut kannte. Ein mulmiges Gefühl. Er begab sich auf die andere Seite, beugte sich hinunter und bemerkte eine klaffende Wunde an der Schläfe des Mannes. Außerdem erkannte er den Mann: Es war Marc Oliver Mommsen.

11. Kapitel

Mommsen war tot. Ermordet. De Jong bückte sich nach einem beachtlichen Stück Holz, einer Art Zaunlatte, deren Ende blutverschmiert war. Er fasste es nicht am Ende an, sondern in der Mitte, wegen der Fingerabdrücke. Hielt es ins Licht. Höchstwahrscheinlich die Mordwaffe.

»Wird das hier noch mal was?« Der Kulturbanause kam zum Ufer heruntergeklettert.

De Jong winkte mit der Zaunlatte. »Der hier ist tot.«

Der Mann zuckte zurück, starrte den Toten an und danach de Jong. In seinen Augen funkelte Angst.

»Na los, machen Sie schon, rufen Sie die Polizei.«

Das ältere Ehepaar gesellte sich jetzt auch dazu. Die Frau hielt eine Digitalkamera in der Hand. »Bitte, gehen Sie zurück«, forderte de Jong sie fachmännisch auf. »Das ist ein Tatort. Fassen Sie bloß nichts an.« Er selbst hatte sich daran ja nicht gehalten, stand mit der Zaunlatte in der Hand da, vielleicht war das der Punkt, der die Leute misstrauisch machte und dafür sorgte, dass seine Versicherung, dass er auch von der Polizei sei und alles im Griff habe, sehr zurückhaltend aufgenommen wurde.

Es dauerte nur wenige Minuten, bis die Kripo eintraf, aber leider entwickelte sich die Sache nicht so, wie de Jong es sich gedacht hatte. Das Erste war, dass er natürlich mit Küppers gerechnet hatte, stattdessen aber kam dessen neuer Kollege, Hauptkommissar Merzenich. Er war ein kleiner Mann Mitte dreißig mit Glatzenansatz und einer dicken, wulstigen Nase, die an die Pappnase eines Clowns erinnerte. Dass de Jong sich als Exkollege des Kollegen Küppers outete, beeindruckte Merzenich kaum.

»Ihr Name ist de Jong?«, erkundigte er sich im rheinischen Singsang.

»Ja, Ex-Hauptkommissar.«

»Sie wollen den Toten also jefunden haben?«

»Nein.«

»Nein?«

»Von wollen kann ja wohl keine Rede sein.«

Der Pappnasige wunderte sich. »Da sagen die Leute aber wat anderes.«

»Was sagen sie denn?«

»Dat Sie neben dem Toten jestanden haben mit der Mordwaffe in der Hand.«

»Wollen Sie damit etwa andeuten, dass Sie mich verdächtigen?«

Der Kölner Beamte musterte de Jong schräg, beantwortete die Frage aber nicht. »Und Sie kennen den Mann?«, fragte er dann.

De Jong nickte. »Das dürfte vielen so gehen. Der Mann war schließlich ein bekanntes Fernsehgesicht.«

»Dat mein ich aber nicht.«

»Sondern?«

»Ich meine persönlich.«

De Jong fand, dass davon wirklich keine Rede sein konnte und schüttelte den Kopf. Er fragte sich, wo Vivian abgeblieben war, die er nirgends entdecken konnte.

»Marc Oliver Mommsen war also nicht mit Ihrer Ex liiert?«

»Woher wissen Sie das denn?«

»War er oder war er nicht?«

De Jong wurde sauer. »Geht Sie das irgendwas an?«

»Und Sie wollen bei der Kripo jewesen sein?« Merzenich kicherte spöttisch in sich hinein auf eine Weise, wie es in Filmen oft bösartige Serienmörder tun. »Dat der Mann Ihnen die Frau wegjeschnappt hat, ist doch wohl ein Mordmotiv wie aus dem Bilderbuch.«

»Ach, ist es das?« Der Ex-Kommissar kochte innerlich. »Sie haben zu Hause also ein Bilderbuch mit Mordmotiven?«

Merzenich rückte de Jong auf die Pelle, zum Zeichen, dass er Scherze in jeder Hinsicht unpassend fand, und piekste ihn mit seinem dünnen Finger auf die Brust. »Dazu kommt außerdem, dat Sie hier mit harmlosen Leuten Streit anjefangen haben.« Der Mann von der Mordkommission nahm den Finger wieder weg, um damit auf den arroganten Kerl zu deuten, der Vivian als de Jongs Tochter bezeichnet hatte. »Und diese Herrschaften«, der Finger wanderte weiter zu dem niederländischen Ehepaar, »haben Fotos auf ihrem Handy, da sind Sie drauf, wie Sie die Mordwaffe schwenken, als wären Sie der Terminator höchstpersönlich.«

»Aber das ist doch lächerlich! Hören Sie mal, ich war schon Polizist, als Sie noch in die Windeln gekackt haben und Ihre Mama Ihnen die Bilderbücher mit den Mordmotiven vorgelesen hat. Und deshalb ...«

»Wissense wat: Sie sind vorläufig festjenommen.«

* * *

Es war natürlich reine Schikane, nichts weiter. Erstens hatte die Pappnase nichts gegen ihn in der Hand, und zweitens suchte die Kripo keinen Exbullen, sondern einen verrückten Serientäter, den die Presse *Bikeman* nannte. De Jong hatte keine Ahnung, womit er sich die Gunst des Rheinländers verscherzt hatte. Er rief Giulia an, die ihn am frühen Nachmittag im Präsidium abholte. Sie schien viel geweint zu haben, jedenfalls verbarg sie ihre Augen hinter einer Sonnenbrille. Wie immer, wenn sie es überhaupt nicht darauf anlegte, sah sie umwerfend aus: die Sonnenbrille, dazu eine schwarze Bluse und ein dunkler Rock – Dunkles hatte ihr schon immer sensationell gestanden, genauso wie das Helle, Luftige. De Jong versuchte, sie zum Trost in den Arm zu nehmen, aber Giulia wich ihm aus. Also blieb ihm nichts übrig, als ihr auf geradezu förmliche Art zu kondolieren, worauf sie nur ein Nicken andeutete. Später im Auto sah sie stur geradeaus und verzog keine Miene.

De Jong kam ein vager Verdacht. »Sag mal, du glaubst doch nicht etwa, dass ich etwas damit zu tun habe?«, sagte er irritiert.

Giulia würdigte ihn keiner Antwort. Er versuchte es noch zweimal, dann schaltete sie demonstrativ das

Radio ein. Also hörten sie die Kindersendung *Liliputz* und erreichten schweigend Everswinkel. Sie brachte ihn nicht nach Hause, sondern hielt neben dem Postamt gegenüber der Kirche.

De Jong öffnete die Tür. »Danke fürs Bringen.« Er stieg aus.

»Falscher Alarm, hast du gesagt.« Giulias Worte klangen wie spitze Nadeln. »Alles ein schlechter Scherz. Fühlst du dich jetzt besser?«

»Giulia, es tut mir so leid. Aber ich konnte doch nicht wissen, dass …«

Sie gab Gas. Ruckartig beschleunigte der Wagen und die Beifahrertür schlug zu.

***

Diesen Abend verbrachte er nicht im *Knipperdolling*. Stattdessen saß er zu Hause auf seinem Balkon und grübelte bei einer Dose Bier darüber nach, wieso ihn die Sache eigentlich so umtrieb. Keine Frage, der Tod des bekannten Comedian war tragisch, die ganze Stadt und die Fernsehgemeinde würden ihn in den nächsten Tagen noch in gebührendem Maße betrauern. Aber was war mit ihm, de Jong? Hatte ihn dieser brutale Mord wirklich betroffen gemacht? Und was war eigentlich so brutal daran – Mommsen hatte schließlich friedlich dagesessen wie ein Spaziergänger, der für einen Augenblick auf einer Bank verweilt und den harmonischen Einklang von Skulptur und Natur genießt. Von hinten hatte es jedenfalls so ausgesehen.

Wenn er ehrlich war – und wo sonst sollte er ehrlich zu sich selbst sein, wenn nicht hier in der sommerlichen Abendstille auf dem eigenen Balkon –, dann verhielt es sich doch so, dass ihm der Mord gar nicht nahe ging. Wieso auch? Mommsen mochte ein charmantes Lächeln gehabt haben, mit dem er die Frauen rumkriegte, im Speziellen Giulia. Und er hatte de Jong mit voller Absicht wie einen humorlosen Deppen aussehen lassen. Verdiente er deswegen den Tod? Natürlich nicht, wenngleich de Jong diese Frage in der ersten Zeit der Trennung durchaus leidenschaftlich bejaht hatte.

Dass Giulia sich auf ihn verlassen hatte, war eine ganz andere Sache. Dass sie darauf vertraut hatte, dass er ihr mit seinem kriminalistischen Sachverstand zur Seite stand. Und er hatte sie nur ausgelacht und sich, humorlos, wie er war, über eine ominöse Miss G. Burth amüsiert. Aber einmal abgesehen davon, dass seine Ex offenbar an ihm nichts anderes schätzte als den besagten Sachverstand, hatte er doch alles Menschenmögliche unternommen. War es seine Schuld, dass Mommsen unter mysteriösen und reichlich überladenen literarischen Andeutungen von wegen, dass er dem Teufel seine Seele zu bezahlen habe, verschwunden und dort am friedlichen städtischen See seinem Mörder begegnet war? Hatte er es noch nötig, sich mit einem kleinkarierten Kölschen Kripokommissar herumzuschlagen, der ihn nur deswegen des Mordes verdächtigte, weil er seinem verfeindeten Kollegen damit eins auswischen wollte? Hatte er nicht deswegen den Dienst quittiert, um mit solchen verkorksten Kripoheinis nichts mehr am Hut zu haben?

De Jong leerte seine Bierflasche. Unten auf der Straße ging die Nachbarin mit ihrem Hund, einem hamstergroßen Winzling, Gassi und ließ sich wie immer auf wortreiche Diskussionen mit ihm ein. »Komm schon, das ist nichts für dich, daran müssen wir nicht schnüffeln … Na los, wenn du brav bist, kriegst du gleich dein Leckerchen und dann geht's ins Körbchen ...«

Wie auch immer die Antwort auf all diese Fragen lautete, sie entlastete de Jong. Merzenich hatte ihn gehen lassen müssen, weil er nur viel Wind gemacht hatte und sonst nichts, Giulia schmollte ihm, weil sie jemanden brauchte, dem sie die Schuld am Tod ihres Liebsten geben konnte. Aber de Jong hatte sich vorgenommen, die Vergangenheit abzuschließen und nach vorn zu schauen. Die neuen Chancen zu nutzen, die ihm sein früher Ruhestand bot. Dem Glück nachzujagen, das darin bestand, dem Glück nachzujagen. Konkret erschien dabei Vivian in ihren atemberaubenden Jogging-Klamotten vor seinem geistigen Auge. Wie auch immer, dachte er zufrieden, so schlimm diese Mordgeschichte war, sie ging ihn nichts mehr an.

Und doch wusste er, nachdem er noch eine geschlagene Stunde bei einer weiteren Flasche Bier verbracht hatte, dass dies eine jener Angelegenheiten war, aus denen er sich einfach nicht heraushalten konnte.

12. Kapitel

Montagmorgen. Als das Telefon klingelte, zeigte die Uhr kurz nach sieben. Nicht schon wieder joggen, murmelte de Jong verschlafen, schnappte sich das Mobilelefon vom Nachttisch und stellte eine Verbindung her.

»Tut mir leid, dass ich mich gestern so schnell verdrückt habe.« Sie war es tatsächlich. »Aber solche Dinge bringen mich leicht in Panik.«

»Schon gut, du hast auch nichts Wesentliches verpasst«, sagte er. »Bis auf die Tatsache, dass man mich wegen Mordes festgenommen hat.«

Sie reagierte entrüstet. »Aber du hast doch gar nichts damit zu tun!«

»Hey, du bist doch Krimischreiberin, oder nicht? Dann müsstest du wissen, dass es immer die zuerst trifft, die nichts damit zu tun haben.«

»Stimmt. Apropos, was hältst du davon, wenn wir unser Buchprojekt mal angehen?«

»Wieso nicht?«, sagte er.

»Also gut. Dann in einer halben Stunde bei mir.«

***

Vivian Gramm wohnte mitten in der Stadt in der Nähe des Hafens in einer winzigen Altbauwohnung mit hohen Decken, in deren unerreichbaren Höhen sich Spinnen breitmachten. Der Balkon, nicht mehr als ein schmaler Austritt, ging auf die Straßenseite hinaus, sodass man sich nur so lange wie unbedingt nötig dort aufhielt, beispielsweise wenn man zu Besuch war und unbedingt eine rauchen musste. Das große Zimmer war Wohn- und Schlafzimmer zugleich, die Matratze auf dem Boden, mit bunten, fransenbewehrten Tüchern garniert, diente als Bett und Sitzgelegenheit zugleich. Die weit geöffnete Tür zum Bad gab den Blick auf einen riesigen Spiegel frei und vermittels diesem einen weiteren auf einen großen weiblichen Akt an der Wand über der Badewanne, der möglicherweise Vivian selbst darstellte.

»Fühl dich wie zu Hause«, forderte sie ihn auf, worauf de Jong sich auf der Matratze niederließ.

Vivian überreichte ihm einen grünen Tee in einer Eine-Welt-Tasse, stellte ihm einen geöffneten Laptop hin und kuschelte sich an ihn, den Monitor im Blick.

»Also gut, dann zeig mal, was du bis jetzt so hast«, sagte er.

Die Geschichte handelte von Kim Decker, einer toughen Privatdetektivin, die mysteriöse Serienkiller jagte. Eigentlich sei das Aufgabe der Polizei, doch die ermittele bis jetzt äußerst schwerfällig, ja behäbig. Deshalb habe eine Gruppe besorgter Eltern, die sich mittlerweile aus Angst vor dem Mörder nicht mehr trauten, ihre Kinder nachts auf der Promenade spielen zu lassen, Kim engagiert, damit sie sich um die Sache kümmere.

De Jong las:

Friedlich ruderte eine Entenfamilie über den Teich. Eine Idylle, mochte man meinen, doch wenn es tatsächlich eine war, dann hatte sie schon knappe zehn Meter weiter ein jähes Ende gefunden. Ein Mann lag zwischen den Seerosen, sein Kopf steckte unter Wasser. Ein weiteres Opfer des Killers.

Wieder ein Rätsel, das zu lösen die Kripo sicher überfordere, aber Kim sei zuversichtlich, dass sie den Mörder zur Strecke bringen könne. Gerade Serientäter hinterließen nicht nur Hinweise am Tatort, sondern neigten entgegen der landläufigen Meinung auch dazu, Fehler zu machen.

Cleverness und Kombinationsgabe allein genügten aber nicht. Kim war darauf angewiesen, dass man ihr Zugang zu allen hinterlassenen Hinweisen gewährte. Und hier lag ein Problem: Denn die Leitung der Ermittlungen hatte wieder einmal Hauptkommissarin Karin Klöbener übernommen, eine übellaunige Mittvierzigerin, die alle gut aussehenden Frauen hasste und für die Privatdetektive nur eines waren: Verdächtige.

»Was haben Sie hier zu suchen?«, blaffte sie Kim an. »Das ist ein Tatort, also verpfeifen Sie sich gefälligst.«

»Ich weiß«, sagte Kim. »Deshalb bin ich hier, im Auftrag meines Klienten.«

»Wenn Sie nicht wollen, dass ich Ihnen die Hölle heiß mache, Schätzchen, dann halten Sie sich von diesem Fall fern. Habe ich mich klar ausgedrückt?«

»Sie können doch nicht leugnen, dass es Gemeinsamkeiten zwischen diesem Mord und dem letzten gibt.«

»Ob Morde in einem Zusammenhang stehen, haben Sie nicht zu entscheiden. Das ermitteln Fachleute, die etwas davon verstehen. Nicht irgendwelche Mäuschen, die ihren Grundschein Privatschnüffeln an der Volkshochschule gemacht haben und nichts weiter vorzuweisen haben als ihre großen Titten.«

Kim machte sich für eine entsprechende Entgegnung bereit.

»Mich würde interessieren, von welche Gemeinsamkeiten Sie sprechen«, mischte sich ein Mann ein, offenbar Klöbeners Kollege, Anfang dreißig, groß und schlank. Er lächelte ihr aufmunternd zu.

»Da sind zum Beispiel die Zettel«, sagte Kim, »die bei den Opfern gefunden wurden.«

»Die Zettel! Die *Opfer*!«, echauffierte sich die Kommissarin mit schriller Stimme. »Natürlich, in Ihrem kleinen, hübschen Privatschnüfflerinnengehirn fügt sich natürlich alles sofort zu einer Mordserie zusammen, das ist ja auch spannender, nicht wahr?«

»Ist es denn nicht so?«

»Ja bitte, warum packen wir nicht alle Morde des letzten Jahres in eine Serie und suchen nur noch nach einem Täter? Dann könnten wir Personal einsparen, was meinen Sie?«

»Was für Zettel?«, wollte der Mann wissen, ohne seine Kollegin zu beachten.

»Ein kleiner Zettel mit einem Singvogel darauf. Einmal war es eine Amsel, dann eine Blaumeise«, erklärte Kim. »Bei den letzten beiden Opfern war es ein Regenpfeifer.«

»Ein Regenpfeifer ist nie und nimmer ein Singvogel«, widersprach die Kommissarin schnippisch.

»Und ob er das ist«, beharrte Kim. »Deshalb wird man diesen Kerl den Singvogelkiller nennen.«

»Vielleicht sollte ich jetzt übernehmen?«, schlug der Mann vor, worauf Hauptkommissarin Klöbener sich kopfschüttelnd und gestikulierend entfernte.

»Auf Wiedersehen, Schätzchen!«, rief Kim Decker ihr nach und erntete einen letzten, todbringenden Blick.

So sehr sich der Hauptkommissar bemühte, dieses Letzte nicht gehört zu haben, schien es ihn doch zu amüsieren. »Wir von der Kripo sind für scharfsinnige Hilfe immer dankbar«, erklärte er, trat näher und streckte ihr die Hand hin. »Utrecht, Hauptkommissar. Lionel Utrecht.«

»Kim Decker«, sagte sie.

Kim hatte etwas gegen Bullen. Das mochte an ihren Erfahrungen liegen, Vorurteilen und Frauenfeindlichkeit, die ihr immer wieder entgegenschlugen. Mitarbeiter der Kripo hielten sich meist für kriminalistische Genies – Privatdetektive dagegen, besonders weibliche, für hoffnungslose Dilettanten. Deshalb war es doch spannend, wenn da jetzt endlich mal einer war, der anders tickte. Ein Kripokommissar, der zugeben konnte, dass er mit seinem Latein am Ende war. Der dankbar für Hilfe und Tipps war.

»Schlage vor, wir setzen uns an einen Tisch und legen zusammen, was wir haben. Und dann sehen wir weiter«, sagte Utrecht mit einem entwaffnenden Lächeln. »Was halten Sie davon?«

Kim nickte. »Warum nicht? Wäre einen Versuch wert.«

»Also dann, auf gute Zusammenarbeit«, sagte Utrecht.

Als Kim ihr Rad bestieg, wurden ihr zwei Dinge bewusst: erstens, dass dieser Tag möglicherweise die Geburtsstunde eines neuen Ermittlerteams war, und zweitens, dass Haupt-

kommissar Utrecht ihr nachsah. Mit Blicken, die mit dem Adjektiv »wohlwollend« nur unzulänglich beschrieben waren; es waren interessierte Blicke.

Vivian klappte den Laptop zu. »Jetzt rate mal, wer dieser Utrecht ist«, sagte sie und sah de Jong aufmunternd an.

»Eine erfundene Figur, nehme ich doch an«, stellte er sich ahnungslos. Er wusste nicht, ob er sich geschmeichelt fühlen oder peinlich berührt sein sollte.

Sie knuffte ihn in die Seite. »Jetzt komm schon, du hast dich doch längst wiedererkannt.«

De Jong grinste ungeschickt, vielleicht auch, um vor sich selbst zu verbergen, dass er sich tatsächlich geschmeichelt fühlte. »So wie ich das sehe, kann ich diesem Bullen wohl nicht das Wasser reichen. Was sind denn das für ominöse Zettel, von denen da die Rede ist?«

Vivian zuckte mit den Schultern. »Solche Zettel gibt's immer, sonst wäre es ja kein Serienmord.«

»Wie du meinst.«

De Jong schmökerte noch ein wenig in Vivians Krimifragment herum. Literarisch betrachtet war es sicher kein großes Werk. Der übliche Lokalkrimi – gewürzt mit bekannten Straßennamen und Szenekneipen und zubereitet mit einem blutigen Mordfall. *Bikeman* kam da wie gerufen. Und zu all dem eine allzu scharfsinnige Ermittlerin und ein Kommissar, dem das Frauenverstehen wohl schon in die Wiege gelegt worden war.

Dennoch: Wie eine frische Frühlingsbrise überwältigte ihn plötzlich die angenehme Illusion, jünger zu sein und voller Elan. Es war ganz anders als sonst, wenn er sich gerade in der Gesellschaft attraktiver Frauen erst recht alt gefühlt hatte.

Jetzt aber atmete er den Geruch dieser Wohnung mit ihrem jugendlich wilden Charme und erinnerte sich auf sinnliche Weise an jene längst vergangenen Jahre, als er selbst solche Wohnungen bewohnt und vieles noch vor ihm gelegen hatte, das sich später dann doch nicht erfüllt hatte. Er schmeckte geradezu die eigentümliche Aufbruchsstimmung, die Bedenken beiseiteschiebt in der Gewissheit, dass unendlich viel passieren wird, von dem man bis jetzt noch nicht mal träumt. All das saugte er ein wie ein knapp vor dem Ertrinken Geretteter, der an Land gezerrt wird und nach Luft schnappt. Er bekam eine Ahnung davon, was es bedeutete, das Alte abzuhaken und nach vorne zu schauen. Zum ersten Mal erschien ihm das als machbares und lohnenswertes Projekt.

Auch wenn er zugeben musste, dass all das Neue, Ungeahnte genauso roch wie Vivians Parfum.

* * *

Die Frühlingsbrise hielt noch lange an. Abends begleitete sie ihn auch in den Gasthof *Knipperdolling*. Küppers erwartete ihn dort schon, auch er bester Stimmung, weil er den Kölner Kollegen wegen dessen Ruppigkeit ordentlich zurechtgestutzt hatte. »Ich hab dem guten Mann mal klargemacht, dass wir hier bei der Kripo sind und nicht bei den Roten Funken«, berichtete er mit sichtlicher Genugtuung, »und dass er nicht irgendwelche unbescholtenen Bürger verhaften kann, bloß weil sie Alt trinken oder nicht für diese Gurkentruppe von FC jubeln.«

»Habt ihr denn schon einen Ersatz für mich gefunden?«, fragte de Jong. »Ich meine, einen neuen Verdächtigen?«

»Ja klar, das ging ruckzuck. Bikeman hat den Verblichenen nämlich kurz vor der Tat angerufen.«

»Ich bin neugierig.«

»Auf Mommsens Handy war unter den eingegangenen Anrufen eine Nummer gespeichert, und das gleich mehrmals. Na ja, manchmal geht es eben ganz schnell. Die Nummer gehört einem gewissen Augenthaler …«

»Mommsens Nachbar?«

Küppers sah irritiert aus. »Du weißt also schon alles? Dann brauche ich dir ja nicht in allen Einzelheiten …«

»Doch, doch. Ich hab den Mann nur neulich getroffen. Reiner Zufall. Warum sollte der Mann denn seinen Nachbarn umgebracht haben?«

»Augenthaler hat vor Kurzem ein Interview gegeben, in dem er Mommsens Humor als Vandalenhumor bezeichnete und Mommsen selbst einen Beweis dafür nannte, dass der Begriff Spaßkultur ein Widerspruch in sich ist. Die beiden konnten nicht gut miteinander, und das ist noch gelinde ausgedrückt. Tatsächlich haben sie sich bekriegt wie sonst was. Nachbarschaftsstreitigkeiten, die sich hochschaukeln und in einer Katastrophe enden, wie oft bringt das Fernsehen was darüber? Und dann gibt es angeblich einen Zeugen, der Augenthaler zur betreffenden Zeit am Tatort gesehen haben will.«

»Na, das ist doch schon was.«

Küppers nickte. »Sag ich ja auch. Nur, unser superschlauer Hausprofiler meint was anderes. Dem reicht das alles nicht.«

»Ihr habt neuerdings einen Profiler?«

An der Art, wie Küppers seine Augen verdrehte, konnte de Jong ablesen, dass von Merzenich die Rede war. »Augenthaler hat seiner Ansicht nach nicht das Zeug zum Bikeman.«

»Und wenn er nur Mommsen umgebracht hat und nichts mit Bikeman zu tun hat?«

»Wart's ab, das kriegen wir alles noch raus. Einfühlsamkeit mag ja schön und gut sein, aber damit allein löst du keine Kriminalfälle.« Der Hauptkommissar stellte sein Glas ab und deutete mit dem Finger auf sein Gegenüber. »Dieser rheinische Bulle brennt nur darauf, mit all dem, was er so gelernt hat, herumzuprotzen. Aber es ist doch so: Natürlich hat der auch nicht die Weisheit mit Löffeln gefressen, stimmt's oder hab ich recht?«

Dankbar für die Gelegenheit, Zustimmung zu signalisieren, nickte de Jong. Wer hatte das schon?

»Das ist so wie mit der Nanotechnik und dem ganzen digitalen Gedöns: Da kommen Dinge auf den Markt, von denen man letztes Jahr noch nicht geahnt hat, dass es sie jemals geben könnte. Und so was gilt ja dann wohl auch für den Serienmördermarkt.«

»Wenn du das sagst.«

»Hey, du kannst froh sein, dass du all das nicht mehr an der Backe hast, mein Lieber«, grinste Küppers nach einer Weile bierselig.

Jetzt ging das schon wieder los. De Jong war ja darüber froh, trotzdem wollte er von Küppers nicht dazu aufgefordert werden. Sei bloß froh – und dann packte sein Gegenüber Beschwerden auf den Tisch. Beziehungsprobleme, Probleme mit dem Haus, mit dem Auto, und dass man nie Zeit habe. Da sah man mal wieder, dachte de Jong, dass Problem nicht gleich Problem war. Nur wenige Freunde zu haben zum Beispiel, Zeit ohne Ende und jeden Abend vor dem Fernseher verbringen zu müssen, das war ein Problem, von dem man nicht gern redete, sondern es nach Möglichkeit versteckte, so wie man eine ansteckende Hautkrankheit unter der Kleidung versteckt. Keine Zeit zu haben, nicht mitzubekommen, wie die eigenen Kinder aufwachsen, weil man vor Terminen und Meetings nicht mehr weiß, wem man zu- oder absagen soll, mit Freunden nur mithilfe des Terminkalenders zu kommunizieren – das waren Probleme, die man hochhalten und vor sich hertragen konnte wie eine Fahne, man bekam Applaus dafür, auch wenn dieser Applaus sie nicht zu lösen vermochte.

»Sei bloß froh, dass sie dich damals rausgeschmissen haben«, bekräftigte Küppers.

»Sie haben mich nicht rausgeschmissen«, berichtigte de Jong. »Ich bin gegangen.«

»Weißt du, was ich machen würde, wenn ich du wäre? Ein Häuschen am Mittelmeer. Kreta. Oder noch besser: Sizilien, deine Frau kommt doch daher, also ...«

»Ja ja.«

»Überleg's dir, ich habe Connections. Könnte da bestimmt was für dich drehen.«

»Klar, Eugen, wenn's um Immobilien geht, bist du der Erste, den ich frage. Ich wüsste keinen, der sich da besser auskennt.«

»Nein, ehrlich, die Kollegen von der Steuerfahndung hatten so einen Kerl an der Angel, der mit Dumpingpreisen den Markt zum Einsturz bringen wollte. Traumgrundstücke für 'nen Appel und 'n Ei, dann stellt sich raus, dass die Mafia die Finger drin hat. Aber leider mussten wir ihn laufen lassen. Der Mann hat gut daran getan, einen Großteil des Gewinns in fähige Anwälte zu stecken. Also, wenn ich du wäre …«

Küppers betrachtete sein leeres Bierglas, während de Jong den Kellner zum Zahlen herbeiwinkte. »Weißt du, Eugen, was ich dich schon lange fragen wollte: Du bist glücklich verheiratet und hast süße Kinder. Immer wenn mich Leute fragen, ob ich vielleicht jemanden kenne, der alles hat, wovon er träumt, dann nenne ich dich.«

Der andere schüttelte stumm den Kopf. Dann lachte er tonlos auf. Das war alles. Sie zahlten, und später, als sie vor der Tür des *Knipperdolling* standen, um eine zu rauchen, sagte er: »Du hast ja keine Ahnung, Niklas.«

»Wie sollte ich denn auch, wenn du mir nichts erzählst?«

Küppers hob den Zeigefinger, richtete ihn auf de Jong, dann ließ er ihn wieder sinken. »Alles perfekt«, genau wie du sagst. »Und genau das ist der Punkt.«

»Nämlich?«

Küppers antwortete nicht. Er ließ seine Kippe fallen, sah sich für ein paar Sekunden ihr rotes Glühen an und trat sie dann aus. Und dann winkte er de Jong zu. »Bis die Tage, Kollege.«

»Moment, ich hab dich doch was gefragt: Was ist der Punkt?«

Der andere winkte noch einmal stumm und machte sich davon.

13. Kapitel

Falls eine Theorie existierte, dass Beschwerden meist nichts mit dem Anlass für die Beschwerden zu tun hatten, dann war Eugen Küppers ihr lebendiger Beweis. Nichts von dem, was er früher hatte entbehren müssen, vermisste er heute noch. Er hatte Frau und Kinder, einen soliden Job, dazu ein planbares Leben mit stetiger Gehaltserhöhung und immer aufwändigeren Urlauben und immer runderen Geburtstagen. Auf den ersten Blick fehlte nichts, vielleicht war sogar das eine oder andere ein Tick zu viel des Guten. Also hatte er sich angewöhnt, seine Mitmenschen wahllos um irgendetwas zu beneiden. Küppers hatte alles, was er sich erträumen konnte, dachte de Jong, und war enttäuscht darüber, dass es sich nicht so anfühlte, als sei man satt und am Ziel angekommen. Der Unterschied zwischen ihnen war der, dass er, Küppers, enttäuscht darüber war, dass auch ein gelungenes Leben nur eines von vielen ist. Und alles, was er dazu zu sagen hatte, war: Genau das ist der Punkt. Ihn dagegen hatte seine alte Liebe eines Tages nach vielen Jahren verlassen, da konnte man nicht von ihm verlangen, die Dinge mit Humor zu nehmen.

Als er seine Wohnung betrat, war es kurz vor halb eins. Nachdem er sich von Eugen verabschiedet hatte, war er noch eine Runde über den katholischen Friedhof von Everswinkel gelaufen. Jetzt begab er sich ins Badezimmer, nahm das Fläschchen aus dem Spiegelschrank und schüttelte zwei der bunten Kapseln in seine linke Handfläche. Er warf die Dinger in den Mund und spülte sie mit Bier hinunter.

Nach etwa einer Viertelstunde bildete er sich ein, dass sich die Wirklung allmählich einstellte, obwohl er keine echte Vorstellung davon hatte, worin sie bestand. Was war es für ein Gefühl, wenn einen der Humor plötzlich durchströmte wie heiße Lava? Wenn man kaum widerstehen konnte, zu brüllen und sich auf die Schenkel zu klatschen, selbst angesichts magerer, durchschnittlicher Pointen? De Jong wartete und starrte gespannt auf sein Bücherregal. Versuchte, an lustige Dinge zu denken, aber nichts passierte. Er bekam ein wenig Durst und holte sich noch ein Bier. Er schaltete den Fernseher ein und zappte zu einer Comedysendung, nur um seine Reaktionen zu testen. Vergeblich, er geisterte ziellos zwischen hirnlosen Erotic-Clips, einer Vampirserie und der Nachtausgabe der Tagesschau herum. Also schaltete er aus, öffnete ein weiteres Bier und widmete sich, frustriert von der Geistlosigkeit des Fernsehprogramms, wieder dem Bücherregal. So wurde es zehn nach eins. De Jong griff zu und holte ein verstaubtes Buch aus dem Regal: *Faust*, der Tragödie erster Teil. Er wusste nicht, warum, wahrscheinlich aber, weil Giulias marxähnliche Meditationsbekanntschaft das Buch erwähnt hatte. Er blätterte wahllos darin herum und landete an folgender Stelle:

Werd ich zum Augenblicke sagen:
Verweile doch! du bist so schön!
Dann magst du mich in Fesseln schlagen,
Dann will ich gern zugrunde gehn!
Dann mag die Totenglocke schallen,
Dann bist du deines Dienstes frei,
Die Uhr mag stehn, der Zeiger fallen,
Es sei die Zeit für mich vorbei!

Na ja, dachte er, dieser Hansdampf von Faust sah es jedenfalls auch so: niemals stehen bleiben, immer weitergehen, nie zufrieden sein. Wer nicht steigt, fällt, und wer zufrieden ist, den hat der Tod am Wickel. Der Meditationsmann hatte recht: Der Weg war tatsächlich das Ziel, dazu gab es wohl keine Alternative. Wie konnte man sich nur so was Schräges ausdenken?

De Jong stellte das Buch wieder zurück und genehmigte sich noch ein letztes Bier, das er genießen wollte, während er gleichzeitig darüber nachdenken würde, ob es nicht allmählich Zeit wurde, schlafen zu gehen.

Dass Giulia gegangen war, mochte für ihn das Signal sein, das Vergangene abzuhaken. Giulia war Vergangenheit. Ihr konnte man nichts vorwerfen, sie hatte ihm das Abhaken wahrhaftig leicht gemacht, indem sie seine Hälfte vom Bett einem Scherzkeks zur Verfügung gestellt hatte. Die Sache war eigentlich klar gewesen, aber jetzt hatte der Scherzkeks aus heiterem Himmel das Zeitliche gesegnet. Kriminalfall hin oder her – sowohl Giulia als auch er waren mit einer neuen Sachlage konfrontiert, über die sich neu nachzudenken lohnte, und das in jeder Hinsicht ...

* * *

Als der nächste Tag mit einem Kater begann, bereute de Jong, sich an den Tabletten vergriffen zu haben. Kopfschmerzen als Nebenwirkung waren im Beipackzettel nicht erwähnt worden. Wie gewohnt fuhr er während des Frühstücks seinen Laptop hoch und las eine E-Mail, die eben erst eingegangen war:

An Kommissar Utrecht: Was hat die Befragung der üblichen Verdächtigen ergeben? Ihre Partnerin Kim Decker.

Warum nicht, dachte de Jong. Ein Leben als Hauptkommissar Utrecht mochte kitschig sein, aber bestimmt unkomplizierter als sein eigenes. Übliche Verdächtige – das sollte sie haben ... Er griff zum Telefonbuch und suchte nach der Nummer von Mommsens Nachbarn. Erstaunlicherweise gab es eine ganze Menge Augenthalers in der Stadt und nur bei zweien war die Adresse angegeben. Also fahndete er im Netz und wurde fündig: *Willkommen auf meiner Website,* verkündete Sigurd Augenthaler, berühmter Literaturwissenschafler, gleich in vier Sprachen. Seine Kompetenz war beeindruckend: ein Doktortitel in Philosophie und einer in Literaturgeschichte, Belobigungen aus dem In- und Ausland, Lobeshymnen von Kritikern, die von seinen Darbietungen verzückt waren, der eine oder andere literarische Versuch, mit dem er sich einen veritablen Ruf als Enfant terrible des Feuilleton erarbeitet hatte – all das präsentierte Augenthaler im Internet, und natürlich machte er die Öffentlichkeit auch auf sein bahnbrechendes Standardwerk aufmerksam: *Über den augenzwinkernden Humor in der deutschen Gegenwartsliteratur.* Allerdings versäumte er es, eine Telefonnummer anzugeben, stattdessen bekam man nur eine E-Mail-Adresse. Auch das taugte also nichts.

Augenthaler lehrte an der hiesigen Universität Neuere Deutsche Literaturwissenschaft. Ein Link führte de Jong auf die entsprechende Website, die ihn darüber informierte, dass der Professor just am heutigen Tag von 10:30 bis 12:00 Uhr ein Proseminar zum Thema *Das Verschmitzte in der Lyrik Hugo von Hofmannsthals und dessen Verweise auf das Frühwerk Martin Luthers* abhielt. De Jong sah auf die Uhr: Es war kurz vor elf. Er schaltete den Rechner aus.

Es war ein warmer, fast schon schwülwarmer Frühjahrstag. Der Ex-Kommissar schwang sich auf sein Fahrrad und fuhr in Richtung Domstadt. Unterwegs genoss er die Landluft und überholte die zahllosen Rudel radelnder Rentner, die vereinsweise das Frühlingswetter für einen Ausflug nutzten.

Die Universität bildete sich eine Menge darauf ein, dass ihre Institute reihenweise in historischen Gebäuden untergebracht waren, im historischen Stadtkern gelegen, mit seinen malerischen, mittelalterlichen Fassaden. Das germanistische Institut machte eine unrühmliche Ausnahme, indem es in einem hässlichen Betonblock residierte und direkt an einer vierspurigen Straße lag, die den von der Autobahn drängelnden Durchgangsverkehr so gut es ging an der Innenstadt vorbeischleuste. Der Bau stammte aus den Siebzigerjahren, laut Reiseführer erzählte er dennoch eine interessante Geschichte. Meinetwegen, dachte de Jong, aber manchmal wollte man einfach ein Gebäude betreten, ohne dass es einen vollaberte. Und das Problem war, dass es heutzutage kaum noch etwas gab, das keine Geschichte erzählte. Häuser, Städte, Nahrungsmittel, Bilder, Straßen, Plätze, Vorgärten und Gartengeräte, sogar Menschen. Alle erzählten eine Geschichte und keinem konnte man mehr zuhören. Es war ein Jahrhundert ohrenbetäubender Geschwätzigkeit.

Als er schließlich den Seminarraum erreichte, war die Veranstaltung gerade zu Ende. Mit Engelsgeduld stämmte er sich gegen die nach außen drängende Flut von Studierenden, die sich auf den Weg zum Mittagessen machten, bis ihm das Stromaufwärts-Rudern zu anstrengend wurde. Er gab auf und ließ sich zum Ausgang zurückspülen. Draußen entdeckte er den Professor, wie dieser das Unigelände verließ und nach rechts in eine kleine Seitenstraße einbog. De Jong folgte ihm und verlor ihn aus den Augen. Unglaublich, dachte er, wie schnell man so was verlernte. Auf dem Rückweg kam er an einem kleinen Straßencafé vorbei, und da saß Augenthaler bei einem Latte macchiato.

»Die Welt ist doch klein«, sagte de Jong, weil ihm nichts anderes einfiel. »Habe ich Sie nicht neulich erst in einem Café getroffen?«

»Die *Rampensau*«. Man konnte dem Professor ansehen, dass er nicht halb so begeistert von dem Wiedersehen war wie de Jong, der sich auch noch ungefragt zu ihm an den Tisch setzte.

»Hätte gern Ihre Vorlesung noch mitgekriegt«, sagte de Jong. »Aber ich war zu spät dran. Und so habe ich sie eben verschwitzt.«

Der bleiche Mann im schwarzen Outfit verzog den Mund, sodass dort, wo bei anderen das Lächeln saß, bei ihm nur ein Strich zu sehen war. »Erstens handelt es sich mitnichten um eine Vorlesung, sondern um ein Proseminar, zu dem man sich anmelden muss. Und zweitens ging es dort nicht um das Verschwitzte, sondern um das Verschmitzte.« Offenbar hielt er de Jongs Bemerkung für ein freches Wortspiel. »Darunter verstehe ich eine von Humor aufgeladene, stilistische Spielart der Literatur.«

De Jong kam sich vor wie ein Banause, weshalb er das Thema wechselte. »Wie ging es denn mit der Kleinen, die Sie in der *Rampensau* angebaggert haben?«, erkundigte er sich mit einem lasziven Grinsen.

»Sie haben wohl nichts zu schaffen mit der Kunst des Wortes?«, erkundigte sich der Professor.

»Oh doch. Früher war ich Bulle, aber jetzt schriftstellere ich. Wenn Sie wollen, dann kann ich Ihnen gern ...«

Sein Gegenüber seufzte vernehmlich. »Hören Sie, wenn es Ihnen nichts ausmacht – ich möchte hier lediglich in Ruhe meine knappe Mittagspause verbringen.«

»Also gut«, sagte de Jong versöhnlich, »ich werde Sie nicht lange stören. Mich interessiert nur zu erfahren, was Sie neulich damit meinten, als Sie den verstorbenen Herrn Mommsen als Kollegen bezeichneten.«

»Wieso interessiert Sie das?«

De Jong erschien es allzu offensichtlich, dass der Literat die Konversation mit ihm als unter seinem Niveau ansah. Also folgte er seiner Intuition und trug dick auf. »Immerhin sind Sie ein renommierter Sprachwissenschaftler von internationalem Ruf«, schleimte er anerkennend. »Sie sind – Ihre Bescheidenheit in allen Ehren – das, was man eine Institution nennt. Insofern wundert es mich ein wenig, dass Sie sich mit einem Standup-Comedian auf dieselbe Stufe stellen.«

Diese klaren Worte entfalteten eine unmittelbare Wirkung. Professor Sigurd Augenthaler war nicht nur herablassend und dünkelhaft – wenn man schon seine Stärken auflisten wollte, dann durfte die Eitelkeit nicht fehlen. Er winkte dem Kellner, bestellte noch einen Latte macchiato und erhob keinen Einspruch, als de Jong auch einen orderte. Und dann gefiel sich dieser Mann, der so dunkel und blutleer wirkte, als wäre er einem Vampirroman entstiegen, in dem, worin sich viele Lehrkörper gefallen: in der Kunst, viele Worte zu machen.

»Nun ja, aber dass wir Kollegen sind, muss man natürlich näher erklären«, erläuterte er. »Zuallererst in der Weise, dass uns Welten trennten.«

»Dabei wohnten Sie doch Tür an Tür.«

»Herr Mommsen hat BWL studiert, dies aber nicht einmal bis zum Ende. Er hat vorzeitig abgebrochen. Und dann ist er irgendwie auf eine Bühne geraten.« Augenthaler schwieg, offenbar der Auffassung, dass zu diesem Thema alles gesagt sei.

»Aber da schien er ja auch goldrichtig zu sein.« De Jong sah er dem anderen dabei zu, wie er Kaffee schlürfte.

Das Bleichgesicht genoss das Getränk Schluck für Schluck, kaute sogar hin und wieder, als handelte es sich um eine seltene Weinsorte oder hochwirksame Medizin. »Seinerzeit hat man mich durchaus als den Erfinder des ernsten Humors bezeichnet«, erwähnte es schließlich mit Stolz in der Stimme.

»Des ernsten?«

»Dies scheint nur auf den ersten Blick nicht zusammenzupassen. Aber sehen Sie, es ist Absicht. Ich behaupte, es gibt einen ernsten Humor. Ebenso wie es auch kalte Fusion, schwarze Löcher und Antimaterie gibt, was, nebenbei bemerkt, vor hundert Jahren noch niemand gedacht hätte.«

»Alle Achtung«, sagte de Jong.

»Es ist ja wohl an der Zeit, auch humoristisch neue Wege zu gehen, meinen Sie nicht? Und das nicht nur in der Quantenphysik oder in puncto soziale Netzwerke.« De Jong vermeinte, einen Anflug von Farbe in Augenthalers bleichem Gesicht wahrzunehmen; der Literaturwissenschaftler entwickelte so etwas wie Temperament und versuchte, sich als Pionier zu gebärden, der mit alten Zöpfen Schluss macht und neuen, unkonventionellen Ideen den Weg ebnet. »Jahrzehntelang lachen wir über das Gleiche – muss das denn sein? Ich sage: weg mit dem Dogma, dass Pointen das Alleinseligmachende seien. Dann kommt es auch nicht zu diesen Exzessen.«

»Exzesse?«, erkundigte sich de Jong neugierig.

»Mommsen zum Beispiel war wie besessen von Pointen, sie waren seine Obsession. Er hatte sich vorgenommen, die magische Marge von einer Pointe pro Sekunde zu knacken. Bitteschön, wer soll das denn schaffen, und wozu? Das würde bedeuten: bei einem zweieinhalbstündigen Abendprogramm sage und schreibe 9.000 Lacher!«

»Alle Achtung!«, wiederholte sich de Jong. »Davon können Sie mit Ihren ernsten Witzen wahrscheinlich nur träumen, was?«

Augenthaler nahm das als Spitze und schnappte ein. »Es handelt sich dabei auch nicht um Witze, Herr Kommissar. Literatur, die den Namen verdient, hat mit«, er malte Anführungszeichen in die Luft, »Witzen nichts zu schaffen. Aber das war einem dumpfen Witzereißer wie Mommsen nicht beizubringen.«

Der ehemalige Polizeibeamte fragte sich, woher die Genugtuung kam, mit der er sich das anhörte. Am Kaffee konnte es nicht liegen, denn der schmeckte miserabel. Höchstwahrscheinlich war es die Tatsache, dass er mit diesem Bleichling mehr gemeinsam hatte, als ihm lieb war: im Speziellen die Abneigung gegen Marc Oliver Mommsen.

»Sehen Sie sich die zeitgenössische Literatur an«, fuhr Augenthaler fort. »Sie wimmelt nur so von humorvollen Anspielungen, aber müssen Sie jemals lachen? Niemand zwingt Sie dazu. Sie haben es selbst in der Hand zu sagen: Ja, diese Stelle kommt überaus spaßig daher, man könnte in lautes Gelächter ausbrechen. Aber nein, nicht heute. Ein anderes Mal vielleicht. Stellen Sie sich diese Art von Komik mal in einer Comedy à la Mommsen vor.«

De Jong versuchte es.

»In meinem Werk über den augenzwinkernden Humor in der deutschen Gegenwartsliteratur habe ich literarisch nachgewiesen, dass ernste Komik im Gegensatz zum schenkelklopfenden Lachzwang ein Angebot sein kann, das ebenso bildend wie erbauend ist.«

»Und darüber sind Sie mit Ihrem Nachbarn in Zwietracht geraten?«

»Als er neben mir einzog, haben wir darüber gesprochen. Ich ging davon aus, dass er trotz aller Differenzen ein interessierter Zeitgenosse sei, vor allem aber ein toleranter. Nun, so kann man sich eben täuschen.«

»Schön und gut«, wandte de Jong ein, »aber am Ende des Tages ist es nun mal er, der ermordet wurde, nicht wahr?«

Augenthaler nickte, das bisschen Farbe wich wieder aus seinem Gesicht. »Die Polizei ist der Ansicht, ich hätte ihn umgebracht, nicht wahr?«

»Warum sollte sie das denken?«

»Weil wir uns nicht verstanden haben, deshalb. Herr Mommsen hat alles getan, um mich zu zerstören. Halten Sie mich bitte nicht für einfältig. Mir ist klar, dass ich ein Motiv habe.«

»Er hat Sie zerstört? Wie soll ich mir das vorstellen?«

Der Literaturwissenschaftler kippte seinen Kaffee wie einen Schnaps und redete sich wieder warm. Er beschuldigte die Polizei, die ihn verdächtigte, die Medien, die ihn vorverurteilten, und beschimpfte den Comedian. »Denken Sie bitte nicht, das seien nur die Ärgerlichkeiten eines ebenso blutleeren wie humorfreien Intellektuellen«, bat er.

»Niemals«, versicherte de Jong.

»Dieser Ausdruck stammt übrigens nicht von mir, sondern von ihm. Aber ich habe ein Stück geschrieben und auf die Bühne gebracht. *Lacht nur, lacht!* – so der Titel.«

De Jong nickte. »Lacht nur, lacht«, wiederholte er.

»Ein ernst zu nehmendes und mutiges Werk deutschen Gegenwartshumors. Kein Stück zum Ablachen, sondern mit zahlreichen Anspielungen auf die Weltliteratur. – Noch ein Kaffee für Sie?«

»Nein, danke«, sagte de Jong. »Und was wurde daraus?«

Augenthaler hob seine leere Tasse und winkte dem Kellner, der ihn ignorierte. »Mommsen nahm das Stück als Vorlage für seine derben Scherze, machte sich lustig darüber. Die Leute haben auf dem Boden gelegen vor Lachen, seine Auftritte waren ausgebucht. ›Also gut‹, habe ich zu ihm gesagt, ›dann beteiligen Sie mich wenigstens an den Einnahmen.‹ Aber dieser Kerl hat mir die Tür vor der Nase zugeschlagen.«

De Jong musste zugeben, dass er zunehmend Mühe hatte, Augenthalers Beschwerdeliste zu folgen, ohne dass seine Gedanken abschweiften, aber in einem musste er dem Literaten recht geben: Er hatte ein Mordmotiv. Ein arroganter Intellektueller und bedauernswerter Bleichling, kaum zu echten Gefühlen fähig. Dabei musste man keine übernatürlichen Antennen besitzen, um zu fühlen, dass in ihm etwas brodelte, das ihn von einem Augenblick zum anderen in einen bösen Menschen verwandeln konnte. Beispielsweise wenn ihm jemand bewies, dass er, der von der elitären Literaturwelt gefeierte Erfinder des kalten Humors, überhaupt keinen besaß. Wenn jemand ihm einen Spiegel vorhielt, aus dem ihn ein vom Leben enttäuschtes und von Eitelkeit gezeichnetes Intellektuellengesicht anstarrte, das nur dann komisch aussah, wenn es zu grinsen versuchte.

Jawohl, dieser Mann, so gebildet und kopflastig er sich gebärdete, war durchaus fähig, einen Mord zu begehen. Trotzdem hielt de Jong es nicht für wahrscheinlich, dass Augenthaler den Komiker getötet hatte. Dann könnte er selbst es ebenso gut gewesen sein, dachte er. Bei ihm geht es nämlich nicht um den guten Ruf als wissenschaftliche Koryphäe, sondern um eine Frau. Das war allemal ein noch stärkeres Mordmotiv.

»Sehe ich Sie morgen auf der Beerdigung?«, erkundigte er sich.

Augenthaler setzte seinen Latte ab. »Welche Beerdigung?« Er wirkte besorgt, als ginge es um seine eigene.

»Mommsen«, sagte de Jong. »Ich werde hingehen. Na los, geben Sie sich einen Ruck.«

»Warum sollte ich?«

»Na ja, auch wenn Sie ihn nicht umgebracht haben«, sagte de Jong. »Immerhin *könnten* Sie es getan haben, nicht wahr?«

14. Kapitel

Augenthaler kam aber nicht. Und auch de Jong hätte es beinahe nicht geschafft, weil er sich erst unterwegs darüber klar wurde, dass er nicht wusste, auf welchem Friedhof die Beerdigung stattfinden würde, sodass er es auf gut Glück versuchte. Erst beim dritten Anlauf war er erfolgreich, und da war die Zeremonie schon vorüber. Eine riesige Menschenmenge, darunter viele Prominente des Showbetriebs, Standup-Comedians, Weggefährten aus Politik und Medien, bewegte sich von der Grabstätte zum Ausgang des Friedhofs. Die Sonne lachte vom Himmel, es war wärmer als am Vortag und die meisten konnten es wohl kaum erwarten, ihre stickigen Trauerklamotten gegen etwas Legeres einzutauschen.

Der offizielle Teil der Zeremonie war geschafft, in einem kleinen Café direkt am Seeufer sollte sie im engsten Freundes- und Familienkreis ausklingen.

De Jong war der Ansicht, dass er sich im weitesten Sinne auch dazuzählen konnte.

Giulia schien das anders zu sehen. Sobald er das überfüllte Café betrat, kam sie ihm entgegen. Er hatte durchaus den Eindruck, dass sie ihn abfangen wollte. »Lass uns draußen reden«, bat sie und schob ihn vor die Tür. Unter einer dünnen Strickjacke, die sie ablegte, trug sie eine ärmellose, schwarze Bluse, die ihre Schultern vorteilhaft zur Geltung brachte. Das Sonnenlicht tat sein Übriges. Giulia roch leicht verschwitzt, was sie nur noch anziehender machte.

Sie sah ihn auffordernd an.

»Ich wollte dir nur sagen, dass es mir leid tut«, brachte er hervor.

»Danke Niklas, ich weiß das zu schätzen.«

»Ich würde das gern wiedergutmachen.«

Sie musterte ihn mit einem Blick, in dem sich Spott und Neugier auf eigentümliche Weise mischten. »Gutmachen? Was denn?«

»Vielleicht ist das der falsche Ausdruck, nein, sicher sogar. Aber ich kann mir denken, wie allein du dich jetzt fühlst.«

»Und?«

»Und ich bin da. Für dich, wenn du mich brauchst, Giulia. Ich wollte, dass du das weißt.«

»Dass deine Tür für mich offensteht?«

»Natürlich. Das tut sie immer.«

Sie schüttelte den Kopf, es war ein Das-hätte-ich-mir-denken-können-Kopfschütteln. »Vergiss es, Niklas.«

»Was? Was soll ich vergessen?«

»Also das ist ja wieder einmal typisch: Marc O ist gerade erst unter der Erde und du kommst schon an und …«

»Aber das meine ich doch gar nicht.«

»Was?«

De Jong begann zu schwitzen und wurde ärgerlich. Der erotische Zauber war längst verflogen. »Ich meine, du denkst doch nicht wirklich, dass ich deine jetzige Situation ausnutzen würde und mich wieder bei dir …«

»Stimmt es denn nicht?«

»Nein. Ich meine, in gewisser Weise schon, aber du solltest ...«

Die Tür öffnete sich.

»Was gibt es denn, mein Schatz?«, fragte eine männliche Stimme. »Warum kommst du nicht wieder herein?«

De Jong stockte der Atem. »Schatz …?«

Heraus trat ein Kerl im schwarzen Anzug. Sein rundes Gesicht, in dem ein mitfühlendes Grinsen prangte, wurde von einem säuberlich gekämmten Bart umrahmt. Rembert Kranich, der marxähnliche, völlig ungewohnt ohne knallbuntes Outfit. Das mitfühlende Grinsen verwandelte sich in ein leutseliges, sobald er de Jong erblickte. »Ach, Niklas, du bist's«, sagte er.

De Jong ignorierte ihn demonstrativ. »Wieso nennt er dich mein Schatz?«, erkundigte er sich mit Verhörstimme bei Giulia.

Sie schien nicht gewillt zu sein zu antworten, dann tat sie es doch, während sie ihren Schatz anlächelte. »Er mag mich«, sagte sie.

»Und das schon länger«, fügte der Marxähnliche hinzu und nahm Körperkontakt mit ihr auf.

»Ich verstehe gar nichts mehr«, sagte de Jong, den alles eigentlich nicht das Geringste anging. »Dein Marc Oliver ist gerade erst unter der Erde und du …«

»Marc O war ein lieber Kerl, aber sicher kein Kind von Traurigkeit«, flüsterte Giulia, als befürchtete sie, er sei in der Nähe und könnte sie hören. Dabei waren es nur die prominenten Trauergäste, die ihre Äußerung in den falschen Hals bekommen könnten. Diese lauschten aber gerade einem Song, den ein stadtbekannter Popmusiker extra für Mommsen geschrieben hatte.

»Von Traurigkeit?«, fragte de Jong, als wäre er begriffsstutzig. »Was soll das heißen? Du meinst, er hatte eine andere?«

»Danke, dass du gekommen bist«, sagte Giulia spitz. »Aber ich glaube, du gehst jetzt besser.«

Der Song endete, Applaus brandete auf.

Und wieder einmal bekam de Jong seinen Ärger nicht in den Griff. »Hey«, sagte er. »Ich war wahrhaftig kein Freund von Marc Oliver. Aber immerhin hat man ihn kaltblütig ermordet. Und denkst du nicht, dass er sich ziemlich verarscht vorkommt, wenn er jetzt sieht, dass du mit ihm ...«, sein Daumen zeigte auf Kranich, »auf seiner Beerdigung ...«

Giulia wollte das nicht kommentieren. Sie löste sich von ihrem Schatz, drehte sich um und ging hinein. Eine Weile standen die beiden Männer da, ohne etwas miteinander zu schaffen zu haben. Sie sahen auf den See, kurioserweise lag die Stelle, wo man den Toten gefunden hatte, fast genau gegenüber auf der anderen Seite.

»Tut mir leid, Sportsfreund«, sagte Kranich und sah wieder mitfühlend aus.

De Jong konnte diese Bezeichnung nicht leiden. Wenn Männer einander Sportsfreunde nannten, steckte nie Gutes dahinter, abgesehen davon hätte sich Karl Marx wohl eher kahl scheren lassen, als diese Formulierung zu gebrauchen. »Was tut dir leid?«, wollte er trotzdem wissen.

»Ich hab ihr gesagt, sie soll sich nicht mehr verstecken. Dass es ihr nicht gut tut, wenn sie sich versteckt. Wenn sie nicht sie selbst ist, verstehst du, was ich meine?«

Kein Wort, dachte de Jong. »Was hat Mommsen damit gemeint, dass er seine Seele verkauft hat?«

»Wie bitte?«

»Du hast gesagt, er hätte gesagt, er habe seine Seele verkauft und müsse sie jetzt abstottern. Was hat er damit gemeint?«

Rembert Kranich zuckte mit den Achseln. »Wenn ich das wüsste«, sagte er.

15. Kapitel

Der See lag ziemlich nahe beim Stadtzentrum. Überaus leicht zu erreichen, das hatte aber auch seine Nachteile: Wenn im Sommer die Nächte lang und warm waren, war er der ideale Schauplatz für Partys aller Art. Besonders beliebt bei Partyhungrigen, die später, wenn der Alkohol ihre Sinne benebelt hatte, nicht mehr aufräumen wollten. Und so sah es dann auch aus: Der Grill hatte den Rasen versengt, Essensreste lagen lose herum, schmierige Verpackungen ergossen den Rest ihres fett- und zusatzstoffhaltigen Inhalts ins Gras. Es war eine einzige Schweinerei.

Die Meisten waren inzwischen nach Hause gegangen, nur zwei waren noch da. So wie sie sich die Klamotten vom Leib rissen, musste man davon ausgehen, dass sie noch eine Nummer schieben wollten. Sicher, die lauwarme Sommernacht mochte dazu einladen. Aber beide waren doch ziemlich abgefüllt, da durfte man wohl bezweifeln, ob eine solche Mission Aussicht auf Erfolg hatte. Die Frau und der Jüngling hatten sich endlich entkleidet und fingen nun an herumzumachen, aber statt Gestöhne und lustvollem Grunzen gab es nur Kichern und Glucksen. Echter Sex hörte sich anders an.

Das musste man nicht mit ansehen. Also ging er kurzerhand dazwischen.

»Ich würde gern mitlachen.«

Das Mädchen glotzte ihn an, und der Kerl sammelte sich für einen Moment, um sauer zu werden. »Zisch ab, du Clown«, nuschelte er. »Siehst du nicht, dass das privat ist? Wir würden gern hier weitermachen, wenn du nichts dagegen hast.«

Der Mann mit der Maske zögerte für einen Moment, aber dann entschloss er sich, nicht zu gehen. »Ein Clown ist komisch«, sagte er.

»Sag mal, hörst du schlecht?«

»Er ist sogar so komisch, dass er die Leute dazu bringt, über Dinge zu lachen, die nicht komisch sind. Darin besteht ja seine Kunst. Es ist einzig und allein die Art, *wie* er es rüberbringt, verstehen Sie?«

»Was will denn der Kerl?«, fragte das Mädchen genervt.

Man konnte dem jungen Mann ansehen, dass er als Student der Geisteswissenschaften physiologisch gesehen eher zum gewaltfreien Dialog neigte. Aber es war ihm klar, wenn er jetzt nicht eine Schippe drauflegte und Handgreiflichkeiten androhte, dann würde sie ihn vielleicht nicht mehr ranlassen, selbst wenn der Blödmann die Biege machen sollte. »Hau ab, du scheiß Spanner, oder ich werde dir mal zeigen, was …«

Bikemans Arm schoss vor, packte den nackten Jüngling am Hals und zerrte ihn quer über die Wiese. Die Füße schleiften über die gebrauchten Pappteller und hinterließen eine Kartoffelsalatspur im Gras. Bikeman setzte ihn auf, lockerte aber nicht seinen Griff. »So, und jetzt lache! Wie willst du, verdammt noch mal, sonst glücklich werden?«

»Was ...?«

Das Mädchen schien eine Flucht zu erwägen, aber Bikeman befand sich genau zwischen ihr und ihren Klamotten. Also blieb sie, wo sie war, und versuchte, ihre Brüste mit den Armen zu bedecken.

»Lachen. Über irgendwas.«

»Aber wie soll ich denn ...?«

»Dann ist es also doch so, wie ich mir gedacht habe: Du hältst mich für einen schlechten Clown, ja oder nein?«

»Nein, natürlich nicht, ganz sicher nicht.« Der Junge fing an zu stottern. »Sie sind ganz bestimmt ein brillanter Spaßmacher. Es ist nur, weil ...«

»Weil was?«

»... ich nicht weiß, worüber ich lachen soll.«

»Kein Problem. Lach einfach los, egal worüber. Und wenn es echt ist, dann bleibst du am Leben.«

Der Nackte fing an zu lachen. Ganz sicher tat er sein Menschenmögliches und rief alles ab, was einem in seiner Situation an komischem Potenzial zur Verfügung stand. Aber das war nicht viel, und deshalb kam nur ein Krächzen heraus. Er krächzte um sein jämmerliches Leben, das musste man anerkennen. Aber beim besten Willen konnte man es nicht als Lachen bezeichnen.

»Netter Versuch, aber leider nicht echt«, sagte Bikeman.

»Doch, war es! Ich habe mich wirklich amüsiert, das musst du mir glauben! Ich ...«

Es knackte, als Bikeman seinen Kopf so drehte, dass das Genick brach.

Das Mädchen stand immer noch da und starrte ihn fassungslos an. Ihre Brüste hatte sie ganz vergessen. Panik stand in ihren Augen. Wie unklug von ihr, dachte Bikeman. Nur weil sie sich schämte, nackt in der Stadt gesehen zu werden, riskierte sie ihr Leben und blieb. Er lächelte ihr aufmunternd zu. »Und jetzt du«, sagte er.

16. Kapitel

Was das mediale Echo anging, so war *Bikeman* momentan mit Abstand der populärste Name der Stadt, weit vor Götz Alsmann oder etwa dem legendären Clemens August Graf von Galen. Und viel gefürchteter noch als Jan van Leyden, der im sechzehnten Jahrhundert die Stadt unter sein brutales Täuferjoch gezwungen hatte. Dabei spielte es keine Rolle, dass niemand das Gesicht des Mörders kannte, im Gegenteil: Dies umgab den Unbekannten mit dem Nimbus des Geheimnisvollen und steigerte noch die Neugier der Massen. *Wann wird er das nächste Mal zuschlagen?*, titelten vom Auflagenrückgang gebeutelte Printmedien, und darin klang nicht nur Entsetzen, sondern auch bange Hoffnung mit, dass diese Tat nicht die letzte war, die einen satten Absatz garantierte. Im lokalen Fernsehen war man mittlerweile dazu übergegangen, *Bikemans* Taten minutiös zu illustrieren, mit Experten im Studio und nachgestellten Szenen. So war die schwarzvermummte Gestalt auf dem Rad inzwischen jedem ein Begriff, obwohl erst durch spärliche Zeugenaussagen belegt. Strittig blieb lediglich, ob er ein Mountainbike- oder eher einen Hollandradtyp war. Das Rad aber musste sein, sonst hätte die Bestie schließlich auch in Bielefeld ihr Unwesen treiben können.

Als Vivian ihn am Wochenende anrief, klang sie euphorisch und voller Tatendrdang. »Hey, ich habe mit Marduk, meinem Agenten, telefoniert. Er meint, wir brauchen Authentisches. Schlüsselromanmäßiges.«

Am Donnerstag hatte er sie angerufen, und sie hatte alles andere als euphorisch geklungen, sondern abgehetzt und gestresst. Ob das mit ihrem alten Bekannten zu tun habe, hatte er gefragt, und sie hatte ihm unterstellt, ihr nachzuspionieren. Allmählich fand er sich damit ab, dass sie am Telefon ganz anders war als in Wirklichkeit.

»Schlüsselromanmäßig?«, fragte er. »Was soll denn das bedeuten?«

»Krimi geht gar nicht, hat er gesagt. Damit kannst du dir heutzutage den Hintern abwischen. Jeder Fuzzi schreibt einen Krimi. Aber Reality-Krimi, das ist was anderes. Das Fernsehen hat es längst vorgemacht.«

»Bist du sicher, dass man sich vom Fernsehen was vormachen lassen sollte?«, fragte de Jong skeptisch.

»Reality«, wiederholte Vivian. »Weißt du, was Marduk noch gesagt hat: ›Du hast einen waschechten Kripomenschen am Start, also mach was draus, Baby. Schreib einen Krimi, und zwar nach einer wahren Begebenheit. Das ist pures Gold.‹«

»Klar«, sagte de Jong. »Verstehe.«

»Das Buch zum Mord sozusagen. Also brauchen wir Facts. Facts und Emotions. Ich übernehme das Letztere. Was hältst du davon?«

»Ich weiß nicht«, sagte de Jong.

»Könnten wir uns vielleicht sehen? Dann besprechen wir alles.«

»Okay. Wann denn?«

»So in einer Viertelstunde. Also bis dann.«

Schon wieder war es ihr gelungen, ihn zeitlich zu überrumpeln. Wie ein Irrwisch fing er an, die Küche aufzuräumen, klaubte benutztes Geschirr in die Spülmaschine, dann kam das Bad dran, er stopfte die gebrauchten Handtücher in die Waschmaschine und schraubte den Decke auf die Zahnpastatube. Wohnzimmer, Schlafzimmer. In einer Stunde war das kaum zu schaffen, von einer Viertelstunde ganz zu schweigen. Zum Glück verspätete sie sich erheblich, also blieb ihm noch ein wenig Zeit, um sich schickere Klamotten herauszusuchen.

Geschafft, dachte er nach einer geschlagenen halben Stunde, und wollte schon Kaffee aufsetzen, als es klingelte. Aber vor der Tür stand nicht Vivian, sondern Küppers.

»Bestimmt störe ich«, vermutete er.

»Offen gesagt, ja. Ich erwarte jeden Moment Besuch.«

Küppers kam trotzdem rein. »Ich weiß nicht mehr weiter, Niklas.«

»Hast du heute einen freien Tag oder was?«

»Kannst es ruhig so nennen. Wenn's nach mir geht, bin ich eh bald raus aus dem Laden – glaub mir oder nicht.«

De Jong entschied sich für das Letztere. »Aus welchem Laden?«

»Eine Zeit lang lass ich mich gern als Fußabtreter behandeln – nichts dagegen. Aber irgendwann reicht's dann auch.«

»Fußabtreter? Ich dachte, du hättest die Leitung der Mordkommission.«

»Hab ich ja auch. Aber unser neues Superhirn hat sich so lange beim Chef eingeschleimt, bis der ihn ins gemachte Nest gesetzt hat.« Küppers hatte die Sitzecke am Fenster erreicht und ließ sich in dem einzigen Sessel nieder, ohne auf eine Aufforderung zu warten. Er stützte die Ellenbogen auf die Knie und den Kopf in die Hände. »Professionelle Kripoarbeit kannst du jetzt vergessen .«

»Sprichst du von Hauptkommissar Merzenich?«

»Ehrlich, Niklas, du weißt nicht, wie gut du es hast«, murmelte Küppers statt einer Antwort.

De Jong holte eine Flasche Wasser aus dem Kühlschrank und stellte sie zusammen mit zwei Gläsern auf den Tisch. »Na schön«, seufzte er, »dann erzähl mal der Reihe nach.«

»Weißt du, ich hatte mir sogar eingebildet, dass man mit dem Kerl den Umständen entsprechend zusammenarbeiten kann. Eine Art friedliche Koexistenz, verstehst du? Aber nach diesem verdammten Doppelmord hat er so was von Oberwasser. Der Chef ist regelrecht vernarrt in ihn.«

»Was denn für ein Doppelmord?«

Der Kopf tauchte aus den Handflächen auf, auf dem Gesicht fassungsloses Staunen und sehr wenig Verständnis. »Sag mal, liest du keine Zeitung? – Du bist zu beneiden, dass du mit dem ganzen Schietkram nichts mehr am Hut hast.«

»Erzähl mir von dem Mord.«

»Ein junges Pärchen am Aasee wurde abgeschlachtet. Beide waren nackt, offenbar gerade im Begriff, den Geschlechtsakt zu vollziehen. Tja, und dann hat man bei denen wieder so eine Schriftstelle gefunden.«

De Jong wurde hellhörig. »Was denn für eine Schriftstelle?«

»Na ja, so was Ähnliches. Die Experten sagen ja, dass es keine echte ist.«

»Wurde bei den anderen Opfern auch eine gefunden?«

»Klar, hatte ich dir doch erzählt.«

»Nein, hast du nicht.«

Küppers hob die Hand zum Zeichen, dass seine Geduld ungebührlich strapaziert wurde. »Ich weiß doch wohl noch, was ich dir erzählt habe.« Als sei dies ein Argument, das über jeden Einwand erhaben war.

»Also gut«, resignierte de Jong. »Wie lautet die Schriftstelle?«

Küppers kramte in seiner Jackentasche und förderte einen winzigen Zettel zutage, den er umständlich entfaltete. »*Unselig, welcher du auf meinen Wegen parkest und über mein Gesetz dich amüsierest*«, las er mit zusammengekniffenen Augen vor. »*Wärest du wenigstens komisch.* – Nein, halt, das ist der falsche Zettel …« Er faltete zusammen, kramte weiter, wurde fündig und entfaltete erneut. »*Unselig, welche schamlos ihrer Wolllust frönen und meiner Schöpfung nicht achten, denn siehe: Der Engel des Todes harret schon ihrer. Joh 77, Vers 13.*«

»Das sind nie im Leben Stellen aus der Bibel«, sagte de Jong.

»Was habe ich denn wohl gerade gesagt!«, ereiferte sich Küppers. »Aber diese Zettelchen sind nun mal das, was die Morde verbindet. Deshalb ja die Theorie vom zwanghaften Ordnungsfanatiker. Sie stammt von unserem Karnevalisten.«

»Und lautet?«

Küppers zog demonstrativ laut die Luft ein, um klarzumachen, wie viel Überwindung es ihn kostete, Gedanken wiederzugeben, die von seinem pappnasigen Kollegen stammten. »Die Radler auf der Promenade fuhren ohne Licht, der Autofahrer parkte auf dem Gehweg, das Liebespärchen am See wollte eine Müllhalde zurücklassen. Ergo: Unser Mörder hat etwas gegen Regelübertreter.«

»Sehr einfach.«

»Sag ich doch auch! Was ist zum Beispiel mit Mommsen?« Der Hauptkommissar griff wieder nach einem Zettel: »*Unselig, welcher du Pointen drischest, welche an Armut im Geiste nicht zu übertreffen sind, und nicht jener gedenkest, welche gern mitlachen würden.* Was hat das denn mit Regelübertretung zu tun?«

»Möchte ich auch mal wissen.«

»Tja, aber egal, jetzt ist es durchgesickert, und die Sache ist ein Selbstläufer. Ein Politikum.«

»Jetzt übertreib mal nicht.«

Hauptkommissar Küppers tat diesen Einwand mit einem Kopfschütteln ab. »Eine Studie aus dem letzten Jahr hat noch ergeben, dass die Radfahrer dieser Stadt nahezu ausnahmslos blinde Verkehrsanalphabeten sind, für die Radfahren bedeutet, in die Pedale zu treten und alle zu beschimpfen, die einem in die Quere kommen. Und jetzt? Wohlverhalten überall, nur weil alle eine scheiß Angst haben, selbst Opfer der Bestie zu werden.«

De Jong grinste.

»Du musst doch davon gehört haben.«

»Hab ich aber nicht.«

»Ehrlich, so gut möchte ich es auch mal haben.«

»Geschenkt«, sagte de Jong.

»Die linke Presse hat neuerdings sogar das unglaubliche Gerücht in die Welt gesetzt, Bikeman sei eine Erfindung der Stadtverwaltung.«

»Nee«, sagte de Jong.

»Das glaubt natürlich keiner. Aber dann kommt der Chef und weist uns an, mit Augenmaß zu ermitteln. Nichts zu übereilen. Was soll ich denn davon halten?«

»Du meinst …?«

»Genau«, nickte Küppers wie ein Mitverschwörer. »Irgendwer mag da befürchten, sobald wir den Kerl gefasst haben, ist es mit dem Wohlverhalten im Straßenverkehr wieder vorbei, und die Tyrannei der Radfahrer kehrt zurück.«

»Jetzt hör aber auf«, meinte de Jong.

Es klingelte an der Tür.

»Da kommt übrigens mein Besuch.«

»Ich bin schon weg«, sagte Küppers, ohne sich vom Fleck zu rühren.

17. Kapitel

Vivian wehte herein – um sie herum ein einziges erotisches Knistern. Schuld daran war kaum das, was sie trug – einen ziemlich kurzen Rock und ein grasgrünes Top mit der reichlich knalligen Aufschrift *Carpe Diem*. Es war die Art, wie sie es trug. Dazu kamen ihre anmutigen Bewegungen und der Anblick ihrer bloßen Schultern, ihre betörend helle Haut und Dreadlocks, die ein Eigenleben zu führen schienen wie Schlangen, die auf einem Gorgonenhaupt züngeln. Der beeindruckende Auftritt ließ de Jong völlig vergessen, sie und Küppers einander vorzustellen.

»Tut mir leid«, machte er sich schließlich daran, den lästigen Gast zu verabschieden, »aber was hältst du davon, wenn wir ein anderes Mal weiterreden.«

»Klar«, sagte Küppers, aber immer noch machte er keinerlei Anstalten zu gehen. Selbst wenn er gewollt hätte, ohne seine Augen konnte er die Wohnung nicht verlassen, und die klebten an Vivians Körper, während ein derart dämliches Grinsen auf seinem Gesicht erfroren war, dass de Jong sich fragte, wer denn hier der Karnevalist sei.

»Verwandtschaft?«, raunte er seinem Gastgeber zu.

Der deutete ein Kopfschütteln an.

»Wusste gar nicht, dass du so eine reizende Nichte hast.«

»Also bis später, ich ruf dich an.« De Jong schob seinen Exkollegen eilig aus der Tür.

Vivian ließ sich in den Sessel fallen, den Küppers gerade erst geräumt hatte. »Ein netter Herr«, sagte sie. »Er hat ein so feines Lächeln.«

»Hauptkommissar Küppers bearbeitet die Mordfälle«, erklärte de Jong. Er schlug vor, das sommerliche Wetter auszunutzen, und fragte, wie es denn mit einem kleinen Picknick sei. Vivian aber bestand darauf, sie in ihrem Kleinwagen zu einem Ausflugslokal in der Nähe zu kutschieren, das angeblich für die gesamte Region Kultstatus besaß.

So saßen sie etwa eine halbe Stunde später in einem lauschigen Garten, der zu einem ehemaligen Bauernhof gehörte, an einem weißen Plastiktisch bei Apfelkuchen mit Sahne. Spießiger ging's nicht, dachte de Jong und sah einem Pärchen am Nebentisch zu, das selbst beim Kuchenessen Händchen hielt. Vivian hatte ihr Smartphone neben dem Teller abgelegt und checkte, während sie Kuchen aß, ihren Facebook-Account.

Bei ihrer Ankunft hatte die Kellnerin ihr verzückte Blicke zugeworfen und auch ihm, dem vermeintlichen Vater, der seine Tochter an einem freien Tag ins Café ausführte. Vermutlich würde sie Vivian später einen Lutscher oder eine Tüte Gummibärchen in die Hand drücken.

»Übrigens hat man tatsächlich Schriftstellen bei den Opfern gefunden«, sagte de Jong.

»Schriftstellen?«

»Kurze Zitate aus der Bibel«, erklärte er. »So wie du es doch in deinem Krimi erwähnt hast.«

»Echt?« Vivian war zu sehr damit beschäftigt, Nachrichten zu verschicken.

»Nein, sie sind nicht echt. Erfundene Schriftstellen. Ziemlicher Blödsinn. Ich frage mich nur, wie Kim Decker das wissen konnte.«

»Weibliche Intuition«, erwiderte sie und fing seinen Blick auf, der an ihrem T-Shirt hängen geblieben war.

»Wie bist du eigentlich auf die Idee gekommen zu schreiben?«, versuchte er den peinlichen Moment schnell zu überbrücken.

»Meine Mutter.« Vivian wedelte mit der Kuchengabel. »Eines Tages fing sie damit an, Krimis zu verfassen, aber sie hat nie welche verkauft. Mein Vater hat sich immer darüber lustig gemacht.«

»Verstehe«, sagte de Jong.

»Eigentlich ist sie Hautärztin und eine verdammt gute. Alle ihre Krimis spielten im Hautärztinnen-Milieu.«

»Und jetzt trittst du in ihre Fußstapfen, um deinem Vater zu beweisen, dass er falsch gelegen hat?«

»Ihm kann man nichts mehr beweisen. Übrigens war er bei der Kripo, so wie du.«

»Lebt er nicht mehr?

»Er starb in Ausübung seiner Pflicht.«

»Das tut mir leid.«

»Papa ist selbst schuld. Seine Regeltreue wurde ihm zum Verhängnis. Wäre er nur lockerer gewesen, etwas weniger korrekt, dann würde er heute vielleicht noch leben. Und mein Bruder wäre ein richtig netter Mensch geworden. – Sag mal, hörst du mir überhaupt zu?«

De Jong war abgelenkt, Ursache war das händchenhaltende Pärchen am Nebentisch. Irgendwie kamen die beiden ihm bekannt vor, aber das konnte er nur mit Brille überprüfen, die er aus Eitelkeit fast nie benutzte.

»Entschuldigung«, sagte er und kramte in der Tasche nach dem Etui. »Siehst du deinen Bruder oft?«

»Nicht besonders. Er ist recht anstrengend. Außerdem leidet er an einer seltenen Krankheit.«

»Das muss schlimm für dich sein.«

»Tja, da braucht er seine kleine Schwester, die auf ihn aufpasst und Dinge für ihn erledigt.«

»Das glaube ich nicht ...!«

Vivian setzte zu einer Entgegnung an, begriff jedoch rechtzeitig, dass er sie gar nicht gemeint hatte, sondern die beiden Turteltäubchen. Die waren niemand anderer als Giulia und Kranich, der Enzyklop indischer Weisheiten! Mit Brille hätte er sie schon lange bemerkt. Zum Glück ahnten sie nicht, dass er sie beobachtete, so sehr waren sie mit sich selbst beschäftigt. De Jong hatte plötzlich keinen Appetit mehr auf Apfelkuchen.

»Was ist denn?«, erkundigte sich Vivian irritiert. »Kennst du die beiden etwa?«

»Meine Ehemalige«, sagte de Jong.

»Zusammen mit ihrem neuen Freund.« Sie grinste verstehend. »So was tut weh, ich weiß.«

»Lange Jahre war ich mit ihr zusammen«, erklärte de Jong, »und dann auf einmal nicht mehr. Quasi aus heiterem Himmel So etwas braucht seine Zeit.«

»Klar, das musst du mir nicht sagen.«

Giulia und ihr Begleiter hatten ihre Kuchenstücke verputzt und genossen eine Zigarette zum Kaffee beziehungsweise grünem Tee. De Jong verschob seinen Stuhl und kehrte ihnen den Rücken zu, um nicht entdeckt zu werden.

»Wirklich, ich kenne das«, versicherte Vivian. »Bei Horst war es genauso.«

»Horst?

»Horst Grönemann, mein Ehemaliger. Plötzlich hatte er eine andere. Und dann fühlst du dich so wertlos, klein und unattraktiv. Du würdest ihn gern umbringen. Oder sie. Aber dann tust du es doch nicht.«

De Jong stellte sich vor, er würde Giulia umbringen. Oder noch besser: diesen Meditationsheini. Er spürte sehnsüchtig in sich hinein und hoffte, dass allein die Vorstellung ihm eine Art von Genugtuung bereitete. Aber vergeblich. Das musste eine Berufskrankheit sein: die grundsätzliche Skepsis des Polizisten, dass Verbrechen sich nicht lohnt.

»Der Punkt ist, dass du eines Tages einen Schlussstrich ziehen musst«, sagte Vivian. »Aus und vorbei. Und etwas Neues anfängst.«

»Hört sich so an, als wäre es leichter gesagt als getan«, sagte de Jong.

Sie beugte sich zu ihm über den Tisch. »Weißt du, was ich an deiner Stelle tun würde?«

»Was denn?«

»Ich würde mir jemanden suchen, jemand Nettes, und mit dem würde ich dann weit wegziehen.«

»Jemand, *die* nett ist, meinst du wohl«, sagte de Jong.

»Ans Mittelmeer oder so. Irgendwo, wo Sonne ist und Meer und nicht überall diese kleinbürgerliche Spießigkeit. Und dann ergibt sich alles andere von selbst. Na, wie hört sich das an?«

Natürlich konnte sie nicht wissen, dass das Mittelmeer nicht gerade sein Fall war. Aber de Jong fand auch, dass er für solche Aussteigerfantasien zu alt war, was er natürlich nicht sagte.

»Eigentlich«, lenkte er wieder ab, »wollten wir doch über dein Buch sprechen.«

Vivian ließ sich nicht lange bitten. Sie machte sich über das Stück Kuchen her, das de Jong nicht mehr essen wollte, und fing an, von ihrem Projekt zu schwärmen. Dass man ja schon alles gehabt hätte – Hundekrimi, Küchenkrimi, Ökokrimi, sogar vegane Krimis.

»Hautärztinnenkrimi nicht zu vergessen«, sagte de Jong, aber er hörte ihr nicht wirklich zu, sondern sah sich immer wieder verstohlen um. Verfolgte aus den Augenwinkeln, wie Giulia sich in Richtung Waschraum begab, während Kranich auf die Bedienung wartete, vor ihm auf dem Tisch die Geldbörse.

Vivian redete weiter und trank auch noch seinen Kaffee aus. Er beobachtete, wie drüben Kranich seinen Schein der Bedienung reichte und Giulia wieder an den Tisch zurückkehrte. Sie nahm aber nicht mehr Platz. Beide verließen das Lokal, eng umschlungen.

»So gesehen sind wir ein ganz tolles Team«, meinte Vivian abschließend.

»Vielleicht«, nickte de Jong. »Erst mal sollten wir zahlen.«

***

Sie verabschiedete sich, sobald sie wieder zurück in Everswinkel waren. Aber vorher drückte sie ihm einen Stapel Computerausdrucke in die Hand. »Das 15. und 16. Kapitel«, erklärte sie. »Jetzt bist du dran mit deinen Facts.«

De Jong sah vom Balkon aus zu, wie sie in ihren Kleinwagen stieg und davonschoss. Er winkte der Nachbarin zu, die ihren Hund ausführte. Dann holte er ein Bier aus dem Kühlschrank und nahm sich die Kapitel 15 und 16 vor.

Seltsam eigentlich, dass sie die schon fertig hatte, wo sich die Handlung bisher noch bei Kapitel vier aufhielt. Aber beim Lesen begriff er, wieso. Vivian hatte vorgegriffen, indem sie die kriminalistische Ermittlung einfach übersprungen hatte. Facts interessierten sie offenbar nicht so sehr. Da, wo sie einsetzte, spielte das Kriminalistische keine Rolle. Es ging nur noch um Kim und Lionel. Schon wiederholt waren die beiden sich nähergekommen, aber jedes Mal hatten die Mordfälle sozusagen zwischen ihnen gestanden. Kim hatte sich schon oft gefragt, ob Utrecht nur ihren scharfen kriminalistischen Verstand schätzte, vielleicht auch ihre weibliche Intuition, ob es sein könnte, dass er sie als Frau denn überhaupt nicht wahrnahm. Es war wirklich zum Verzweifeln gewesen. Als sie ihn einmal – es war bei einem gemeinsamen Mittagessen in der Kantine der Kripo – darauf angesprochen hatte, war er ausgewichen und hatte sie schließlich darum gebeten, ihm noch etwas Zeit zu geben. Zeit, um sie weiter zu quälen?

Oder um sich zwischen ihr und einer anderen zu entscheiden? Gehörte er am Ende zu der Sorte Männer, die mit einer Frau nur ins Bett wollten und danach jedes Interesse an ihr verloren? Oder anders herum: War ihm dies vielleicht bewusst und zögerte er deshalb, weil er sie nicht verletzen wollte? Kim war verwirrt und nahe daran aufzugeben, denn schließlich hatte auch sie Gefühle und musste irgendwie klarkommen. Es schien ihr wie so oft zu gehen: Die wirklich tollen Männer schreckten im letzten Moment davor zurück, einer starken Frau ihres Formats nahezukommen ... – Aber dann, eines Abends, ergab es sich, dass er überraschend bei ihr aufkreuzte, ausgerechnet als sie gerade unter der Dusche stand. Die Tür war nicht verschlossen, denn sie erwartete den Pizzaboten, der die Schachtel wie immer auf dem Küchentisch zurücklassen sollte, wo auch das Geld schon abgezählt bereitlag. Lionel klopfte an, aber sie konnte ihn ja nicht hören, und er seinerseits konnte nicht ahnen, dass sie nackt war, als sie aus dem Badezimmer trat und förmlich mit ihm zusammenprallte. So stolperten beide gleichzeitig hinein in den Augenblick der Wahrheit. Hielten im selben Moment förmlich den Atem an. Und dann gab es kein Halten mehr ...

Es war zwischen elf Uhr und Mitternacht, als er sein viertes Bier öffnete. Die Kapitel hatte er längst zur Seite gelegt. Aber immer noch fragte er sich, was Vivian damit bezweckte. Das, was sie ihm zum Lesen gegeben hatte, war kein Kriminalroman, sondern Erotik pur. Jetzt sei er erst mal dran mit seinen Facts – das klang wie ein Versprechen. De Jong schloss die Augen und sah Giulia und ihren Lover beim Apfelkuchenessen.

Wie sie Händchen hielten, das hatte so etwas Demonstratives gehabt. Als hätten sie genau gewusst, dass er sie beobachtete. Und doch war da etwas gewesen, das das reichlich kitschige Bild des verliebten Pärchens gestört hatte. De Jong kam einfach nicht darauf, was es gewesen war, dabei musste es doch in seinen Augen möglicherweise ein Hoffnungsschimmer sein ...

Endlich riss er sich los. Er las noch mal das Kapitel, in dem Kim und Lionel nach der Dusche übereinander herfielen, dann noch mal und vergaß darüber die gerade erst gehegten Verschwörungstheorien. Endlich stand ihm seine Zielperspektive klar vor Augen. Giulia nachzutrauern, ihr Eifersucht zu unterstellen, schlaflose Nächte damit zu verbringen, Pläne zu schmieden, wie man ihr neues Glück unterwandern oder wenigstens beschädigen konnte – damit musste ab jetzt endgültig Schluss sein. In nicht mehr allzu ferner Zukunft würde er, de Jong, mit Vivian schlafen und es würde noch um ein Vielfaches aufregender sein, als die offenbar mit hellseherischen Fähigkeiten ausgestattete Autorin selbst es sich auf literarische Art und Weise ausgemalt hatte.

Diese Zukunftsperspektive war so bildgewaltig, dass sie seine Träume und Gedanken bis in die Morgenstunden erfüllte. Auch dann noch, als ihn das Telefon aus dem Schlaf riss.

»Ich bin's«, sagte Giulia. »Tut mir leid wegen neulich.«

»Was meinst du?«, murmelte er schlaftrunken.

»Auf der Beerdigung. Ich glaube, ich war ziemlich abweisend.«

»Es war ja auch ein schwerer Schlag für dich.«

»Ich weiß ja, dass du es nicht so gemeint hast.«

»Und ich weiß, dass du das weißt.«

»Was soll das heißen?«

»Nichts, Giulia, nur dass wir uns schon lange kennen.«

»Was hältst du von einem Versöhnungsessen? Heute Mittag bei mir.«

»Warum nicht Abend?«

»Wir wollten abends noch ins Kino. Ist das vielleicht ein Problem?«

»Nein, nein, Mittagessen klingt gut.«

»Also gut, ich freue mich.«

»Ich auch.«

Sie hatte noch nicht aufgelegt. Deshalb fragte er: »Ist noch was?«

»Wer ist eigentlich die Kleine?«

»Welche Kleine meinst du?«

»Na, welche denn wohl? Die mit den großen Brüsten und der Rastafrisur.«

Sie hatte ihn also doch bemerkt. »Du bist nicht etwa eifersüchtig?«

Ihre Stimme erkaltete sofort. »Wir sehen uns heute Mittag, Niklas.«

* * *

Das Essen war streng vegetarisch, ein Hirsebrei an Kidneybohnen und Sesamcreme, dazu ein üppiger Rohkostsalat, der obendrein Demeterqualität hatte und fair gehandelt worden war. De Jong fand, dass der angepeilte pädagogische Effekt leicht über dem kulinarischen lag und dachte wehmütig an die Zeiten zurück, als Giulia und er sich mit fettreich Gegrilltem aus der Pommesbude den Wanst vollgeschlagen hatten. Das war, kurz nachdem sie sich kennengelernt hatten und andere Dinge wichtiger gewesen waren als die Qualität ausgewogener Ernährung. Inzwischen hatten sich die Zeiten geändert, jetzt saß er als Gast im Garten seines ehemaligen Eigenheims und lauschte in den seltenen Gesprächspausen dem Zirpen der Grillen. Klatschte hin und wieder eine Fruchtfliege. Ansonsten hörte er Giulias Seelenverwandtem zu, wie dieser die Vorzüge seines Vorgängers in den höchsten Tönen pries.

»Hattest du nicht erwähnt, dass ihr beide quasi Kollegen gewesen seid?«, fragte de Jong zwischendurch.

»Künstlerkollegen, ja«, nickte Kranich.

Giulia prustete leise.

»Was ist daran so komisch?«, erkundigte sich Kranich mit einem Anflug von Stirnrunzeln.

»Nichts, überhaupt nichts.«

»Aber du hast doch gelacht.«

»Tut mir leid, mein Schatz. Aber Künstlerkollegen ...«

»Nun, da hat sie natürlich recht«, sagte Kranich, hörte mit dem Runzeln auf und nahm Giulias Hand. Aber sie entzog sie ihm.

»Sie waren also keine Kollegen?«, fragte de Jong, um zu verstehen.

»Können wir nicht über was anderes reden?«, beschwerte sich Giulia.

»Natürlich«, sagte Kranich folgsam und setzte ein Lächeln auf, so wie man Licht macht, wenn es draußen düsterer wird.

Eine Weile aßen sie schweigend. Die Grillen zirpten, und de Jong bewunderte das Lächeln, das heiligenscheingleich auf dem Gesicht des Meditators lag und dort auch blieb, unabhängig davon, ob er Suppe schlürfte oder grünen Salat knabberte.

»Dieses Lächeln«, sagte er, als Kranich sein Starren bemerkte. »Wie du das hinkriegst – meinen Respekt.«

»Es ist etwas, das von innen kommt«, erläuterte sein Gegenüber. »Eine Freude am Leben.«

»Na, dann gratuliere ich«, sagte de Jong, hatte aber nicht bedacht, dass er sein Gegenüber auf ein Thema angesprochen hatte, in dem er sich als Experte betrachtete.

»Du kannst das Leben auf viele Arten lieben.« Kranichs Lächeln schien noch einen Tick intensiver zu werden. »Ob du dich auf das Kommen des neuen Tages freust oder das Vergangensein des gestrigen beweinst. Es ist an dir.«

»Klingt verdammt nach einer indischen Weisheit«, sagte de Jong hämisch.

»Genau das ist es auch.«

»Und was ist, wenn ich beides mache: freuen und beweinen?«

»Sehr witzig!«, ärgerte sich Giulia.

»Überhaupt nicht witzig.«

»Ganz genau, du bist immer so negativ, warst du übrigens immer schon. Redest alles schlecht.«

»Verstehe.« Jetzt war es an de Jong einzuschnappen. »Anstatt jeden Tag eine Stunde zu meditieren, oder was?«

»Es ist doch nicht nur das. Sondern auch, dass man ein Ziel hat. Statt wie du nur immer in der Ecke zu sitzen und sich über das Leben zu beklagen.«

»Okay, damit ist jetzt auch Schluss«, sagte er mit vollem Mund.

»Ach ja?«, wunderte sie sich ein wenig. »Und wieso?«

»Weil ich ein Ziel habe und kein bisschen negativ mehr bin, deshalb.«

Es dauerte ein paar Augenblicke, bevor sie weiterfragte. »Hat das eventuell was mit der Rastafrau zu tun?«

»Und wenn?«

»In Indien sagt man«, mischte sich Kranich ein, »dass derjenige, der den Wasserbüffel nicht dann jagt, wenn er ihn sieht ...«

»Hör schon auf mit dem dämlichen Wasserbüffel!«, schnappte Giulia völlig unerwartet. »Ich kann's nicht mehr hören.«

Das Lächeln erlosch, als hätte sich bei Kranich die Hauptsicherung verabschiedet. »Was hast du denn auf einmal, Schatz?«

»Nichts.«

»Nichts? Danach hört es sich aber nicht an, wenn du mich fragst.«

»Tue ich aber nicht. Hör zu, ich verlange nicht mehr als nur einen Tag in der Woche, an dem du mich mit deinen indischen Weisheiten verschonst.«

»Aber ich dachte immer, dass du sie besonders schätzt ...«

Sie antwortete nicht.

Kranichs Mund wurde spitz. »Na schön, mein Schatz, wie du meinst.«

»Das schmeckt hier übrigens ausgezeichnet«, lobte de Jong und deutete mit der Gabel vage auf etwas auf seinem Teller.

»Ich dachte immer, du …«

»Einen Tag in der Woche, das ist doch wohl nicht zu viel verlangt!«

»Na schön, wie wäre es denn mit zwei? Oder noch besser mit sieben? Na, wie gefällt dir das?«

»Also gut. Wenn du es schon anbietest.«

»Von anbieten kann ja wohl keine Rede sein.«

»Wovon denn dann?«

»Das ist mir alles zu blöd, weißt du.«

»Klar, dass du jetzt wieder einschnappst.«

»Wer schnappt denn hier ein, Giulia. Ich biete lediglich an, dass …«

So ging das eine Weile hin und her. De Jong wartete die ganze Weile ab. Niemand bot ihm an, einen Nachschlag zu nehmen. Also nahm er sich schließlich einfach, während ein Wort das andere ergab und sich die gefühlte Temperatur am Tisch im freien Fall befand. Schließlich hatte er aufgegessen und erhob sich, damit rechnend, dass sie ihren Disput wenigstens für einen Augenblick mit der verwunderten Frage, ob er schon gehen wolle, unterbrachen. Aber dies geschah nicht.

Also begab er sich zur Tür.

Auf dem Tischchen unter dem Spiegel neben der Haustür fand er eine DVD: *Mommsen – das neue Programm*. Auf dem Cover, direkt unter einem schmeichelhaften Portrait, war ein Warnhinweis abgedruckt: *Humor schadet Ihnen und Ihrer Umwelt. Lassen Sie sich von Ihrem Arzt beraten, wie Sie damit aufhören können.*

»Kann ich mir die mal ausleihen?«, fragte er. Die beiden waren viel zu sehr damit beschäftigt zu streiten, also steckte de Jong die DVD ein. Sie merkten es ja nicht, auch nicht, dass er die Tür leise hinter sich zuzog.

Er hätte nicht gedacht, sagte er sich, während er mit einem Lied auf den Lippen zu seinem Fahrrad spazierte, dass seine Stimmung beim Gehen besser sein würde als beim Kommen.

18. Kapitel

Als er seine Wohnung betrat, hatte er eigentlich vor, als Ausgleich für das gesunde Mittagessen irgendetwas Fettes und Kalorienreiches in die Pfanne zu hauen, aber das Telefon klingelte. Es war Doktor Frau, der ihm mit vorwurfsvoller Stimme mitteilte, dass er auf ihn gewartet habe. De Jong musste zugeben, dass er den Montagstermin total verschwitzt hatte. Sehr bedauerlich, aber das konnte schließlich jedem mal passieren.

»Ich würde ja auch nichts sagen, wenn es nicht bereits das dritte Mal wäre«, sagte Dr. Frau.

De Jong seinerseits fand es ziemlich kleinkariert, dass der Arzt auf seinem Tadel beharrte. »Manchmal kommt eben vieles zusammen«, sagte er. »Es gibt einen Terminstau und da entfallen einem selbst wichtige Dinge.«

Am anderen Ende hörte er Frau leise lachen. »Glauben Sie Ihrem Therapeuten«, sagte der Arzt. »So etwas wie ein Terminstau existiert nicht. Was Sie beschreiben, ist ein klassisches Vermeidungsverhalten.«

»Und wenn schon«, sagte de Jong trotzig.

»Herr de Jong, natürlich sind Sie ein erwachsener Mensch und bestimmen selbst über Ihr Leben. Aber Sie haben mich nun einmal dazu ernannt, derjenige zu sein, der Ihnen in gewisser Weile zur Hilfe eilt. Und da fragt sich natürlich schon, wie das funktionieren soll, aus Ihnen einen auch nur halbwegs normalen Menschen zu machen, wenn Sie sich der Hilfe vorsätzlich und fahrlässig verweigern.«

»Halbwegs normaler Mensch?«, entrüstete sich de Jong. »Hab ich das richtig verstanden?«

»Wie Sie wissen, bin ich Facharzt für eingebildete Leiden und seltsame Wahnvorstellungen, der einzige in dieser Stadt. Diese Fachgebiete sind auch erst seit Kurzem anerkannt. Ein entsprechender Studiengang wird an der hiesigen Universität zurzeit eingerichtet, übrigens, wenn ich das erwähnen darf, mit meiner tatkräftigen Hilfe. Therapeuten meines Schlages wurden lange Zeit und werden immer noch von der übrigen Ärzteschaft mit Argwohn angesehen, aber meinen Sie nicht, dass es zu weit geht, den Arzt mit denen zu identifizieren, für die er da ist?«

»Ich verstehe nicht ganz«, sagte de Jong.

»Hals-, Nasen- und Ohrenärzte sind schließlich auch nicht ständig verschnupft, so wie Ärzte für Geschlechtskrankheiten in der Regel ein ganz normales Sexualleben führen.« Dr. Fraus empörte Stimme hatte sich fast einen ganzen Ton aufwärts geschraubt. »Jedenfalls in der überwiegenden Zahl der Fälle.«

»Davon bin ich überzeugt«, sagte de Jong.

»Und Ärztefrauen sind etwas ganz anderes als Frauenärzte, wo wir schon dabei sind.«

»Also gut, Doktor Frau – ich wollte sagen, Herr Doktor«, sagte de Jong, ziemlich verunsichert. »Wenn es Ihnen recht ist, holen wir den Termin morgen nach. Wäre das ein Vorschlag?«

Der Arzt ließ sich so lange Zeit mit seiner Antwort, bis de Jong Luft holte, um seine Frage zu wiederholen. »Vor Donnerstag ist sowieso nichts mehr frei«, sagte er dann.

»Also gut.«

»Bis dahin nehmen Sie die verschriebenen Medikamente bitte regelmäßig.«

»Ja ja«, sagte de Jong.

Der Ex-Kommissar war sich nicht sicher, ob Doktor Frau und seine besserwisserische Art sein Fall waren. Aber wie in den meisten Zeitgenossen schlummerte auch tief in ihm das Bedürfnis, ein mustergültiger Patient und seinem Therapeuten ein Anlass zur Freude zu sein, also nahm er sogar zwei Tabletten, wartete eine halbe Stunde und schob dann die Mommsen-DVD, die er sich von Giulia ausgeliehen hatte, in das Abspielgerät. Dieses Mal war die Wirkung verblüffend. Der Comedian war wirklich gut, wie er auf brillante Weise Augenthaler imitierte und dessen typische Mischung aus Eitelkeit und elitärer Arroganz auf der Bühne inszenierte. De Jong schmunzelte, dann prustete er vor sich hin, und dank der Pillen war er bald so weit, dass er laut loslachte. Mommsen als Augenthaler, der über den ernsten Humor als ebenso freiheitliche wie kostengünstige Alternative für alle gebildeten und kulturaffinen Menschen dozierte – es war zum Quieken. De Jong wurde regelrecht ausgelassen, klatschte sich wiederholt auf die Schenkel, stampfte sogar hier und da mit dem Fuß auf, sodass die Nachbarin, die zusammen mit ihrem Hund unter ihm wohnte, gegen die Decke klopfte. Dennoch erwies sich alles letztlich als Strohfeuer, das nicht länger als eine Dreiviertelstunde loderte. Danach hörte der Spuk schlagartig auf. Obwohl der Comedian alles gab und seine Zuschauer weiterhin zum Brüllen brachte, hing de Jong abgeschlafft und gelangweilt in seinem Sessel, bohrte in der Nase und kämpfte schließlich nur noch gegen den Sekundenschlaf. Alles war so wie vorher, bis auf eine gewisse Mundtrockenheit – vermutlich eine weitere Nebenwirkung des Medikaments.

Der war nur beizukommen, indem man eine reichliche Anzahl von Getränken zu sich nahm, und als er das fast hinter sich gebracht hatte, griff er zum Telefon. Inzwischen war es doch schon spät geworden, deshalb dauerte es einige Zeit, bis jemand ranging.

»Ja?«, fragte Giulias schlaftrunkene Stimme.

»Ich bin's.«

Sie seufzte, als hätte er gesagt, er sei der Gerichtsvollzieher. »Was willst du, Niklas? Es ist fast zwei Uhr nachts.«

»Was meintest du damit, als du gesagt hast, ich wäre zu langweilig?«

»Hast du schon wieder getrunken? Du rufst um diese Zeit an und fragst mich, was ich ...«

»Sag's mir einfach.«

»Niklas, ich ...«

»Doch, es ist wichtig, Giulia. Sag es mir einfach, dann lass ich dich in Ruhe.«

Er wartete, sie legte nicht auf, sondern schien sein Angebot ernsthaft zu erwägen. »Was meint man denn wohl damit?«, fragte sie.

»Darum geht's doch nicht, sondern darum, dass ich nicht finde, dass ich langweilig bin. Und deshalb ...«

»Niklas, weißt du eigentlich, wie gern ich in all den Jahren mal am Mittelmeer Urlaub gemacht hätte?«

»Klar«, sagte er. »Aber was hat das damit zu tun?«

»Du hast immer gesagt: Was sollen wir denn da? ›Sonne, Meer und Tausende von Urlaubern – wie faszinierend ist das? Und warum willst du freiwillig 35 Grad im Schatten?‹«

»Ja, kann schon sein, dass ich das gelegentlich geäußert habe.«

»Wegen dir sind wir über zehn Jahre immer nur ins Sauerland gefahren. Immer in dasselbe gottverlassene Kaff mit Fachwerkhäusern, zwei Gasthöfen und einem Rundwanderweg.«

»Tut mir leid, Giulia, ich wusste nicht, dass ...«

»Doch, das wusstest du. Aber du konntest nicht anders. Du musstest immer nur dahin, und das hatte damit zu tun, dass du langweilig bist.«

»Also, warte mal, so einfach ist das nun auch wieder nicht.«

»Egal. Du hast gesagt, du lässt mich dann in Ruhe.«

»Ja, aber es geht doch wohl nicht nur um den beschissenen Urlaub, sondern ...«

»Beschissen. Ja, du wärest am liebsten gar nicht weggefahren. Wenn's nach dir gegangen wäre, hätten wir die ganze Zeit auf dem Balkon zugebracht.«

»Nein, das ist nicht fair, Giulia. Ich ...«

»Ende des Gesprächs.«
»Giulia!«
Es knackte in der Leitung.

* * *

Am frühen Abend, so um 19 Uhr, machte er sich auf den Weg zum *Knipperdolling*. Die Abendsonne färbte den Himmel rot, und in der schwülwarmen Luft tummelten sich Tausende von Mücken. Everswinkel war nahezu menschenleer. Das Schöne an der Provinz, fand de Jong, waren diese frühen Sommerabende, weil an ihnen alle, die eben konnten, in die Metropolen drängten, um nur ja nichts zu verpassen. Man musste dann nur zurückbleiben und hatte den Abend für sich allein, konnte in aller Ruhe durch die Kleingärten zum *Knipperdolling* spazieren, um dort seinen Ex-Kollegen zu treffen und mit ihm zusammen den Tag ausklingen zu lassen.

Aber daraus wurde nichts. De Jong passierte gerade das Gatter, das zum Verein *Friedlicher Nachbar e.V.* führte, als ihn eine SMS erreichte: *Aus dem gemütlichen Bierchen wird heute nichts, kannst dich bei dem Clown bedanken. Eugen.*

Also gut, dachte er und trat schulterzuckend den Rückzug an. Unterwegs genoss er die Abendluft und versuchte, die verschiedenen Gewürze darin zu identifizieren. Oregano, Thymian und von ganz weit weg ein winziger Hauch Currysoße. Gleichzeitig ärgerte er sich über Küppers' Absage. Er erreichte die Bushaltestelle, überquerte die Straße. Als er auf der anderen Seite ankam, hupte ein Auto in unmittelbarer Nähe, dass de

Jong zusammenzuckte. Der Mann hinter dem Steuer winkte ihm zu und stieg aus: Hauptkommissar Merzenich.

»Ich hab mehrmals geklingelt, aber es war keiner da«, sagte er und trat auf de Jong zu.

»Etwas anderes hätte mich auch gewundert«, sagte de Jong. »Was ist, wollen Sie mich wieder einmal festnehmen?«

Merzenich hob beide Hände wie ein Priester, der im Namen der Gemeinde um Vergebung der Sünden bittet. »Missverständnisse unterlaufen jedem mal. Sie wissen dat doch. Sie sind schließlich auch ein Cop.«

»Bin ich nicht.«

»Jetzt kommen Sie schon: einmal Cop, immer Cop oder wie sagt man?«

»Mir egal«, sagte de Jong, »aber das war mal.«

»Ich wollte Sie trotzdem was gefragt haben«, sagte Merzenich und wies mit dem Arm in Richtung Schrebergartenanlage. »Was halten Sie von einem kleinen Spaziergang?«

De Jong wollte entgegnen, dass er gerade einen hinter sich hatte, entschloss sich aber anders. »Von mir aus«, sagte er.

Eine Weile schritten sie den schnurgeraden Weg entlang, der gesäumt wurde von Miniaturgrundstücken ohne Reihenhaus, dafür fast immer mit Blockhütte, sauber gezirkelten Gemüsebeeten und knallbunten Gartenzwergen.

»Meine Frage richtet sich nicht so sehr an Sie als Kriminalist«, brach Merzenich das Schweigen, »sondern mehr als Mitmensch.«

»Als Mitmensch?«

»Eugen Küppers. Ihr Kollege und jetzt auch meiner. Der Mann ist mir ein Rätsel, mehr als eine ägyptische Sphinx. Und Sie sind angeblich so dicke mit ihm.«

»Ja, und?«

»Ich dachte, Sie könnten mir vielleicht den einen oder anderen Tipp geben, wie ich zu ihm durchdringen kann.« Er grinste schief. »Nennen Sie es ruhig eine verspätete Form von Amtshilfe.«

»Warum wollen Sie denn zu ihm durchdringen?«

»Damit wir gemeinsam ermitteln können, nur so zum Beispiel.«

Hinter ihnen klingelte es. De Jong trat zur Seite, Hauptkommissar Merzenich aber blieb breitbeinig stehen und zwang den Radfahrer abzubremsen und ihn in einem Bogen zu umfahren. »Die sind eine regelrechte Plage«, schimpfte er dem Radler hinterher. »Wie könnt ihr sie hierzulande nur so verhätscheln.«

»Ich bin zugezogen«, sagte de Jong. »Was halten Sie denn so von Küppers als Kriminalist?«

»Na ja, er hat durchaus Qualitäten.« Merzenich spürte de Jongs fragenden Blick. »Lassen Sie mich überlegen ...«

»Seine Zuverlässigkeit«, half ihm de Jong. »Wenn er sich mit einem verabredet, kann man sich hundertprozentig darauf verlassen, dass er einen niemals versetzt.«

»Aber leider gibt es auch Schattenseiten«, sagte der Hauptkommissar, als wären ihm die sowieso lieber. »Kennen Sie die Geschichte von dem Mann, der den verlorenen Schlüssel lieber unter der Laterne sucht, nicht weil er ihn da verloren hat, sondern weil es da hell genug zum Suchen ist?«

Wieder klingelte es, zwei Radfahrer überholten, und Merzenich brüllte: »Absteigen! Schon mal davon gehört, dass hier kein Radweg ist?« Wieder zu de Jong: »Dieser Komiker zum Beispiel. Da liegen all die Bikeman-Morde auf dem Tisch, und Küppers sagt sich: ›Na schön, dann packen wir Mommsen auch noch drauf. Einer mehr macht's auch nicht.‹«

Das war Eugen, wie man ihn kannte, dachte de Jong. Aber er sagte: »Vielleicht bildet er sich ein, dass Sie auf seinen Stuhl scharf sind. Nehmen Sie ihm die Angst, und Sie beide werden ein tolles Team, davon bin ich überzeugt.«

Anstatt zuzuhören, fing der Hauptkommissar an, laut zu denken. »Im Fall Mommsen deutet einiges auf Bikeman, keine Frage. Aber anderes auch wieder nicht. Der Schauplatz zum Beispiel. Mommsen wurde nicht auf der Promenade ermordet, sondern am Aasee.«

»Aber das Liebespaar hat es auch am Aasee erwischt«, gab de Jong zu bedenken.

»Das ja«, räumte Merzenich ein. »Aber eine Grundregel der Kriminalistik lautet nun mal, dass man in alle Richtungen ermittelt. Und dass man dazu auch schon mal die Vergangenheit des Mordopfers unter die Lupe nimmt. Zum Beispiel die Zeit, als die beiden noch zu zweit waren.«

»Wer war zu zweit?«

»Mommsen und sein Mitcomedian. Sie waren ein Duo, das nannte sich *Die schrägen Vögel*. Irgendwann haben sie sich getrennt, recht plötzlich, obwohl sie ganz erfolgreich waren.«

»Mommsens Solokarriere«, meinte de Jong. »Für ihn ging's ganz nach oben. Da kann man keinen brauchen, der einem vielleicht die Butter vom Brot nimmt.«

»Eben«, sagte Merzenich. »Wer weiß, vielleicht hatte der andere im Team ja noch eine Rechnung offen?«

»Und hat der andere im Team auch einen Namen?«

Hauptkommissar Merzenich nickte. »Kranich«, sagte er. »Rembert Kranich. Daher der Name *schräge Vögel.*«

19. Kapitel

In der Nacht sehnte sich de Jong danach, Giulias Nähe zu spüren, später dann, als sich dies nicht erfüllte, sehnte er sich nach Vivians Nähe. Allein das war der Grund, weshalb er um halb drei aufstand und ein leidiges Krimikapitel in Angriff nahm. Je schneller er wie verabredet seinen Teil erledigte, so sein Kalkül, desto eher würden Vivian und er bei jenen Kapiteln anlangen, in denen Kim und Utrecht endlich zur Sache kamen und taten, wovon er neuerdings so oft träumte, öfter als ihm lieb sein konnte.

Er fuhr den PC hoch und schrieb, wie Hauptkommissar Utrecht in einer spießigen Kleingartenanlage auf den Bikeman traf und wie es zu einer wilden Verfolgungsjagd kam. Utrecht im Streifenwagen hinter dem Fahrradmann, der alles aus seinem Drahtesel herausholte, irrwitzige Haken schlug und den Verfolger abzuschütteln suchte, indem er auf unwegsame Trampelpfade auswich. Aber Utrecht setzte alles auf eine Karte, walzte reihenweise zarte Setzlinge platt, pflügte durch Gemüsebeete und überfuhr Legionen von Gartenzwergen. Fast hatte er die Bestie, aber dann entkam sie doch, indem sie mit einem halsbrecherischen Sprung über einen Teich setzte, und Utrecht zögerte, weil er um das Leben der Schwäne fürchtete. Das Ende des Kapitels ließ den Kommissar in Selbstzweifeln zurück: Heute würden sie ihn als Retter der Schwäne feiern, aber was, wenn der Fahrradmann schon morgen wieder morde-te? Waren die Leben zweier Schwimmvögel wirklich mehr wert als das eines Menschen, auch wenn sich dieser Mensch weigerte, Regeln einzuhalten?

De Jong glaubte nicht an die berühmte Schnüfflernase, jenes magische Riechorgan, das den gewieften Kriminalisten ans Ziel führt. Die Schnüfflernase war nur eine Ausrede dafür, dass man keine Lust hatte, ungeliebte kriminalistische Kleinarbeit zu erledigen: Reifenspuren auswerten, ballistische Messungen anstellen, DNA-Tests analysieren oder einfach nur Zeugen befragen. Genau diese Unlust hatte ihn in seiner aktiven Zeit oft dazu veranlasst, seine unkonventionellen Maßnahmen mit dem Riecher des Ermittlers zu begründen. Heutzutage sah die Sache anders aus: Er hatte schlichtweg nichts anderes mehr zur Verfügung als diesen Riecher, und der hatte sich zu Wort gemeldet, als Hauptkommissar Merzenich von den schrägen Vögeln erzählt hatte. Und dass einer dieser Vögel Rembert Kranich gewesen war. Das hatte überhaupt nichts damit zu tun, dass der Marxähnliche einen Platz beanspruchte, der eigentlich ihm, de Jong, zustand, und der Exkommissar es deshalb nur begrüßen konnte, wenn der Mann sich als Verdächtiger erweisen sollte. Solche Dinge wusste der Riecher sehr wohl auseinanderzuhalten. Auf der Suche nach einer Möglichkeit, den schrägen Vogel unter die Lupe nehmen zu können, ohne dass sich Giulia bei jeder Gelegenheit an ihn schmiegte, fiel ihm ein, dass Kranich einen Therapiehof erwähnt hatte, auf dem er seine Sinnangebote feilbot. Im Internet musste er nicht lange suchen: Das Therapiezentrum *Lotushof* lag in nördlicher Richtung, ganz in der Nähe von Altenberge.

Es war ein bildschöner Tag – der Sommer war weiter auf dem Vormarsch und der Therapiehof ein renovierter Bauernhof, der sich in jeder Hinsicht als idyllisches Fleckchen erwies. Darauf, dass es hier nicht nur idyllisch aussah, sondern auch zuging, war de Jong nach seiner Internetrecherche schon gefasst: Auf dem Hof konnte man so ziemlich alles an Selbstfindung bekommen, was auf dem Markt war, darunter buddhistische Ganzkörpermassage, Wahrsagerei, eine duale Hexenausbildung, Unterweisung in den dunklen Künsten nach Severus Snape, darüber hinaus Tantrakurse, Reinkarnationstherapie und SHZ – Selbstfindung durch hypnotische Zeitreise. Nicht zu vergessen: transglobale Meditation, Therapeut war Rembert Kranich.

»Die würde ich gern mal ausprobieren«, sagte de Jong.

Das Mädchen im Infopavillon, eine Hennarothaarige mit weit ausgeschnittenem T-Shirt und einem monströsen Lippenpiercing, lächelte, soweit ihr das anatomisch möglich war. »Wollen Sie ein Vorgespräch oder eine Schnuppereinheit?«

»Vorgespräch klingt gut. Ich hatte übrigens angerufen. De Jong.«

Nach einem zweiten Lächelversuch griff sie zum Telefon. Kurz darauf führte sie ihn über den Hof, vorbei an Hühnergehege und Stillezone zu den Meditationsräumen, die sich in einer ehemaligen Scheune befanden. War es die Nachmittagssonne oder die Aura einer besseren Welt, die alles in ein friedlich rötliches Licht tauchte?

Kranich kam ihnen schon entgegen, wie immer in weiten, bunten Klamotten. »Mein Respekt«, sagte er mit einem breiten Grinsen, während er de Jong die Hand schüttelte. »Hätte ich nicht gedacht, dass du tatsächlich den Mut findest …«

»Was hat das mit Mut zu tun? Arbeitet ihr hier etwa mit Elektroschocks?«

Nach einer Nanosekunde der Unsicherheit wurde das Grinsen breiter. »Nein, natürlich nicht, ich meine, dass jemand wie du, ein …«

»Spießer?«

»Das wollte ich nicht sagen.«

»Was denn dann?«

»Nun, ich meinte einfach jemand, der in Sachen Meditation, so will ich meinen, ein völlig unbeschriebenes Blatt ist.« Sie hatten inzwischen den Therapieraum betreten: ein fast leerer Raum, weiß getüncht mit einem Spritzer Orange, zwei Sitzsäcke, in der Ecke ein Wasserkocher und aufgestapelte Meditationsschemel. »Dass du dich auf so etwas einlässt.«

»Eigentlich«, sagte de Jong, »wollte ich lieber etwas über dich erfahren. Genauer gesagt über deine vergangene Karriere als Comedian.«

Das Lächeln des Marxähnlichen kühlte leicht ab, und ein Schatten legte sich über sein Gesicht – der Schatten der Vergangenheit, wie es de Jong vorkam. »Kann ich dir inzwischen einen Tee anbieten?«

De Jong sagte nicht nein, der Wasserkocher gurgelte, dann rauschte er. Der Tee war heiß, aber keine Offenbarung. Mit der Schale in der Hand saßen sie sich auf den Sitzsäcken gegenüber.

»Das alles ist lange her«, meinte der Meditator. »Und als Karriere würde ich es nun wirklich nicht bezeichnen.«

»Aber du bist doch gemeinsam mit dem berühmten Marc Oliver aufgetreten?«

»Na ja, das war lange vor seinem Durchbruch. Aufgetreten sind wir damals auf Geburtstagsfeiern, in fast leeren Gemeindesälen oder verqualmten Kneipenhinterzimmern. In diesen Tagen habe ich so etwas wie Karriere angestrebt, weil mir da Verschiedenes einfach noch nicht klar war.«

»Das wäre?«

»Die kosmische Harmonie zum Beispiel.«

»Was hat die denn mit Comedy zu tun?«

»Eben nichts.« Kranich stellte seine Teetasse ab und lehnte sich in seinem Sitzsack zurück. »Eines Tages begriff ich, dass es uns nicht weiterbringt, wenn wir uns über Dinge nur lustig machen. Echte Heiterkeit kommt von innen. Sie ist etwas absolut Positives.«

»Ganz meine Meinung«, sagte der Exkommissar.

»Von da an wurde die Positivität meine Leidenschaft«, erzählte Kranich. »Die universale Positivierung – das ist die einzige Medizin, die unsere Welt zu heilen vermag. Noch etwas Tee?«

»Nein danke«, sagte de Jong, denn das Getränk erzeugte auf seinem Gaumen einen seltsamen Nachgeschmack. »Was aber jetzt Marc Oliver Mommsen angeht …«

Kranich füllte nur die eigene Teeschale nach und hob die Hand. »Eine ganz andere Geschichte. Mommsen mochte ja als Comedian eine echte Begabung haben, aber seine Aura sprach eine ganz andere Sprache.«

»Welche denn?«, fragte de Jong neugierig.

»Nenn mich ruhig altmodisch, aber ich halte was von dem Brauch, dass man über einen Verstorbenen keine Häme ausgießen sollte. Also …«

»Okay«, sagte de Jong. »Du musst sie ja nicht gießen. Schieb mir einfach den Eimer herüber und ich sehe selbst nach.«

»Nein und nochmals nein. Schon gar nicht sollte man über jemanden wie Marc O Mommsen schlecht reden.« Kranich griff wieder nach der Teeschale. »Weil man dann nämlich gar kein Ende mehr finden würde.«

Für jemanden, der sich so mit Haut und Haar dem Positiven verschrieben hatte, war das jetzt eine ganz schön negative Aussage, fand de Jong.

»Das Problem ist Giulia, verstehst du? Für sie ist Mommsen ein Heiliger, sie lässt nichts auf ihn kommen. Und von daher gesehen hilft die Tatsache, dass er nicht mehr lebt, auch nicht weiter.«

»Sie hilft nicht weiter?«

»In dem Sinne, dass es Heiligen nichts ausmacht, wenn sie tot sind. Im Gegenteil, dadurch werden sie noch präsenter. Noch heiliger.«

De Jong verstand in etwa, was der Meditationsmann meinte.

»Und wenn wir schon bei der Wahrheit sind«, kam Kranich jetzt doch darauf zurück, »gehört es sich einfach zu erwähnen, dass Marc O ohne jeden Zweifel ein eiskalter und skrupelloser Mensch war, der nur seine Karriere im Kopf hatte und auch nur dann witzig war, wenn die große Kohle winkte.«

»Das ist aber alles andere als positiv«, sagte de Jong.

Kranich nickte, dieses Mal ohne jedes Lächeln. »Man nennt es ›mean‹ – nicht in der Bedeutung von ›Bedeutung‹«, erklärte er, »sondern von ›fies‹ und ›gemein‹. Es ist eine Art therapeutischer Prozess. Eine Katharsis. Wir lassen das Negative, das in uns allen schlummert, zu und spülen es hinaus. Aber Tatsache ist doch«, fügte er nach ein paar weiteren Schluck Tee hinzu, »dass Giulia regelrecht von ihm abhängig war. Oder siehst du das vielleicht anders?«

»Nicht unbedingt«, stimmte de Jong zu. Auch seine Teetasse enthielt wieder Tee, obwohl er gar keinen bestellt hatte.

Kranich nickte auf übertriebene Weise. »Das hab ich gleich gemerkt, als wir uns das erste Mal getroffen haben.«

»Was?

»Dass wir gleich ticken.«

»Wen meinst du: Giulia oder mich?«

»Dich natürlich. Dir hat er Giulia schließlich auch weggenommen, oder nicht?«

»Was heißt hier ›auch‹? So wie ich das sehe, hast du sie doch wohl ihm weggenommen, nachdem er sie mir weggenommen hatte.«

Kranich brauchte eine Zeit, um zu folgen. »Wenn man so viel gemeinsam durchgemacht hat wie wir«, stellte er fest und hob seine Teetasse, als wollte er einen Toast ausbringen, »muss man nicht mehr um den heißen Brei herumreden. Stimmt doch, oder?«

»Vielleicht«, sagte de Jong, der sich müde fühlte.

»Alles ist heute so beliebig geworden, austauschbar. Du nimmst mir meine Freundin weg und ich nehme dir deine. Aug um Auge.«

»Deine«, verbesserte de Jong.

»Oft liege ich nachts wach und denke dann über diese Typen nach, die alles so locker sehen, die so tolerant sind und immerzu Augen zudrücken. Ich frag mich, ob das vielleicht auf die Dauer hilft: Augen zudrücken? Wegsehen? Wozu haben wir denn Regeln, wenn wir Augen zudrücken, wenn's drauf ankommt? Dann können wir sie ja gleich in die Tonne hauen. Also warum sonst gibt es diese verdammten Regeln? Sag mir das, de Jong.«

»Weil wir Tonnen haben«, schlug de Jong schläfrig vor. »Und die haben wir nicht, damit sie leer bleiben, verstanden?«

»Wenn du nachts mal nichts zu tun hast, dann schwing dich auf dein Fahrrad und mach eine kleine Spritztour. Dann kannst du dir selbst ein Bild verschaffen.«

»Gern.« De Jong gähnte.

»Über das mit den Regeln. Denn dann gelten die offenbar nicht mehr. Du wirst angepöbelt. Niemand hält es für nötig, das Licht einzuschalten. Leere Flaschen zerdeppern einfach so auf dem Asphalt. Und was sagen die Mommsens dieser Welt dazu? Jetzt komm mal wieder runter, sei kein engstirniger Spießer, da muss man auch mal ein Auge zudrücken.«

»Auge zudrücken …«, murmelte de Jong.

* * *

Als er aufwachte, war es längst Abend, so gegen sieben oder acht, wie de Jong schätzte. Er befand sich immer noch im Therapieraum. Die rötliche Sonne war noch tiefer gesunken und steckte ihre Strahlen wie dünne, endlos lange Fühler durch die staubigen Fenster. De Jong lag auf einer Schlafgelegenheit, die jemand aus übereinandergestapelten Isomatten gebastelt hatte. Was zum Teufel war passiert? Er war eingeschlafen, aber wieso? War es dieser Tee gewesen? Er hatte von Kranich geträumt und von einer Medizin, die das einzige Heilmittel war. Hatte er diese Medizin eingenommen?

»Kranich, wo zum Teufel steckst du?«, rief er.

Niemand antwortete. Er war allein. Und er konnte sich nicht mehr erinnern, was hatte der Therapeut gesagt und was hatte er lediglich geträumt, dass er es gesagt habe? Und was hatte er nicht gesagt? Es würde dauern, in seinem Gedächtnis wieder Ordnung zu schaffen.

De Jong rappelte sich auf. Beide Teetassen waren verschwunden. Die Sitzsäcke waren ausgeschüttelt und standen säuberlich nebeneinander an der Wand. De Jong ging zur Tür, öffnete und schnüffelte die Landluft. Es war ein traumhafter Abend. Und er fühlte sich großartig.

Genau das machte ihn misstrauisch.

20. Kapitel

Es waren ja nicht nur die Landluft und die offensichtliche Tatsache, dass der Marxähnliche ihm etwas in den Tee gemischt hatte, zu welchem Zweck auch immer. Sondern vor allem Kranichs auffällige Unfähigkeit, Augen zuzudrücken, wenn er mitansah, dass jemand sich nicht an die Regeln hielt. Eine Unfähigkeit, die ihm äußerlich so gut wie gar nicht anzusehen war, sodass sie, wie de Jong vermutete, eingesperrt in seinem Inneren rumoren musste, von Mal zu Mal ungeduldiger und unnachgiebiger, sich immer mehr mit Gewaltbereitschaft auflud, bis sie sich eines Tages auf eruptive und durchaus blutige Art und Weise Geltung verschaffte. Dazu passte auch dieser seltsame Versprecher, der de Jong nicht aus dem Kopf ging: Selbst die Tatsache, dass Mommsen mausetot sei, helfe nicht weiter. So redete doch nur jemand, der sich fragte, was denn bitteschön der ganze Aufwand, einen Mord zu planen und auszuführen, obendrein mit dem vollen Risiko, gefasst zu werden und für den Rest seines Lebens hinter Gittern zu landen, im Endeffekt gebracht hatte. Und der sich im Nachhinein wünschte, lieber nicht getan zu haben, was er getan hatte. Aber für diese Form von Reue, wenn man sie überhaupt als solche bezeichnen konnte, war es jetzt zu spät ...

Jetzt hatte er endlich seinen Verdächtigen, dachte er zufrieden. Das Dumme war nur, dass der wie vom Erdboden verschluckt war. Was ihn natürlich noch verdächtiger erscheinen ließ. De Jong machte sich umgehend daran, den *Lotushof* zu durchsuchen. Die nächste Tür, die sich öffnen ließ, trug die Aufschrift *Entspannungszone*, sie führte in einen stickigen Raum, der leer war bis auf einen Rasenmäher und ein paar prall gefüllte Gartensäcke. Von Rembert keine Spur. Also weiter: Er stolperte durch die Stillezone, versetzte das Geflügel im Hühnergehege in Panik und platzte schließlich in ein gut besuchtes Hexenseminar. Die Leiterin, eine etwa Fünfzigjährige mit grünem Bürstenhaar, durchbohrte ihn mit einem vorwurfsvollen Blick.

»Entschuldigung«, sagte er, »aber ich bin von der Kripo und müsste dringend Herrn Kranich sprechen. Können Sie mir vielleicht sagen, wo ...«

Vermutlich war es unklug, das mit der Kripo zu erwähnen, jedenfalls schwiegen alle Frauen beharrlich und musterten de Jong argwöhnisch – so lange, bis er kehrt machte. Die ergebnislose Fahndung endete schließlich im Infopavillon, wo er allerdings nicht mehr die Lippengepiercte antraf, sondern einen großen, weißhaarigen Mann mit langem Bart, der ihn an Gandalf erinnerte.

»Rembert?«, sagte er und kratzte sein behaartes Kinn. »Der ist schon vor einer ganzen Weile weg. Hatte es ziemlich eilig.«

»Wissen Sie vielleicht, wo ich ihn jetzt erreichen kann?«

Gandalf zuckte mit den Schultern. »Keine Ahnung, Mann. Ich bin hier bloß der Kerl, der das Licht ausmacht.«

* * *

Sobald er zu Hause war, befragte de Jong noch einmal den Computer. Es war fast wie in alten Zeiten, dachte de Jong. Man ermittelte in einem Fall, tappte wochenlang im Dunkeln, und dann, an einem malerischen Frühlingsabend lag sie dann plötzlich da, die Spur, nach der man so lange gesucht hatte. Die ganze Zeit über war sie dort schon gewesen, man hatte sie aber einfach nicht wahrgenommen und konnte sich nicht wirklich erklären, wieso eigentlich.

De Jong gab in die Suchmaschine ein: *Die schrägen Vögel.*

Heutzutage war es bekanntlich nicht mehr allzu kompliziert, an persönliche oder sogenannte heikle Daten zu kommen. Über Datenschutz wurde viel gesprochen, aber zum Glück gab es ja soziale Netzwerke. Während der Aufschrei der Empörung über gläserne Verbraucher und darüber, dass privateste Dinge ausgespäht wurden, unermüdlich und unbeachtet wie ein Stück Raumfahrtschrott um die Welt kreiste, machten sich Milliarden weltweit Vernetzter daran, genau dieser Welt jedes auch noch so unwichtige Detail des eigenen Privatlebens aufzunötigen. Offenbar fest davon überzeugt, Unbedeutendes bedeutender und

Uninteressantes interessanter zu machen, fotografierte man, was immer fotografierbar war, und beschenkte die Welt mit Geheimnissen, die niemand lüften wollte: So sieht meine Wohnung aus, so meine gebrauchte Unterwäsche und so mein Essen, wenn es verdaut und wieder ausgeschieden wurde. Ein geniales Datenschutzkonzept, denn selbst ausländischen Geheimdiensten ging irgendwann das Interesse aus.

Leider stellte sich heraus, dass das Medienecho der *Schrägen Vögel* tatsächlich nicht besonders laut ausgefallen war. Es gab nur ein Auftrittsplakat aus dem Jahre 2005, von einem Fan ins Netz gestellt, außerdem einen reichlich schlanken Tourneeplan von Anno dazumal und eine überalterte Website. Wenigstens hatten die beiden damals unbekannten Comedians nicht mit biografischen Informationen gespart: Marc Oliver Mommsen stammte aus einer Oberschichtfamilie, er war der Sohn eines erfolgreichen TV-Schauspielers und Produzenten, in der Klasse aufgrund seiner mutmaßlichen Hochbegabtheit sozial isoliert und oft gehänselt, was ihm die Rolle des Spaßmachers geradezu aufgedrängt hatte. Kranich dagegen war der Spross einer Harz-IV-Familie, die Mutter machte bei der Linken in Berlin gegen Gentrifizierung und Zwangsräumung mobil – auf dem Foto wirkte sein Grinsen verkniffen, geradezu grimmig. Die wenigen Kritiken bezeichneten seine Gags als »bitterböse« und »politisch inkorrekt«. Alles in allem waren die beiden Comedians ein ungleiches Duo, dessen letztes Stündlein schlug, als Mommsen zum TV-Star aufstieg. Kranichs Spur verblasste hier zusehends, aber als de Jong schon aufgeben wollte, stellte sich doch noch ein Ergebnis ein: Ein Artikel eines Provinzblättchens aus dem oberbergischen Kreis berichtete unter dem Titel *Auf eigenem Mist gewachsen* vom Ende eines Plagiatverfahrens, das Rembert Kranich gegen seinen ehemaligen Bühnenkollegen angestrengt hatte.

* * *

Als er am Mittwoch gegen zehn bei Giulia vorbeischaute, rechnete er kaum damit, dass sie sich über seinen Besuch freuen würde. Er wurde nicht überrascht.

»Du schon wieder«, sagte sie, trat aber beiseite, um ihn hereinzulassen. Giulia trug etwas Sommerliches, das in de Jongs Innerem, genau dort, wo eigentlich Heiterkeit und Gelassenheit wohnen sollten, Neid auf den Meditator auflodern ließ wie eine offene Flamme, die sich vom Gefühl allgegenwärtiger Weltungerechtigkeit nährte. »Was willst du?«

»Nur mal vorbeischauen.«

»Okay, du weißt ja, wo alles ist.«

»Und Rembert, ist der auch da?«

»Was willst du denn von dem?«

»Er hat mir gestern Abend eine Medizin verabreicht, und ich dachte, es interessiert ihn vielleicht, wie sie so gewirkt hat.«

»Rembert ist auf dem *Lotushof.*«

»Na gut«, sagte de Jong, »aber vielleicht können wir beide ja ein bisschen über ihn plaudern.«

»Wenn ich über ihn plaudern wollte, dann bestimmt nicht mit dir.«

De Jong öffnete die Terrassentür und trat hinaus in den Garten. Sie folgte ihm.

»Hast du jemals von den *Schrägen Vögeln* gehört?«, fragte er.

Giulias Blick streifte ihn nur kurz, er konnte bedeuten: Wird das jetzt ein Verhör, oder was?

»Oder anders gefragt: Was hat Rembert so gemacht, bevor ihr euch kennengelernt habt?«

»Wenn du's unbedingt wissen willst: Als Rembert und Marc Oliver noch praktisch Kinder waren, sind sie zusammen als Kabarettisten aufgetreten. Und eines Tages sind sie getrennte Wege gegangen. Das war's schon.«

»Na ja, sagen wir: Mommsen ist weitergegangen und sein bisheriger Weggefährte ist abgebogen.«

»Rembert hat begriffen, dass Comedy nicht sein Ding ist. Deshalb reiste er nach Indien.«

»Nach Indien? Hat er das behauptet?«

Giulias Miene verfinsterte sich. »Was versuchst du ihm zu unterstellen?«

»Gar nichts. Aber was ist denn mit dem Streit, der die beiden entzweit hat? Dass Rembert Marc Oliver verklagt hat, weil der ihm angeblich Gags und Texte geklaut und sie für die eigenen ausgegeben hat?«

»Das stimmt doch nicht …«

»Zu dieser Auffassung kam jedenfalls das Gericht. Kranich musste sich bei Mommsen entschuldigen …«

»Blödsinn!« Giulia wandte sich kopfschüttelnd von ihm ab, und de Jong war sich sicher, dass sie ihn jetzt hinauswerfen würde. Aber dann hörte er sie schluchzen.

»Du bist so gemein!«

»Aber nein, wieso ich …?«

»Marc Oliver ist ermordet worden, trotzdem konntest du es nicht lassen, ihn mit Dreck zu bewerfen. Und jetzt Rembert …«

»Nein, ich wollte ihn doch gar nicht bewerfen. Aber …«

»Ach nein, wolltest du nicht! Nur weil du es mit deiner kranken Eifersucht nicht ertragen kannst, wenn ich mit einem Mann glücklich bin!«

»Aber Giulia, das stimmt nicht. Ich kann das sehr gut ertragen, ich meine, wenn du glücklich bist, ich wünsche es mir sogar …« Er trat zu ihr und nahm sie in die Arme, und zu seiner Überraschung ließ sie es geschehen. Für einen kurzen Moment schien alles wie früher zu sein. De Jong wurde bewusst, dass er sich tatsächlich nichts anderes wünschte.

»In Indien«, sagte sie nach einer Weile, »hat Rembert die Kraft des Positiven erkannt.«

De Jong seufzte. »Davon hat er mir auch erzählt.«

»Und daraus hat er seinen meditativen Ansatz entwickelt. Verstehst du, gerade weil er früher dazu neigte, besonders negativ zu sein. In seiner Kabarettzeit. Alles zu verulken und in jeder Suppe ein Haar zu finden.«

Das muss eine harte Zeit für ihn gewesen sein, wollte de Jong sagen, weil sie aber immer noch in seinen Armen war, verkniff er es sich im letzten Moment und sagte stattdessen: »Er sprach von der Heiterkeit, die von innen kommt.«

Giulia nickte. »In Indien hat Rembert gelernt, sich ausschließlich positiv zu artikulieren. Alles Negative zu vermeiden, gerade im sprachlichen Sinn. Deshalb arbeitet er zurzeit an einer Art therapeutischen Sprache, die ganz auf negative Aussagen verzichtet.«

»Wie mutig.« De Jong bemühte sich, anerkennend zu klingen.

»Rembert hat sich vorgenommen, einige große Werke der Weltliteratur in die Polingua zu übersetzen.«

»Polingua?«

»Die neue Sprache. Po wie positiv und Lingua – das bedeutet Sprache.«

»Verstehe«, sagte de Jong.

»Neulich hat er mir einen Ausschnitt aus Dante Alighieris göttlicher Komödie vorgelesen, die er momentan positiviert. Ihm ist klar, dass der Text bisweilen umständlicher wird und länger. Aber es lohnt sich.«

Was machte er hier eigentlich?, durchfuhr es de Jong. Nur um sie berühren zu dürfen, finde ich ihren buntgekleideten marxähnlichen Lover toll und beklatsche seine literarischen Monströsitäten. »*Die göttliche Komödie*«, nickte er. »›Es lasse, wer hier eintritt, alle Hoffnung fahren‹, oder so ähnlich.«

»Genau.« Giulia, getröstet und wieder guter Dinge, machte sich von ihm los. »Das klingt in Polingua so: Nur immer hereinspaziert, denn die Tatsache, dass Hoffnung zu fahren vermag, ist ein gutes Zeichen, bedeutet es doch immerhin Bewegung in einer festgefahrenen Situation.«

»Ich bin beeindruckt«, sagte de Jong.

21. Kapitel

Er hatte erst den halben Weg nach Everswinkel zurückgelegt, als das Telefon klingelte. De Jong kramte das Ding aus der Tasche. »Was gibt's?«

»Hier ist Dr. Augenthaler. Haben Sie inzwischen diesen Bikeman geschnappt?«

»Sie verwechseln mich mit der Kripo. Aber wenn Sie's wissen wollen, fragen Sie am besten Hauptkommissar Küppers.«

»Es ist Ihnen doch klar, dass jeder dieser Mensch sein kann. Tagsüber ist er einer wie du und ich, nachts schlüpft er in seine Verkleidung und spielt den blutigen Rächer.«

»Bei der Aufklärung von Verbrechen spielt comicbasiertes Wissen eher eine untergeordnete Rolle«, bemerkte de Jong.

»Okay, ich habe mich entschlossen, meine Karten aufzudecken. Aber ich werde sie nur Ihnen zeigen, de Jong, danach nehme ich sie wieder auf.«

»Wovon reden Sie?«

»Gerade eben war dieser Küppers wieder bei mir und behauptete, es gäbe einen Zeugen, der mich zur betreffenden Zeit am Tatort gesehen haben will. Da, wo man später Mommsen tot aufgefunden hat. Ich hab ihm gesagt, dass ich nichts mit der Sache zu tun habe, aber er meinte süffisant, ständiges Leugnen mache einen auch nicht unschuldiger. Als wenn man ›unschuldig‹ überhaupt steigern könnte.«

»Wahrscheinlich nicht«, sagte de Jong.

»Ich bin bereit, mich mit Ihnen zu treffen und Ihnen einiges von Wichtigkeit anzuvertrauen.«

»Na schön. Einverstanden. Und wo?«

»In der *Rampensau*, sagen wir in einer Viertelstunde.«

»Das schaffe ich nicht«, sagte de Jong.

»Na gut, wie wäre es mit heute Abend, so um sieben, halb acht?«

Als de Jong das Handy wieder einstecken wollte, bemerkte er eine junge Frau, die längsseits radelte. Sie war blond und trug einen Fahrradhelm.

»Guten Tag«, sagte er.

»Fahrradpolizei«, sagte die Frau. »Oberkommissarin Scheidemann. Das macht 25 Euro.«

»Was denn?«

»Telefonieren während des Radfahrens.«

»Es war ein Notfall«, sagte de Jong. »Außerdem bin ich auch bei der Polizei.«

»Das kann jeder sagen«, meinte Frau Scheidemann.

»Rufen Sie doch Hauptkommissar Küppers von der Mordkommission an, der wird es Ihnen bestätigen.«

»Und wenn. Glauben Sie etwa, für die Kripo gibt es keine Regeln?«

»Das nicht«, sagte de Jong.

Sie hielten an, er überreichte Frau Scheidemann das Bußgeld, sie gab ihm das Handy zurück und wünschte ihm weiterhin eine gute Fahrt. Während er dem Blondschopf nachsah, dachte er über ihre Frage nach: Glauben Sie etwa, für die Kripo gibt es keine Regeln? Der Satz hallte nach in seinem Kopf und erinnerte ihn an die Worte des Marxähnlichen: Wozu haben wir denn Regeln, wenn wir Augen zudrücken, wenn's drauf ankommt? Dann können wir sie ja gleich in die Tonne hauen ...

* * *

Als er sich gegen acht Uhr abends in der *Rampensau* zu Augenthaler an den Tisch setzte, hatte der mindestens schon seinen dritten Latte macchiato, und sobald er sprach, roch man das, was man eine Latte macchiato-Fahne nennen konnte. »Ich bestelle Ihnen auch einen, wenn Sie wollen«, sagte er, praktisch als Begrüßung.

»Danke, mir ist heute mehr nach etwas anderem«, sagte de Jong und bestellte eine Cola. »Also sagen Sie schon, was haben Sie mir Wichtiges mitzuteilen?«

In der *Rampensau* herrschte nicht viel Betrieb. An einem Tisch am Fenster war ein junges Pärchen ausschließlich damit beschäftigt, Händchen zu halten und sich intensiv in die Augen zu schauen, am Tresen hockten einige Studierende, zwar rein physisch anwesend, über das Display ihrer Smartphones jedoch in eine wundersame Gefällt-Mir-Welt entrückt.

»Die Kripo jagt einen Serienkiller«, erklärte der Literaturprofessor. »Und da komme ich gerade recht.«

»Sind Sie denn der ideale Serienkiller?«, erkundigte sich de Jong.

Augenthaler grinste säuerlich. »Ich bin kein Mörder. Womit ich nicht behaupten will, ohne Schuld zu sein, weiß Gott nicht. Sonst hätte ich Sie wohl nicht um dieses Treffen ersucht.«

»Was haben Sie denn verbrochen?«

»Wir reden von Erpressung, und die ist bekanntlich verboten, nicht wahr?« Augenthaler bekam seine heiße Tasse und stellte sie vor sich hin. Er nahm den beiliegenden Keks, entfernte die Verpackung, schnüffelte daran und legte das Gebäck wieder auf die Untertasse zurück. Dann beugte er sich zu de Jong herüber. »Es handelt sich um Mommsen«, raunte er. »Welchen Sinn würde es für mich also machen, ihn umzubringen? Um den landwirtschaftlichen Vergleich zu bemühen: Entweder du melkst die Kuh oder du schlachtest sie – beides geht nicht.«

»Sie wollen sagen«, bemühte sich de Jong um Verständnis, »dass Sie Ihren Kopf aus der Schlinge ziehen wollen, indem Sie zugeben, den Ermordeten erpresst zu haben?«

»So in etwa.«

»Das könnte er also damit gemeint haben, dass er dem Teufel seine Seele verkauft habe und die jetzt abstottern müsse.«

»Nun, sollte er dies gesagt haben, dann würde ich allerdings widersprechen. Der Teufel war nicht ich, sondern das, was man, literarisch gesehen, seine eigene dunkle Seite nennen würde.«

De Jong bemühte sich, die Sache literarisch zu sehen, während Augenthaler verschwörerisch zwinkerte. »Mommsen war nämlich nicht der, der er vorgab zu sein.«

»Nicht? Wer denn sonst?«

»Als der große Standup-Comedian seine Erfolge feierte und sich trotzdem hartnäckig weigerte, den mir zustehenden Schadensersatz zu leisten, hab ich ihn beschattet. Und so fand ich heraus, dass er regelmäßig einen Arzt aufsuchte. Um mehr zu erfahren, begab ich mich in Behandlung.«

»Was haben Sie denn dem Arzt erzählt?«

Der Literaturprofessor setzte ein spitzbübisches Grinsen auf, das ihm noch weniger stand als dem niederrheinischen Karnevalisten eine bunte Kappe. »Das war ganz einfach – Sie kennen doch Arztester.de.«

»Nein, kenn ich nicht.«

»Sie suchen sich eine bestimmte Krankheit, googlen alles, was es darüber gibt, und dann machen Sie einen Termin. Schildern die Symptome und testen den Doktor: Diagnostiziert er richtig oder liegt er knapp daneben? Und welche Therapie schlägt er vor? Das Ergebnis der Sprechstunde stellen Sie dann ins Netz und kriegen Geld dafür. – Bei mir war es eine besonders seltene Form der Schizophrenie.«

»Ich verstehe immer noch nicht ganz …«

»Damit gelang es mir, das Interesse des Doktors anzufachen. Er begleitete mich schließlich hierher, in dieses Lokal, damit ich mehr von mir erzählte. Der Rest war ganz einfach: Ich spendierte ihm einige Drinks und brachte dann das Gespräch auf Marc Oliver Mommsen.« Augenthaler rührte nachdenklich in seinem Kaffee, offenbar nur, um es spannend zu machen. »Und so erfuhr ich von dessen dunkler Seite.«

Es war dem Exkommissar klar, dass ihn diese nichts

anging, ebenso wie er wusste, dass er nicht weghören würde. »Also?«, sagte er ungeduldig.

»Sagt Ihnen der Begriff ›Pointensucht‹ etwas? Wahrscheinlich nicht, denn es handelt sich um ein seltenes, bisher von der Fachwelt noch kaum erforschtes Leiden. Derjenige, den es befällt, gerät wie der Drogensüchtige in eine Abwärtsspirale – genügen heute noch 100 Gramm, müssen es morgen schon 300 sein –, er muss immer mehr und immer öfter Pointen erzeugen, bis er schließlich unter der Last zusammenbricht – davon kündet auch die Redensart, dass jemand sich totgelacht hat.«

»Na ja«, sagte de Jong, »ich kann mir vorstellen, dass das für jemanden wie Mommsen, der ja schon beruflich viel mit Pointen zu tun hat, ganz schön ...«

»Es wäre sein Ende gewesen, beruflich gesehen! Wenn seine Fans davon erfahren hätten, wäre es von einem Tag auf den anderen vorbei gewesen mit dem großen Marc O. Und deshalb habe ich ihm auch hoch und heilig versichert, sein Geheimnis sei bei mir gut aufgehoben.«

»Wie viel musste er dafür bezahlen?«

»Was denken Sie, Herr de Jong? Ich habe auch so meine finanziellen Verpflichtungen. Eine Wohnung in der Lage ist nicht billig. Und kaum hatte Mommsen sich auf der Bühne über mich schlappgelacht, machte das Fernsehen, das mir schon eine Talkshow zugesichert hatte, einen Rückzieher. Nennen Sie mir einen Grund, weshalb der Verursacher dieser Misere sich nicht wenigstens an den Kosten beteiligen sollte.«

»Wie haben Sie ihn erpresst?«

»Das übliche Prozedere. Ich habe eine bestimmte Summe verlangt, er hat sich erst gesträubt, aber dann haben wir einen Übergabeort ausgemacht. Er sollte das Geld in einer grünen Tasche mit einem WWF-Logo unter diese Bank legen.«

»Die, auf der man ihn später tot gefunden hat?«

Augenthaler nickte. »Sehen Sie, deswegen hat man mich am Tatort beobachtet. Nicht weil ich den Kerl ermordet habe, sondern wegen der Tasche. Da war nämlich keine Tasche. Ich habe alles abgesucht.«

»Sie sind leer ausgegangen?«

»Was sollte ich denn tun? Eine Suchanzeige aufgeben? Die Sache ist gründlich schiefgegangen, so viel steht fest.« Augenthaler nahm einen tiefen Schluck Latte macchiato, der inzwischen kalt war und aussah wie Putzwasser.

»Vor allem, weil irgendjemand Mommsen umgebracht hat«, meinte de Jong.

»Allerdings. Aber ich war das nicht.«

»Vielleicht.« Der Ex-Kommissar winkte dem Kellner, holte seine Geldbörse aus der Tasche und beugte sich dann zu seinem Gegenüber: »Aber Erpressung ist eine schwere Straftat.«

»Von was für einer Erpressung sprechen Sie?«

22. Kapitel

Verehrter Professor Liebermann,

sicher erinnern Sie sich an mich: Ich hatte die Ehre, in Boston, Massachusetts, zwei Auslandssemester zu studieren und im Verlaufe dessen Ihre Vorlesungen besuchen zu dürfen. Ein Erlebnis, welches, wie ich ohne Übertreibung behaupten möchte, mein weiteres Leben und meinen weiteren Werdegang einschneidend geprägt hat. Sie wurden nie müde, uns einzuschärfen, dass die Natur nicht nur eine mannigfache Vielzahl von Tier- und Pflanzenarten aufweist, sondern eben auch eine unüberschaubare Zahl von Krankheitsarten, und Sie ermutigten uns, wie Naturforscher immer bereit zu sein für das Neue, noch Unentdeckte. Genau das ist mein Anlass, Ihnen zu schreiben.

Nach reiflicher Überlegung halte ich es keineswegs für überstürzt oder voreilig, davon zu sprechen, dass ich eine neue Krankheit entdeckt habe, der ich den Namen Ridikulose gegeben habe. Die äußeren Symptome sind ein zwanghaftes Erzeugen von Pointen, die andere zum Lachen bringen sollen. Dieser Zwang verstärkt sich rasend schnell und kann den Erkrankten sowohl physisch wie psychisch erheblich beeinträchtigen, ja nachhaltig schädigen.

Zur Therapie: Zunächst setzte ich ein Prodepressivum ein, welches ich selbst entwickelt habe. Leider zeitigte es nicht den von mir erwarteten therapeutischen Erfolg. Der Patient wurde zwar mürrisch und verfinsterte in seinem Wesen, dies änderte aber leider nichts daran, dass er weiterhin geradezu zwanghaft zu scherzen pflegte. Als Komplikation möchte ich ausdrücklich erwähnen, dass er immer häufiger dazu neigte, über seine eigenen Pointen zu lachen, was ihn, je öfter diese hintereinander erfolgten, unter erheblichen Stress setzte. Ich versuchte es mit Bewegung, aber es zeigte sich, dass Witze sich auch durch Hochleistungssport nicht eindämmen lassen, im Gegenteil: Es entstehen zusätzliche gesundheitliche Risiken, da ein Lachanfall, der den Läufer im vollen Sprint überkommt, diesen leicht zu Fall bringen und ihm erhebliche Verletzungen zufügen kann.

Ich versuchte es mit Ablenkung – verwickelte den Patienten in Dispute über ernste Themen, riet ihm, sich Haushaltsdebatten im Bundestag in voller Länge anzusehen. Außerdem ließ ich ihn Übungen machen. Atemübungen wie Trübsalblasen, setzte aber auch künstlerische Therapien ein wie beispielsweise Schwarzmalen. Und ich darf Ihnen vermelden, dass die Therapie angeschlagen hat. Der Patient kann seit Kurzem wieder auftreten. Wir beide sind allerdings übereingekommen, dass die Krankheit streng geheim bleiben muss. Aus Patientensicht besteht die Gefahr, dass seine Auftritte nicht mehr besucht werden, sollte der Ridikulose-Verdacht ruchbar werden. Somit würde auch für den Künstler ein erheblicher wirtschaftlicher Schaden drohen. Auch medizinisch gesehen wäre einzuräumen, dass eine Veröffentlichung der Diagnose insofern problematisch zu sehen ist, als Themen wie mögliche Ansteckung oder

Weiterverbreitung im Allgemeinen bisher noch nicht annähernd untersucht wurden.

In Erwartung einer Antwort verbleibe ich
Ihr ehemaliger Schüler

23. Kapitel

Zwanzig Minuten später war de Jong schon fast wieder zu Hause. Es tat gut, durch die milde Abendluft zu radeln und die Gedanken einfach so durch den Kopf gehen zu lassen, ohne ihnen weiter nachzuhängen.

Wer hätte gedacht, dass der Latte macchiato-Trinker ein Erpresser war? Mit ein bisschen Menschenkenntnis hätte man gleich drauf kommen können. Akademische Rechthaberei, professorale Eitelkeit und die zum Scheitern verurteilte Suche nach dem Gespenst eines literarischen Humors – diese Mischung machte einen Menschen unberechenbar. De Jong erwog, Augenthaler quasi versuchsweise literarisch zum Mörder zu machen, ermittlungstechnisch gesehen passte ja alles: Der Mann hatte das Motiv, die Möglichkeit und die Fähigkeit, Mommsen zu ermorden. Mit Augenthaler als Täter konnte der Krimi mit Hauptkommissar Utrecht und Privatdetektivin Kim Decker eine runde Sache werden.

Im Kopf hatte er schon einen ganzen Abschnitt des neuen Kapitels fix und fertig, aber dann wurde doch nichts daraus. Als er sein Rad vor dem Haus abstellte und das Schloss einschnappen ließ, bemerkte er die Silhouette einer menschlichen Gestalt neben der Haustür. Eine Silhouette mit einem rot glühenden Punkt und einer Rauchsäule. Es war die von Eugen Küppers.

»Was machst du denn hier?«, wunderte sich de Jong.

»Ich hab dich mehrmals angerufen«, maulte die Silhouette.

»Kann sein, aber ich hatte noch eine Verabredung. Worum geht's denn?«

Küppers deutete auf die Tür. »Hast du vielleicht was zu trinken da?«

Sie gingen hinauf in die Wohnung. Im Kühlschrank war Bier, aber als de Jong seinem Exkollegen, der auf den Balkon getreten war, eins anbot, stellte sich heraus, dass der eigentlich Schnaps gemeint hatte. Solchen hatte er aber nicht im Haus, also blieb es beim Bier.

»Der Kölner will meinen Posten, so viel steht fest.« Küppers seufzte und beugte sich ziemlich weit über das Balkongeländer.

Noch einen Zentimeter weiter, dachte de Jong, und der Kölner hatte ihn bereits. »Hatten wir das neulich nicht schon?«, fragte er müde.

Schweigend saßen sie auf Pastikstühlen, die Flasche in der Hand, und blickten auf das nächtliche Everswinkel hinab. Auch um diese Zeit war nicht gerade viel zu sehen. Die Kleingartenanlage gegenüber lag finster da, die Nachbarin mit dem Hund war längst zu Bett gegangen. Am Ende der Straße gab es eine Bushaltestelle, die gerade vom letzten Bus angefahren wurde. Zwei Leute stiegen aus, offensichtlich betrunken.

»Habt ihr eigentlich auch Kranich unter die Lupe genommen?«, erkundigte sich de Jong.

»Klar haben wir. Aber Kranich hat nicht das Zeug zum Bikeman.«

»Sagt Merzenich.«

»Allerdings. Wie kommst du jetzt auf den?«

»Nur so eine Frage.«

»Obwohl, wenn ich es mir recht überlege, hätten wir da vielleicht sogar ein Muster«, meinte Küppers.

»Was hätten wir?«

»Ein Tatmuster. So was brauchst du immer, wenn's um Serienmord geht. So wie beim Bikeman.«

»Ist mir klar«, sagte de Jong.

»Kranich war nämlich schon mal mit einer Frau liiert – wie hieß sie noch mal …? Und der andere, also derjenige, den sie wegen Kranich verlassen hatte, kam unter mysteriösen Umständen ums Leben.«

»Das ist allerdings interessant«, meinte de Jong.

»Kranich war ihr neuer Schwarm, und der andere, Grönemann, war deutlich älter. Hätte ihr Vater sein können.«

»Grönemann? Meinst du Horst Grönemann?«

Küppers nickte. »Ich sage nur: das Kirke-Syndrom.«

De Jong schüttelte den Kopf, er war sich nicht sicher, ob er heute noch ein neues Syndrom kennenlernen wollte. »Noch ein Bier?«

»Das ist sozusagen eine Variation des Vaterkomplexes«, erläuterte Küppers ungefragt und nahm die geöffnete Bierflasche in Empfang. »Immer sind es junge, auffällig attraktive Frauen, die ihre weiblichen Reize bewusst dafür einsetzen, dass ältere Männer sich in sie verlieben. So können sie sie für ihre Zwecke einspannen.«

»Und die wären?«

Küppers zuckte mit den Schultern. »Manchmal geht es nur darum, sie in Schweine zu verwandeln. Bildlich gesprochen natürlich.«

»Das ist aber sehr bildlich gesprochen.«

»Kirke hat die Männer des Odysseus in Schweine verwandelt, deshalb.«

»Danke«, sagte de Jong, »das hilft mir jetzt wirklich weiter.«

»Wobei denn?«, wollte sein Exkollege wissen. »Wobei hilft es dir weiter?«

De Jong antwortete nicht. Er sah den Betrunkenen auf der Straße dabei zu, wie sie sich daran erfreuten, ihre Glasflaschen auf dem Radweg zu zertrümmern. »Kennst du eigentlich einen Gramm? Hauptkommissar Gramm?«

»Du meinst den scharfen Edgar?«

»Du kennst ihn also?«

»Nein.« Küppers schüttelte den Kopf. »Hör mal, Niklas, wie lange kennen wir beide uns? Die ganze Zeit haben wir zusammengearbeitet, stimmt's? Und nie ist da ein Bulle mit dem Namen Gramm gewesen, also woher sollte ich ihn kennen?«

»Weil du gerade gesagt hast …«

Küppers schüttelte den Kopf. »Ich kenne nur einen, der ihn kennt«, fügt er nach einer ganzen Weile hinzu. »Und der hat mal vom scharfen Edgar erzählt, mehr aber auch nicht.«

»Was hat er denn erzählt?«

»Dass der Typ ganz speziell war. Ein Freak. Man nannte ihn J. Edgar. Verstehst du: wie J. Edgar Hoover. Der litt auch unter Verfolgungswahn.«

»Und weiter?«

»Nichts weiter. Ich hab doch gesagt, ich kannte den Kerl nicht.«

»Noch mal zu Grönemann. Wie ist der ums Leben gekommen?«

»Wurde abgestochen unter der Dusche, so wie in dem Film Psycho. Angeblich von einem Einbrecher. Aber ich frage dich: Welcher Einbrecher ersticht einen Mann, der unter der Dusche steht? Den kannst du mit der Lupe suchen.«

»Wenn überhaupt«, sagte de Jong zustimmend.

Sie saßen noch eine ganze Weile auf dem Balkon. de Jong erzählte von seinem Roman und dass er vorhatte, Augenthaler zum Täter zu machen. Küppers fand die Idee gut, mahnte aber dringend an, dass Hauptkommissar Merzenich ein unrühmliches Ende finden müsse. Auf bestialische Art ermordet wäre nicht schlecht, oder noch besser, wenn sich der Kölner mit seinen Ermittlungsmethoden in Grund und Boden blamieren würde, dass er sich davon nicht mehr erholte und keine andere Wahl mehr hatte als den Freitod.

Es war so gegen vier, als der Nachbar zur Linken anfragte, wie es denn mit Schlafengehen aussehe, weil seine Nacht leider schon sehr früh endete, aber die beiden waren immer noch zugange, als der Mann dann um fünf aufstand und zur Arbeit ging. Danach verabschiedete sich Küppers ziemlich abrupt, weil ihm einfiel, dass auch auf ihn ein Arbeitstag wartete. »Sei bloß froh, dass du mit dem ganzen Scheiß nichts mehr am Hut hast«, sagte er.

»Bin ich aber nicht«, sagte de Jong.

Wenigstens konnte er ausschlafen. Während des späten Frühstücks, das er wegen des herumliegenden Leergutes nicht auf dem Balkon einnehmen konnte, versuchte er, sich die Ermittlungshinweise des vergangenen Tages ins Gedächtnis zu rufen. Sigurd Augenthaler hatte sich mit seinem Outing als Mommsens Erpresser ziemlich weit vorgewagt und damit erreicht, vorerst aus dem Kreis der Verdächtigen ausgeschlossen zu werden. Einmal vorausgesetzt, dass die Karten, die er aufgedeckt hatte, nicht falsch waren, wofür wiederum sprechen konnte, dass er, wie de Jong fand, für das Verfassen falscher Bibelstellen bestimmt ein geeigneter Kandidat war. Alles in allem konnte man die Augen aber nicht davor verschließen, dass ein anderer Name immer wieder auftauchte: Rembert Kranich. De Jongs kriminalistischer Instinkt sagte ihm ziemlich deutlich, dass der Marxähnliche die Erfolg verheißende Spur war. Wenngleich er sich natürlich eingestehen musste, dass besagter Instinkt durch seine persönliche Gefühlslage verfälscht wurde. Sodass er es mit einem klassischen Interessenkonflikt zu tun hatte: Privates hier und Kriminalistisches da. Einerseits setzte er sich dem Verdacht aus, eifersüchtig zu sein und sich in Giulias Beziehung einzumischen aus höchst eigennützigen Gründen, andererseits fragte er sich aber, ob nicht einer dieser Notfälle vorlag, in dem man auf solche Dinge nun mal keine Rücksicht nehmen konnte. Denn bei aller nüchternen und kriminalistisch objektiven Art, diesen Fall anzugehen, musste man zu dem Schluss kommen, dass der fröhliche, zwanghaft positive Meister der transglobalen Meditation möglicherweise ein mehrfacher Mörder war, auch wenn man es hier und jetzt noch nicht beweisen konnte. Aber auch nur zu dem Schluss zu kommen, war schon schlimm genug, und wenn man es eben nur beweisen konnte, indem man mit einem weiteren Menschenleben dafür zahlte, musste man andere Wege gehen. Das galt verschärft, wenn es sich dabei auch noch um das Leben Giulias handelte ...

Bevor er aufbrach, suchte de Jong etwas gegen seinen Kater und steckte schließlich eine Handvoll der Tabletten ein, die ihm Dr. Frau verschrieben hatte. Zwar fand er auf der Packung keinen Hinweis auf diese Indikation, nahm sie aber trotzdem vorsorglich mit, weil er keine anderen Tabletten dahatte.

* * *

Kurz nach eins näherte er sich dem Haus und sah die beiden aus der Tür kommen. Nicht gerade der ideale Zeitpunkt, um Giulia vor ihrem Schatz zu warnen. De Jong blieb in Deckung und beobachtete, wie das Paar eng umschlungen in Richtung Kleingärten schlenderte. Notgedrungen und einen sicheren Abstand einhaltend nahm er die Verfolgung auf. Seine Mühe wurde belohnt: Giulia und Kranich hatten gerade mal die erste Parkbank passiert, als sie über irgendetwas in Streit gerieten. Natürlich war de Jong zu weit weg, um zu verstehen, worum es ging, aber die Körpersprache war eindeutig. Ein kurzer, von heftigen Gesten untermalter Wortwechsel, kurz darauf setzten beide den Spaziergang fort, vermieden von jetzt an aber jeglichen Körperkontakt. De Jongs Stimmung besserte sich zusehends. Er folgte ihnen weiter und konnte nicht genug davon bekommen, wie Romeo und Julia nebeneinander hertappten, wie sie sich anschwiegen und in verschiedene Richtungen sahen.

Nach langen Minuten unternahm der Meditator einen Versöhnungsversuch, aber so einfach war die Sache nicht wieder einzurenken. Giulia ließ ihn stehen und nahm den Seitenweg, aus dem die Radfahrerin gekommen war. Kranich stand eine Weile da, dann setzte er kopfschüttelnd seinen Weg fort.

De Jong kehrte um, er hatte genug gesehen. Er verließ die Kleingartenanlage und radelte zum nächsten Eiscafé, wo er sich in aller Ruhe eine kleine Portion mit Sahne gönnte. Die Sonne lachte vom Himmel, es war ein schöner Tag. Die Bedienung kannte ihn noch von früher, wo er oft mit Giulia hier gewesen war. Er gab ein sattes Trinkgeld und bedankte sich, als sie darum bat, Grüße an die Gattin auszurichten.

Wenige Minuten später klingelte er an ihrer Tür. Giulia öffnete, warf ihm einen kurzen Blick zu und ging zurück ins Haus, ohne ihn hereinzubitten.

Er kam trotzdem. »Hi«, sagte er.

»Was willst du?«

»Wie geht's Rembert?«

»Was willst du?«

»Also gut, Giulia. Ich muss mit dir reden. Über ihn.«

Sie schüttelte den Kopf. »Nein. Nicht jetzt. Und auch kein anderes Mal.«

»Ich möchte nur, dass du vorsichtig bist.«

»Vorsichtig?« Sie funkelte ihn an, als hätte er sie mit einem Schimpfwort bedacht.

»Ich habe mich über ihn erkundigt.«

»Das sieht dir ähnlich. Aber spar dir das. Es ist besser, wenn du gehst.«

De Jong war ihr in die Küche gefolgt. Aus alter Gewohnheit nahm er ein Glas aus dem Hängeschrank und goss sich Wasser ein. »Ich sage doch nur, dass er eine andere Seite hat. Eine dunkle Seite.«

»Bitte hör auf damit.«

»Dir hat er erzählt, er wäre in Indien gewesen, und was war? Er hat einen Plagiatsprozess gegen seinen ehemaligen besten Freund losgetreten, den er auch noch krachend verloren hat.«

»Na und?«

»Wieso hat er dir nichts davon erzählt? Dafür muss es doch einen Grund geben.«

»Den gibt es auch, Niklas. Aber der Punkt ist: Dich geht er nichts an.«

»Ich weiß. Natürlich. Aber da ist noch eine Sache, die mir zu denken gibt, und das ist die Art, wie er sich selbst etwas vormacht. Verstehst du: Er schwört auf das Positive als Heilmittel des ganzen Universums und gleichzeitig regt er sich darüber auf, dass die Leute kein Benehmen haben. Dass sie ihren Müll einfach so wegwerfen und er ihnen das Zeug am liebsten sonst wohinstecken würde.«

»Na und? Findest du das etwa in Ordnung?«

»Hinter seiner Wut steckt so eine Aggression, die mir Angst macht. Das habe ich gespürt.«

»Das hast du also gespürt«, wiederholte sie in einem Ton, als wäre allgemein bekannt, dass er, de Jong, noch nie etwas gespürt hatte.

Und dann ging auch noch die Tür auf und herein trat der Meditator höchstpersönlich. »Wen haben wir denn da?«, sagte er scheinheilig, wohl um zu vertuschen, dass er an der Tür gelauscht hatte. Wieso war de Jong so fest davon ausgegangen, dass Kranich nicht im Haus war? Ungeschickt begann er zu improvisieren. »Du schuldest mir noch eine Erklärung«, sagte er, fest entschlossen, sich vom Grinsen Kranichs nicht aus dem Konzept bringen zu lassen. »Verabreichst du eigentlich allen, die zu dir meditieren kommen, K.O.-Tropfen?« Dabei beobachtete er Giulias Gesicht, wollte die Irritation sehen, die sich darauf abzeichnete: Was sagst du da? Er hat dir etwas in den Tee getan? Aber ihre Miene blieb ausdruckslos.

»Das war kein Betäubungsmittel, sondern ein spezieller Entspannungstee, der die Glücksgefühle fördert«, erklärte Kranich sanft. »Das hatte ich doch gesagt, bevor ich dir eingegossen habe.«

De Jong konnte sich nicht erinnern.

»Die Meditation bietet zahlreiche Techniken, negative Gefühle wie das der Eifersucht in den Griff zu bekommen«, belehrte ihn Kranich. »Um sich auf sie einzulassen, hilft oft eine Tasse Tee.«

»Was sagt man denn in Indien dazu?«, hetzte de Jong, aber sein Zündelversuch lief ins Leere. »Und was ist mit deinen Bemerkungen über die nächtlichen Ruhestörer? Über die Regeln, die du in die Tonne stopfen wolltest?«

»Ich weiß nicht, was damit ist.«

»Nichts mehr davon!« Giulia stellte sich demonstrativ neben ihren Schatz. Der Zwist der beiden schien auf einmal der Vergangenheit anzugehören. »Du hast genug angerichtet.«

»Aber alles, was ich wollte, war ...«

»Du denkst, du hättest mir Neues über ihn erzählt. Aber jetzt sage ich dir mal was, Niklas: Zwischen Rembert und mir gibt es keine Geheimnisse. Wir erzählen uns grundsätzlich alles. Und deshalb weiß ich natürlich all das schon lange, all dieses Gerede von einer angeblich dunklen Seite.«

»Weißt du es wirklich oder sagst du es jetzt nur?«

Kranich hielt ihm eine aus Bast geflochtene Schale hin, deren Boden mit bunten Pillen übersät war. »Greif zu«, sagte er. »Ich selbst nehme sie regelmäßig. Das sind harmlose Vitaminpräparate.« Sein versöhnliches Lächeln drängte de Jong immer weiter in die Defensive. »Sie helfen dir dabei, deine Kräfte zu bündeln und dich auf dein Ziel zu fokussieren. Und sicher auch, Gefühle wie Eifersucht in den Griff zu bekommen.«

»Scheiße noch mal, wer sagt dir denn, dass ich sie in den Griff bekommen will?«, brauste de Jong auf und konnte es selbst nicht fassen, wie lächerlich er klang. »Was, wenn meine Eifersucht das Einzige ist, was mir geblieben ist, bei so viel Hilfsbereitschaft und Verständnis von euch beiden Turteltäubchen?«

Giulia schüttelte den Kopf. Sie wirkte nicht verletzt und kein bisschen gereizt, sondern gefasst, was ihn nichts Gutes ahnen ließ. »Geh jetzt bitte«, sagte sie.

»Hör zu«, sagte de Jong. »Ich weiß, dass du eigentlich mich willst. Ich weiß es einfach.«

Damit war er zu weit gegangen. Giulia ließ sich von Rembert in den Arm nehmen, die beiden standen einfach da, wieder ein Liebespaar, noch dazu zwei gute

Menschen, denen Gefühle wie Neid und Eifersucht gänzlich fremd zu sein schienen.

In diesem Moment wurde de Jong endlich klar, dass er verloren hatte. Dass es sinnlos war, sich seine Wirklichkeit schönzureden, indem er die Realität einfach nicht zur Kenntnis nahm. Ihm blieb nur der Rückzug, das war bitter, aber nicht zu ändern. Die Schmach der Niederlage, die seine hilflose, kindische Vergeltungsaktion in keiner Weise lindern konnte: Während die beiden guten Liebenden sich eng umschlungen hielten, griff er in seine Hosentasche und warf eine Hand voll kleiner Kapseln in die Bastschale. Das *Ridiclon* war ebenso bunt wie die kräftebündelnden Präparate. Und wenn er, de Jong, von jetzt an an irgendetwas kein Interesse mehr hatte, dann am Lachen.

Dann ging er.

Als die Haustür hinter ihm zufiel, musste er daran denken, dass er vor langer Zeit in der Türfüllung oben links eine Schraube eingebracht hatte, um den Rahmen im Mauerwerk zu fixieren. Diese Schraube, dachte er, hatte einst zu seinem Zuhause gehört. Aber jetzt war es nicht mehr sein Zuhause.

Er radelte los und verstand die Welt nicht mehr, vor allem war ihm schleierhaft, wie man sich so täuschen konnte in zwei Menschen. Es hatte doch alles so gut ausgesehen, nicht nur heute, sondern auch und ganz besonders an jenem Tag neulich, als er zum Mittagessen eingeladen war und die beiden sich in die Wolle gekriegt hatten. Als sie nicht mal bemerkt hatten, dass er gegangen war, so sehr hatten sie sich gezofft. Er war so voller Hoffnung gewesen.

24. Kapitel

Geschätzter Kollege (nun weiß ich gar nicht genau, ob diese Anrede von Ihrer Seite her passend ist, Sie glauben ja gar nicht, wie viele eitle Möchtegerner, Schleimbeutel und blutige Anfänger sich gerade zweimal in meine Vorlesung bequemen und anschließend glauben, mich mit »Herr Kollege« anreden zu dürfen), diese Symptome, die Sie schildern, sind ja alles in allem gut und schön. Dennoch rate ich Ihnen dringend davon ab, die Lobeshymne auf Ihre eigenen wissenschaftlichen Verdienste allzu vorschnell anzustimmen. Denn ich möchte vor allen Dingen energisch bezweifeln, dass Sie, der Sie wohl kaum einer meiner besten Studenten gewesen sind, sich auf den Spuren einer neuen Krankheit befinden, von der die Welt ohne Sie niemals Kenntnis erlangt hätte und die Sie sich auch noch Ridikulose zu nennen herausnehmen. Glauben Sie mir, wir hier in den Vereinigten Staaten haben eine Menge Erfahrung auf dem Gebiet der seltsamen Wahnvorstellungen, ja, ich möchte sagen, dass wir vielleicht nicht in Sachen Demokratie die Nummer eins sein mögen, dafür aber, was diese Krankheitsverläufe angeht, sowohl in Showbusiness und Politik weltweit führend sind. Selbstre-

dend gilt das entsprechend für Therapieerfahrung und medizinische Infrastruktur. Und was Sie mir da schildern, guter Freund, scheint mir offengestanden nicht mehr zu sein als eine beruflich bedingte und zudem vorübergehende Formschwäche, angefeuert durch krankhaften, wenig bewundernswerten Ehrgeiz sowie den Zwang, immer als Erster durchs Ziel zu gehen. Sollte dem wirklich so sein, warten Sie doch einfach ab bis zum Burn-out und verabreichen dann die für diesen Fall gebotene Medikation. Und wenn nicht, bedenken Sie mal Folgendes: Da kommt jemand in Ihre Praxis gestolpert, die irgendwo in der lausigen Vorstadt liegt, und beklagt sich darüber, dass er an nichts anderes mehr denkt als daran, andere zum Lachen zu bringen. Was soll denn daran schlimm sein? Seien Sie froh, dass es solche Exemplare unserer ansonsten zur unablässigen Jammerei neigenden Spezies überhaupt gibt! Danken Sie dem Mann und fragen Sie ihn, wie er das hingekriegt hat, aber wenn Sie, ein offenbar minderbegabter Mediziner, irgendetwas bei mir gelernt haben, dann fangen Sie bloß nicht an, ihn zu therapieren!

Nehmen Sie es mir nicht übel, aber ich würde Ihrem Patienten allenfalls eine kleine Auszeit empfehlen, dazu kalte Wickel um die Füße und gegebenenfalls einige entspannende Schlammbäder. Chinesische Medizin als Sahnehäubchen könnte auch nicht schaden. Wenn das nichts hilft, soll er sich irgendwo als Busfahrer bewerben. Aber kommen Sie mir nicht mit Prodepressiva. Wir wollen doch nicht mit Granaten auf Ameisen schießen, nicht wahr?

Gez. Liebermann, Nobelpreisträger

25. Kapitel

Es war längst dunkel, als Sigurd Augenthaler nordwärts radelte, in Richtung westfälische Toskana, auf dem Weg in den dritten Stock der exklusiven Wohnanlage, wo er sich zu Bett zu begeben gedachte. Wieder einmal brütete er darüber nach, dass er entweder damit aufhören musste, weit über seine Verhältnisse zu leben, oder aber neue Geldquellen auftun musste. Und wieder einmal entschied er sich für die zweite Option und endete, dass dies leicht gedacht sein mochte, die Frage aber blieb, wie er sich dieses Geld verschaffen sollte. Es war geradezu zu einem Zwang geworden, ständig darüber zu grübeln, der ihn nicht mehr losließ, und zwar genau seit jenem Tag, an dem er so nahe daran gewesen war, das Geld in den Händen zu halten. Wäre er damals doch nur rechtzeitig vor Ort gewesen, dann hätte er die verdammte Tasche gefunden und alles wäre gut gewesen. Er wäre nicht in diesen unappetitlichen Mord verwickelt worden und seine finanziellen Sorgen wären mit einem Schlag vom Tisch gewesen – na ja, vielleicht nicht ganz vom Tisch, aber ein Anfang wäre es allemal gewesen. Nur musste er sich ja verspäten – was hieß denn überhaupt verspäten: Sein Fahrrad musste unbedingt einen Platten haben und er seine Luftpumpe, die er sich extra für solche Notlagen zugelegt hatte, zu Hause vergessen haben. So ziemlich alles, was schiefgehen konnte, war schiefgegangen.

Aber noch war nicht alles verloren. Noch war man nicht so weit, der westfälischen Toskana den Rücken zu kehren und in Wohngegenden abzusteigen, die für einen führenden Intellektuellen wie ihn ja wohl unzumutbar waren. Noch blieb ihm eine reale Möglichkeit, sich eine gewisse Liquidität zu verschaffen, damit er sein Forschungswerk fortsetzen und dafür sorgen konnte, dass seine Sache, die des ernsten, tiefgründigen Humors in der deutschen Gegenwartsliteratur, nicht dem allgemeinen Vergessen der Nachwelt anheimfiel.

An dem bewussten Tag nämlich war er zwar zu spät gekommen, um sich die Tasche zu sichern, aber immerhin gerade noch rechtzeitig, um zu beobachten, dass ihm jemand die Tasche vor der Nase wegstahl. Rechtzeitig vor allem, um zu sehen, wer das tat. Das war seine letzte Hoffnung: dass es jetzt eine neue Person gab, mit der man ins Geschäft kommen konnte. Den man davon überzeugen konnte, dass es für beide Parteien, vor allem aber für den ernsten Humor, von Vorteil war, wenn der Taschendieb, am besten regelmäßig, eine gewisse Geldsumme zur Verfügung stellte. Eine Person, die seinen Argumenten zugänglich war und einsah, dass es hier nicht um Gewinninteressen ging, sondern um ein sozusagen kulturelles Projekt, zu dem beizutragen, und wenn auch nur finanziell, er stolz sein konnte.

Augenthaler überholte eine Gruppe stark alkoholisierter Jugendlicher, die mit ihren Fahrrädern Schlangenlinien fuhren und ihm irgendetwas hinterherbrüllten. Genauer gesagt, einer brüllte, die anderen grölten vor Lachen. Augenthaler verspürte so etwas wie Übelkeit und wusste im selben Moment, dass es wichtig war, nicht aufzugeben. Diese Form von Mommsenschem Humor, dachte er, war wie eine Krankheit, so weit verbreitet, dass man ihn schon eine Seuche nennen musste, eine Pandämie, schlimmer als ein Ausschlag, dazu noch hochansteckend. Voller Abscheu verzog er das Gesicht, bog nach rechts auf die Promenade ab und bremste kurz darauf scharf, um nicht mit einer Bierflasche zu kollidieren, die jemand ihm gerade in diesem Moment in den Weg warf.

»Also, hören Sie mal …!«, empörte er sich.

Der Werfer war ein junger, kinnbärtiger Schnösel, offenkundig ebenso besoffen wie die Horde, die Augenthaler gerade überholt hatte, und kaum noch in der Lage, sich auf den Beinen zu halten. Sah es zunächst so aus, als wollte er sich entschuldigen, schlug er sich schon im nächsten Moment in die Büsche. Dort stand er breitbeinig, hin und her schwankend, um nicht vom eigenen Urinstrahl getroffen zu werden.

Augenthaler aber fand, dass das Maß, in welchem er am heutigen Abend Abscheu hatte empfinden müssen, voll war. Und dass er nicht willens war, die Sache auf sich beruhen zu lassen. »Würden Sie gefälligst Ihren Abfall aufheben und in die Mülltonne werfen, wie es sich gehört!«, forderte er den Jüngling mit scharfer Stimme auf.

Der Junge hatte zu Ende gepinkelt, zog seine Hose hoch, stolperte los und fiel der Länge nach in das von ihm eingenässte Laub. Augenthaler wiederholte seine Aufforderung, aber der Mann kam nicht mehr hoch. In ohmächtiger Entrüstung schüttelte er den Kopf. Dann kickte er frustriert gegen die Flasche und bestieg sein Rad.

Neben ihm stoppte ein weiteres Fahrrad. »Sie wollen die doch nicht einfach da liegen lassen«, sagte er Mann auf dem Sattel, der ziemlich seltsam gekleidet war und eine ungewöhnlich hohe Stimme hatte.

»Sagen Sie das dem Kerl, dem die Flasche gehört. Er liegt hackevoll drüben im Gebüsch.«

»Versuchen Sie bitte nicht, mich zu verscheißern.«

»Nein, Sie haben mich nicht verstanden. Die Flasche gehört nicht mir, sondern ihm.«

»Das kann jeder sagen.«

Augenthaler reichte es allmählich. »Natürlich kann das jeder sagen«, schnappte er. »Aber Tatsache ist ja wohl, dass es nur einen gibt, der lügt, wenn er es behauptet. Aber gehen Sie mal davon aus, dass das nicht ich bin.«

Der seltsame Mann räusperte sich. Er schien über Augenthalers reichlich umständlich formulierte Bemerkung nachzudenken. »Sollte das gerade ein Witz sein?«, erkundigte er sich schließlich.

Der Literaturdozent schnaufte verächtlich. »Ich sag Ihnen mal was: Das Ganze hier ist ein Witz, und zwar von vorne bis hinten, nur kein guter.«

»Da gebe ich Ihnen recht«, sagte der Mann.

»Herzlichen Dank.«

»Aber Sie heben jetzt die Flasche auf.«

»Darauf können Sie lange warten.« Augenthaler ließ den maskierten Kerl stehen und stieg in die Pedale, um seinen Weg fortsetzen. Er kam aber nicht weit. Irgendetwas knallte ihm auf den Kopf und er ging zu Boden.

* * *

Es war kein besonders heftiger Schlag und deshalb nur eine kurze Ohnmacht, die vom Klingelton eines Handys beendet wurde.

»Ja, aber warum rufst du mich jetzt an ...?«

Augenthaler erinnerte sich sofort: Das war die hohe Stimme des Maskierten.

»Nein, nicht im Moment, ich habe gerade zu tun. Es geht wirklich nicht ...«

Der am Boden Liegende begriff ziemlich schnell, was passiert war. Sein Schädel brummte, es war kaum zum Aushalten. Dieser schräge Kerl hatte ihn mit einer Flasche niedergeschlagen, und – es war nicht zu fassen! – jetzt war ihm der Anruf dazwischengekommen.

»Warum können wir nicht später telefonieren? – Nein, wieso denn, warum rufst du mich ständig an? Mir geht's gut, wirklich, nur im Moment passt es nicht. In zwei oder drei Minuten, wenn ich die Sache hier zu Ende gebracht habe, dann besprechen wir das gern. Bitte ...«

Augenthaler war zwar so gut wie k.o., aber immer noch geistesgegenwärtig genug, um zu begreifen, dass es genau diese zwei oder drei Minuten waren, die er unbedingt nutzen musste, wenn er am Leben bleiben wollte. Vorsichtig rappelte er sich auf. Der maskierte Mann, der offenbar geistesgestört und hochgradig wahnsinnig war, hatte sich von ihm abgewandt und telefonierte, während er auf und ab schritt.

Mühsam kämpfte sich Augenthaler auf die Beine und schwankte los. Immerhin kam er dieses Mal weiter als vorhin. Aber dann stand ihm ein weiterer Mann im Weg. Der Literaturwissenschaftler hatte das Gefühl, dass er den Kerl von irgendwoher kannte, aber wenn man nur verschwommen sieht, kommt einem so mancher bekannt vor.

»Nein«, sagte der unbekannte Bekannte. »Warten Sie noch. Ich kann Sie leider nicht einfach gehen lassen.«

Und dann bekam Augenthaler wieder eins über den Schädel. Nur jetzt richtig.

26. Kapitel

Kurz darauf befand sich de Jong immer noch auf dem Rückweg nach Everswinkel. Er hatte schon vor zwei Stunden oder so in einer Kneipe Halt gemacht und versucht, mit Vivian zu telefonieren, aber er konnte nur die Mailbox erreichen. Dann war er zufällig mit jemandem ins Gespräch gekommen, der sich ganz gut auszukennen schien mit Frauen, die jemand anderen kennenlernen und, obwohl sie ständig herumstreiten, trotzdem mit ihm zusammenbleiben und sich immerzu an ihn schmiegen, jedenfalls wenn der Ehemalige dabei ist, wahrscheinlich gerade deshalb, nur um ihm eins auszuwischen. »Haben Sie den Kerl mal gefragt, wie seine Mutter aussieht?«, erkundigte er sich.

»Warum sollte ich?«, fragte de Jong den Experten. »Mir ist seine Alte ziemlich schnurz, davon können Sie ausgehen.«

»Aber Sie kennen doch das alte Gesetz: Frauen heiraten ihren Vater, Männer ihre Mutter. Das ist psychologisch erwiesen. Sie können also jederzeit beurteilen, ob eine Frau für Sie oder jemanden sonst infrage kommt.

Sie müssen nur immer ein Bild Ihrer Mutter dabei haben, dann können Sie vergleichen.«

»So einfach ist das nun auch wieder nicht«, widersprach de Jong. »Das Ganze kann ja nur gelingen, wenn die Infragekommende zufällig einen Vater hat, der mir zum Verwechseln ähnlich sieht. Sonst bin ich für sie ja nicht der Richtige, ganz egal, ob sie nun für mich passt oder nicht.«

»Da haben Sie auch wieder recht«, sagte der Experte und nickte nachdenklich. »Aber Sie werden mir nicht glauben, wie oft so was täglich passiert.«

»Bestimmt nicht«, pflichtete de Jong ihm bei.

Auf der Promenade, unmittelbar bevor er auf die Wolbecker Straße in Richtung Everswinkel abbog, bremste er plötzlich so abrupt, dass er beinahe über den Lenker gegangen wäre. Mitten auf dem Weg lag jemand, leblos ausgestreckt und mit dem Kopf nach unten, neben ihm auf dem Boden sein Fahrrad. Das wär's jetzt noch, ging es de Jong durch den Kopf, dass er als Exbulle über eine Leiche stolperte. Das hatte jetzt noch gefehlt. Er stieg ab, lehnte sein Rad an einen Baum. Dann holte er sein Handy aus der Tasche und wählte die 110, während er sich über den leblosen Körper beugte. Der Tote war männlich, und als der Ex-Kommissar ihn vom Bauch auf den Rücken drehte, stellte sich Gott sei Dank heraus, dass er gar nicht tot war: Er gab ein gequältes Geräusch von sich, und de Jongs Nase umwehte für einen winzigen Augenblick ein Hauch, der ihn an jemand Bestimmten denken ließ, weil er nach abgestandenem Milchkaffee schmeckte.

Und dann blickte er in das schmerzverzerrte Gesicht

Augenthalers, der es gerade noch mal so geschafft hatte.

Eine knappe Viertelstunde später trafen ein Krankenwagen und ein Ermittlungsteam unter der Leitung Hauptkommissar Merzenichs am Tatort ein. Das kalte Blaulicht der Einsatzfahrzeuge störte die frühsommernächtliche Promenadenidylle, die der versuchte Mord immerhin unangetastet gelassen hatte.

»Dat war ja gerade noch rechtzeitig, Herr Kollege«, lobte Merzenich, indem er auf Augenthaler wies, und bot de Jong ein Lutschdragee an.

Der lehnte ab. »Reiner Zufall«, sagte er. »Ich war eigentlich nur auf dem Weg nach Hause.«

»Aber jehen wir doch mal davon aus, dat dat stimmt, wat der Mann Ihnen erzählt hat.«

»Sie meinen, dass er ein Erpresser ist?«

Merzenich nickte. »Folgende Theorie: Augenthaler ist am Abend des Mordes zur Stelle, um dat Jeld abzugreifen. Und da sieht er, wie jemand sein Erpressungsopfer umbringt und obendrein dat Geld mitnimmt. Dumm jelaufen: Die Kohle ist weg, der Erpresste tot.«

»Es sei denn«, meinte de Jong, »er kannte den Mörder.«

Merzenichs Zeigefinger verharrte wieder einmal in der Luft. »Jenau«, meinte der Hauptkommissar.

»Dann hätte er sich nämlich gesagt: Wenn ich Mommsen nicht mehr wegen seiner Pointensucht erpressen kann, dann eben diesen Mörder wegen Mordes. Und zwar ohne sich klarzumachen, in wat für eine Gefahr er sich begibt.«

De Jong nickte. »An so was denkt er gar nicht.«

»Wissense, wat dat Tragische is? Dat Leute wie er nicht mal Fernsehen gucken, und wenn, dann nur Aspekte oder dat philsophische Quartett. Sie sind einfach zu intelligent. Hätten sie wenigstens mal einen Krimi jesehen, dann wüssten die, dat man Mörder am besten unerpresst lässt.« Merzenich schluckte sein Dragee hinunter. »Es sei denn, man will ins Gras beißen.«

»Aber wenn wir den Erpressten haben, dann haben wir Bikeman«, sagte de Jong.

»Wenn et so einfach wär.« Der Kölner zog ein skeptisches Gesicht.

***

De Jong war lange genug in der Strafverfolgungsbehörde tätig gewesen, um zu wissen, dass die Unschuldsvermutung eine der tragenden Säulen rechtsstaatlicher Justiz darstellte. Als Polizist a.D. war ihm aber auch klar, dass es manchmal, wenn sich weit und breit keine zwingende Spur entdecken ließ, gar nicht schaden konnte, wenigstens theoretisch, die sogenannte Schuldvermutung anzuwenden. Das funktionierte so: Einmal angenommen, alle Morde gingen auf das Konto des Mannes, den sie Bikeman nannten. Und zufällig wussten sie auch, wer Bikeman war (was sie bisher allerdings nur vermuteten – daher die Bezeichnung Schuldvermutung). Gingen sie also davon aus, dass sein bürgerlicher Name Rembert Kranich lautete. Auf den ersten Blick erschien das ziemlich weit hergeholt und völlig unwahrscheinlich. Schließlich war der gute Rembert nicht nur ein positiver Mensch, sondern einer, der sein Leben der Positivität aller Menschen und Dinge regelrecht gewidmet hatte. Weder der Dalai Lama noch unser Bundespräsident konnten Kranich in Sachen Positivität das Wasser reichen. Abgesehen davon war der Mann Therapeut und sein Sinnen und Trachten galt nahezu ausschließlich der Vermehrung des Glückes und der Gesundheit seiner Mitmenschen.

Aber genau das musste stutzig machen, denn diese allzu heitere Fassade aus Authentizität, schierer Lebensfreude und selbstlosem Engagement für die Mitmenschen schien gewieften Menschenkennern wie Niklas de Jong ein wenig dick aufgetragen zu sein. Vielleicht irrte er sich, durchaus möglich, aber wenn nicht, dann diente diese hehre Fassade als ideales Versteck für eine dunkle Fratze, von der genau deshalb niemand etwas wusste, weil sie sich so gut verstecken konnten. Eine Fratze aus Streitlust, zwanghafter Rechthaberei und einem pathologischen Ordnungstick.

Für sich gesehen taugte die Schuldvermutung nicht besonders viel, jedenfalls blieb sie eine reine Vermutung, es sei denn, es gelang, Hinweise zu beschaffen, um der Schuldvermutung dabei zu helfen, zu einer Schuldgewissheit zu werden. Und genau hier verfügte ein ehemaliger Ermittler wie de Jong über ganz andere Möglichkeiten als noch im Dienst befindliche wie Eugen Küppers oder Merzenich, der Karnevalist. Wenn er sich nicht allzu dämlich anstellte, kam er nämlich ohne richterliche Anordnung aus, um eine Wohnung nach eventuellen Beweismitteln zu durchsuchen.

Einer beiläufigen Bemerkung Giulias hatte de Jong nämlich entnommen, dass der Marxähnliche zwar inzwischen bei ihr eingezogen war, aber immer noch über eine winzige Einzimmerwohnung verfügte, die er vorher bewohnt hatte und die sich draußen auf dem Gelände des *Lotushofes* befand. Dort bewahrte er seinen »überflüssigen Kram« auf – alte Schinken über längst aus der Mode gekommene Meditationstechniken, möglicherweise Schriftliches über seinen Plagiatsprozess, Akten voller persönlicher Unterlagen, Briefe und Aufzeichnungen. Also möglicherweise durchaus Sachdienliches.

Es lief alles wie am Schnürchen: In einer mondhellen Freitagnacht radelte de Jong hinaus aufs Land, und er nutzte den Hinweg dazu, sich vorzustellen, wie es wohl gelaufen wäre, wenn Giulia Mommsen und den Mediationsfreak nicht kennengelernt hätte. Alles wäre höchstwahrscheinlich immer noch so wie vor Jahren. Er sah die Szenen geradezu lebendig vor seinem inneren Auge: die wortkargen Frühstücke, endlose Abende vor dem Fernseher, hin und wieder vom üblichen Streit unterbrochen, welche Serie man einschalten sollte, später das Schnarchen in der Nacht. Im Urlaub dorthin fahren, wo man immer schon hingefahren ist, weil man sich auf nichts anderes einigen konnte und die Kompromissbereitschaft von Jahr zu Jahr abnahm. All das, was eine Langzeitbeziehung so ausmachte. De Jong war so in Gedanken, dass er eine Abbiegung verpasste und sich damit einen Umweg von über zwanzig Minuten einhandelte. Die nutzte er allerdings dazu, sich obendrein noch vorzustellen, er sei Giulia und müsse es mit einem wie ihm, de Jong, aushalten. Man könnte es in der Tat schlimmer antreffen, fand er zunächst, aber je mehr Nächte mit Schnarchen und Abende vor dem Fernseher er sich vor Augen hielt, desto mehr empfand er als Giulia dieses Leben, wenn nicht unbedingt als Zumutung, so doch als im bedenklichen Maße unaufregend. Gar kein Zweifel, dass es gesundheitsschonend war und wie gemacht für das, was man den geruhsamen Lebensabend nannte, aber gerade deshalb nicht unschuldig an dem, was folgte: dem tödlichen Ende. Und vor diesem Hintergrund war es doch wenigstens nachvollziehbar, dass sie dies einfach früher als er empfunden hatte und deswegen Mommsen, den Scherzkeks, als Umsteigemöglichkeit in ein anderes, ein zumindest etwas aufregenderes Leben genutzt hatte.

Mit Vivian ging es ihm schließlich genau so, dachte de Jong, und wie so oft stellte er sich die junge Krimiautorin vor, wie sie aus der Dusche trat und ihr Badetuch zu Boden glitt. Am Ende hatte vielleicht alles sein Gutes …

Der *Lotushof* lag still da im Mondlicht, wie ein Sinnbild nächtlichen Friedens. De Jong ließ das Rad im Schatten der Bäume zurück und schlich sich an die Gebäude heran. Es war eine simple Aktion – erstens, weil der Ex-Kommissar über jahrelange Routine im sich Anschleichen verfügte, und zweitens, weil der *Lotushof* über keinerlei ernsthafte Alarmvorrichtung verfügte, wenn man mal von einem Bewegungsmelder absah, der den Bereich um das Haupttor in gleißendes Licht tauchte, den man aber leicht umgehen konnte. De Jong musste nur den Eingang zu Kranichs Bude finden, und das konnte ja wohl nicht so schwer sein.

Er behielt recht. Auf der Rückseite der ehemaligen Stallungen, jenes Gebäudes, in dem de Jong seine Einführung in die transglobale Meditation genossen hatte, stieß er auf eine Tür mit einer Beschriftung: *R. Kranich*. Während er sich schon ans Werk machte, die Holztür aufzuhebeln, fiel sein Blick auf ein geklapptes Fenster. Das war wie eine Einladung, die er gern annahm!

Wenige Augenblicke später stand er in einem engen, leicht feucht müffelnden Raum, der über eine Kochnische verfügte, und ließ den Schein seiner Taschenlampe über Kisten, Kartons und Berge von Aktenordnern gleiten, die an der Wand gestapelt waren. Wo sollte er anfangen? Und was suchte er eigentlich?

Diese Fragen waren leicht zu beantworten: Wie wäre es zum Beispiel mit einer Tasche mit WWF-Logo, in der sich das Erpressungsgeld befand? Oder einem privaten Briefwechsel zwischen den sogenannten Freunden und ehemaligen Kabarettkollegen, der bewies, wie aus ihnen längst erbitterte Feinde geworden waren? Angesichts der Berge von Krempel, die hier im Dunkeln an den Wänden lehnten, würde er wahrscheinlich den Rest der Nacht zu tun haben.

Dazu kam es aber nicht, denn urplötzlich ging das Licht an. De Jong reagierte hektisch: Unwillkürlich schaltete er seine Taschenlampe aus, als wäre er dadurch unsichtbar. Im nächsten Moment ließ er sich hinter einen Umzugskarton fallen und hielt den Atem an.

Ein Schritt knarzte auf dem Holzboden. Noch einer. Dann Stille.

»Niklas?« Das war die Stimme des Marxähnlichen. »Niklas, bist du das?«

Was bildete der Kerl sich ein: dass sie hier Verstecken spielten, oder was?

»Niklas, wir wissen doch, dass du das bist!«

Eugen Küppers! Das allerdings war schon ein Schlag ins Kontor. Hatten sich denn alle gegen ihn verbündet? De Jong konnte plötzlich nachfühlen, wie Jesus sich im Garten Gethsemane gefühlt haben musste, selbst wenn man berücksichtigte, dass es sich damals nicht um unerlaubtes Eindringen gehandelt hatte. Trotzdem hatte er das Gefühl, moralisch im Recht zu sein, und mit dieser Kraft des reinen Gewissens richtete er sich auf. »Was soll ich sagen: Das Fenster stand offen«, sagte er, verschränkte die Arme vor der Brust und grinste säuerlich.

»Das gibt dir noch lange nicht das Recht hier einzubrechen«, sagte Kranich.

»Na ja, Einbruch!«, spielte de Jong herunter. »Ich kam vorbei und da dachte ich ...«

»Nein, nein. Du bist zu weit gegangen. Ich muss dich leider anzeigen, obwohl ich das eigentlich nicht will. Giulias wegen.«

»Giulia? Was hat die denn damit zu tun?«

»Egal. Du bist zu weit gegangen.«

»Ach ja, zu weit gegangen?« De Jong trat einen Schritt auf den Meditator zu. »Soll ich dir mal sagen, was ich unter zu weit gehen verstehe? Wenn man mehrere unschuldige Menschen einfach so massakriert. Das nenne ich zu weit gehen.«

Irritiert schüttelte Kranich den Kopf. »Was hat denn das damit zu tun?«

»Ach, komm, jetzt spiel bloß nicht den Ahnunglosen ...«

»Schluss jetzt, mach einen Punkt!«, ging Eugen Küppers dazwischen. »Niklas, du bist hier schließlich einfach so eingestiegen. Du warst mal Polizist, und ich brauche dir nicht zu sagen, was das für Konsequenzen hat.«

»Ich bin echt froh, dass ich nicht mehr bei dem Laden bin, das kannst du mir glauben«, versicherte de Jong.

Küppers wandte sich an den Marxähnlichen. »Ich bürge für meinen Exkollegen, Herr Kranich. Er bereut, was er getan hat und verspricht, es nicht wieder zu tun. Sind Sie immer noch entschlossen, Anzeige zu erstatten?«

»In diesem Fall nicht«, sagte Kranich großzügig.

Und der Hauptkommissar nickte dankbar. »Dann beenden wir das hier jetzt und gehen alle zu Bett.«

»Moment«, sagte de Jong. »Wie kommt es überhaupt, dass du hier mit von der Partie bist?«

Es mochte die fortgeschrittene Stunde sein, die Küppers so genervt wirken ließ. »Was heißt denn hier mit von der Partie?«, maulte er. »Die Hausmeisterin hat Herrn Kranich verständigt, und weil der sich schon so was gedacht hat, wollte er unbedingt jemanden, der dich kannte, um den Ball flach zu halten, verstehst du?«

»Und es macht dich überhaupt nicht stutzig, dass er sich schon was gedacht hat?« Trotzdem merkte de Jong, wie sein Jesus-Gefühl dahin schwand. Er schüttelte trotzig den Kopf.

»Also dann«, sagte Küppers und ging schon vor. Der Meditationsfreak folgte ihm nach draußen und zückte seinen Schlüsselbund, um abzuschließen.

»Okay«, sagte de Jong, der vielleicht ruhig wirkte, aber innerlich beinahe platzte vor Ärger. Erst hatte man ihn Schachmatt gesetzt und jetzt erwartete man auch noch eine Entschuldigung von ihm.

»Man sieht sich«, sagte Küppers.

»Wüsste nicht, wo«, sagte de Jong.

»Kommst du denn nicht morgen Abend ins *Knipperdolling*?«

»Tja, weißt du«, de Jong dehnte seine Worte, so sehr genoss er seine Rache auf geradezu kindische Weise, »das schon, ich denke allerdings, dass ich dort auch andere nette Menschen treffen kann. Das ist ja der Reiz dieses Lokals, oder nicht?«

»Welche anderen Menschen?«

»Zum Beispiel Hauptkommissar Merzenich. Er wohnt bei mir um die Ecke und ist ein außerordentlich interessanter Gesprächspartner, wie ich finde.«

»Ach was«, sagte Küppers nur, und de Jong freute sich, dass das gesessen hatte.

Sie überquerten den nächtlichen Hof. Kranich verabschiedete sich und verschwand kurz darauf in der Dunkelheit.

»Das ist also der Dank dafür, dass ich dir den Arsch gerettet habe«, sagte Küppers.

»Quatsch, was denkst du? Sieht so etwa Dank aus?«

»Eben, das meine ich ja.«

»Na, siehst du. Dann sind wir ja einer Meinung.«

So trennten sich ihre Wege. Als er sein Fahrrad erreicht hatte, versuchte de Jong es noch einmal bei Vivian, aber sie war nicht zu erreichen. Natürlich nicht, um diese Zeit. Und dann meldete sie sich doch.

»Tut mir leid, dass ich so spät noch störe«, sagte de Jong.

»Du, ich hab mich nicht gemeldet, weil …«, sagte sie. Offenbar hatte sie schon geschlafen. »Zurzeit ist es bei mir ziemlich eng.«

»Wenn ich dir irgendwie helfen kann …«

»Nein, lass nur. Lieb von dir. Es geht immer um meinen Bruder, der ist ein echter Problemfall. Aber das kriege ich schon wieder hin.«

»Was fehlt ihm denn?«, fragte er aus einer spontanen Idee heraus. »Leidet er an einer psychischen Krankheit?«

»Warum willst du das wissen?« Ihre Stimme kühlte deutlich ab.

»Du hast gesagt, dein Vater sei überkorrekt gewesen. Ist es bei deinem Bruder auch so?«

»Es ist so etwas Ähnliches wie eine Immunschwäche, sagen die Ärzte, aber sie wissen es nicht genau.«

»Dann drücke ich dir die Daumen.«

»Sobald ich Land sehe, melde ich mich wieder.«

»Das hört sich so an, als wärest du auf See.«

Vivian stand der Sinn offenbar nicht nach Scherzen. Sie hatte aufgelegt.

27. Kapitel

Nicht, dass ihn das wütend machte. Die Horrormeldungen, die überall verbreitet wurden. Von wegen Bikeman, die blutrünstige Bestie. Das Monster. Der Schrecken einsamer nächtlicher Grünanlagen. Man musste doch konstatieren, dass sich vieles verbessert hatte seit jener Nacht, als der unheimliche Maskierte zum ersten Mal sein Rad bestiegen hatte, um in der Welt nach dem Rechten zu sehen. Auf den Wiesen lag weniger Müll herum, Hundebesitzer, für die ihre Umwelt bis dahin nichts anderes gewesen war als ein großes, globales Klo für ihre verwöhnten Lieblinge, achteten peinlich darauf, den noch dampfenden Kot unabhängig von seiner Konsistenz umgehend einzutüten und ordnungsgemäß zu entsorgen, Autofahrer parkten nicht mehr auf Radwegen und schnitten Kinderwagen nicht mehr den Weg ab. Ein bisschen besser war die Welt schon geworden, natürlich nicht, wenn es nach den Boulevardzeitungen ging, die lieber Blutrünstiges brachten und gebetsmühlenartig die Frage wiederholten, wann der Wahnsinnige wohl das nächste Mal zuschlagen werde.

Nein, das ließ ihn kalt. Er konnte es verstehen, wie sollte man schließlich Auflage machen, wenn man nur berichtete, dass schlechtes Benehmen notwendigerweise schlechtes Ergehen zur Folge hatte und dass niemandem ein Leid geschah, der sich diese Regel zu eigen machte.

Jetzt war Freitagabend, normalerweise eine Zeit der Ausschweifung, der betrunkenen Horden, die sich nach der Kinovorstellung mit der Bierflasche in der Hand aufmachten, um sich in irgendeiner angesagten Kneipe das Hirn wegzusaufen. Was war stattdessen: Ein gemütlicher Vorsommertag ging zur Neige, die Vögel trällerten ihr Abendlied, Liebespaare auf den Parkbänken beobachteten eng umschlungen den Sonnenuntergang, Jogger joggten auf den Wegen und Rentner füttern die Schwäne. Rosa Abendwolken, weit über den mittelalterlichen Giebeln der Stadt, waren wie kleine Garnituren am Tellerrand, die das Bild vollendeten. Dieser Abend war eine Symphonie, in der jeder Ton aufs Perfekteste mit dem anderen harmonierte. Bikeman radelte durch seine Stadt, die so war, wie er sie liebte, und er war stolz auf das, was er vollbracht hatte.

Es war viel später, kurz nach halb eins in der Nacht, als er kurz anhielt, weil ein unangenehm schabendes Geräusch im Kettenkasten seines Rades die feierliche Stimmung störte. Während er bei seinem Gefährt in die Hocke ging, um nach dem Defekt zu suchen, bemerkte er einen älteren Herrn, der ganz in der Nähe an einen Baum trat und den Reißverschluss an seinem Hosenschlitz öffnete, offensichtlich mit der Absicht, seine

Blase zu entleeren. Also war doch immer noch nicht alles so, wie es sein sollte.

Bikeman seufzte, dann zog er seine Maske aus der Tasche und stülpte sie sich über den Kopf, um dem Mann vorzuschlagen, als Ausgleich für seinen Pinkelvandalismus wenigstens ein Lachen hören zu lassen, um die Welt ein wenig besser zu machen. Schätzungsweise würde der Mann ihn anpöbeln und fragen, was zum Teufel ihn das angehe und dass er verdammt noch mal selbst zu bestimmen habe, an welchen Baum er pissen wollte und an welchen nicht. Und das würde das letzte Mal im Leben des Mannes sein, dass er jemanden anpöbelte. So war der Lauf der Dinge.

Bikeman bestieg sein Rad just in dem Moment, als ein anderes neben ihm hielt.

»Oberkommissarin Scheidemann, Fahrradpolizei Münster«, sagte eine blonde Frau und schenkte ihm ein offenherziges Lächeln. »Wahrscheinlich haben Sie noch nicht bemerkt, dass Ihr Rücklicht außer Funktion ist.«

»Das ist ein Scherz«, sagte Bikeman ungläubig.

Frau Scheidemann schüttelte den Kopf. »Sehe ich aus, als würde ich scherzen?«

»Nun ja, das kommt darauf an, wie Sie Scherz definieren«, flachste er, war aber ein wenig irritiert von ihrem starrenden Blick, in dem so etwas wie ungläubiges Staunen lag. Und plötzlich begriff er: Er hatte die Maske noch auf! Bikeman reagierte panisch: Ohne eine Sekunde zu verlieren, gab er Gas, um wenigstens den Überraschungsmoment auf seiner Seite zu haben. Wahrscheinlich genau das Richtige, und binnen weniger Augenblicke hätte er die Oberkommissarin bestimmt abgehängt. Aber es kam anders. Mitten im Sprint sprang die Kette ab und blockierte das Tretwerk, das Rad geriet ins Trudeln, Bikeman musste dem Gegenverkehr ausweichen und betätigte verzweifelt den Rücktritt, der ohne Kette seinen Dienst versagte. Das Fahrrad rammte einen Mülleimer und warf, bevor es sich in einen Brombeerstrauch bohrte, seinen Fahrer ab wie ein störrisches Pferd. Bikeman landete unsanft auf dem Rasen.

Ihm war nichts passiert, aber als er sich aufrichtete und die verrutschte Maske abzog, sah er in das immer noch freundliche Gesicht Frau Scheidemanns, die sich über ihn beugte und eine Dienstwaffe auf ihn richtete. »Sie sind festgenommen«, sagte sie.

28. Kapitel

Die Verhaftung des berüchtigten Killers war *das* Thema des Wochenendes. Alle Medien überschlugen sich mit Berichterstattungen, auch überregionale TV-Sender fielen in die Stadt ein und filmten ihre Korrespondenten, wie sie mit dem Mikro in der Hand an jener Stelle standen, wo *es* passiert war. Oberkommissarin Scheidemann war die Heldin der Stunde, Gerüchten zufolge lag bereits ein Angebot vom LKA auf ihrem Schreibtisch, allerdings auch eins von RTL. Ihre Tat verglich man gern mit der Verhaftung des legendären Al Capone: War dem Mafiaboss ein banales Steuervergehen zum Verhängnis geworden, so hatte im Falle Bikemans ein simpler Defekt am Kettenkasten zur Festnahme geführt. In einer TV-Talkshow erörterten Experten das Thema, darunter ein bekannter Verschwörungstheoretiker, der seine Redezeit nutzte, um vor Radfahrern mit islamistischem Tathintergrund zu warnen, ein Spezialist für Zweiradkriminalität, und überraschenderweise kam auch Dr. Frau als Facharzt für eingebildete Leiden und seltsame Wahnvorstellungen zu Wort.

Am darauf folgenden Montag, um kurz nach acht, hatte de Jong bei ihm einen Termin. Für den Kommissar im Ruhestand war das Wochenende kein Grund zum Jubeln gewesen: Mochte Giulia ihm die kalte Schulter zeigen, das war er gewohnt und hatte auch nichts anderes erwartet. Hinzu kam aber noch der Zwist mit Küppers. Am Samstagabend hatte er sich mit Merzenich auf ein Bier getroffen. Abgesehen davon, dass der über eine Stunde lang darüber monologisiert hatte, was für ein Knaller seine Neue im Bett sei, wozu er ausgiebig intime Details beisteuerte, behauptete er außerdem noch, sich mit Küppers ausgesöhnt und ihrer beider Beziehung auf einen ganz neuen Level gehoben zu haben. Alles in allem eine Reihe von guten Nachrichten, die de Jongs Heiterkeitsallergie allerdings nur verschärften. Mehrmals versuchte er, seine Stimmung mit den erotischen Passagen aus Vivians Krimi aufzuhellen, aber als er sie anrief, war auch sie wieder nicht zu erreichen. Sie musste sich ja um ihren Bruder, den Problemfall, kümmern.

»Wo Sie schon die von mir verordnete Medikation nicht beachten«, meckerte Dr. Frau, »wundern Sie sich bitte nicht, dass Sie vergeblich auf eine Besserung warten.«

»Ich wundere mich doch gar nicht«, sagte de Jong.

»Ihr Aussehen sagt aber etwas anderes: Sie sind die Griesgrämigkeit in Person.«

»Bitte, wenn mein Aussehen Ihnen etwas sagt«, gab de Jong sauer zurück, »dann wäre es vielleicht das Klügste, wenn Sie den weiteren Ablauf der Therapie mit ihm besprechen.«

Nicht zum ersten Mal zeigte sich, dass Dr. Frau zum Einschnappen neigte. »Erwarten Sie nicht von mir, dass ich Sie auf Knien anflehe, mein Patient zu sein«, zischte er warnend.

»Versprochen«, sagte de Jong.

»Wie dem auch sei.« Als Profi, der er war, fing der Arzt sich wieder und bedeutete de Jong mit einer Armbewegung, auf der Couch Platz zu nehmen, während er sich auf dem drehbaren Sessel niederließ, Notizblock und Kugelschreiber in der Hand. »Erzählen Sie mir, warum Sie meine Medikamente nicht genommen haben?«

»Wenn Sie es genau wissen wollen«, sagte de Jong, »meine Frau hat mich verlassen und mein ehemaliger Partner hält mich für einen Einbrecher, nur um zwei von vielen Probleme zu nennen. Da sind Stimmungsaufheller das Letzte, was ich gebrauchen kann.«

Fraus längliches, irgendwie fachmännisches Gesicht war mit reichlich dicken Lippen ausgestattet. Das versetzte ihn in die Lage, mit geringem Aufwand, indem er die Lippen ganz leicht nach vorn stülpte, den Eindruck von Mitgefühl zu vermitteln. »Sie sollten sich wieder liieren«, riet er. »Glauben Sie mir, de Jong, es gibt einen ganz einfachen Weg, den richtigen Partner zu finden.«

De Jong fand eigentlich, dass er nicht hergekommen war, um derartige Dinge mit dem Arzt zu erörtern. »Und wie soll der aussehen?«, fragte er dennoch, wenngleich teilnahmslos.

»Ich habe nicht gesagt, dass ich ihn weiß.« Der Doktor machte ein feixendes Gesicht, als wäre ihm der Witz des Jahrhunderts gelungen, was de Jong nicht amüsierte. Im Gegenteil.

»Das hat doch keinen Zweck«, meckerte er, setzte sich auf und schwang die Beine von der Couch. »Lassen wir das einfach mit der Lacherei. Es gibt viele Dinge im Leben, die wahrhaftig wichtiger sind und außerdem spannender.«

»Wie Sie meinen.« Fraus dicke, mitfühlende Lippen schrumpften zusammen, bis sie kleinen, vorwurfsvollen Strichen ähnelten. »Wir hatten ja bereits darüber gesprochen, dass Humor heutzutage Standard ist. Ohne den kriegen Sie auch beruflich kein Bein auf die Erde. Aber bitte, wenn Sie es versuchen wollen ...«

»Falsch«, widersprach de Jong. »Alle Welt kommt sich wer weiß wie humorvoll vor, aber das ist ja wohl was ganz anderes, als welchen zu haben. Die Leute hocken massenweise vor der Glotze und ziehen sich eine Sitcom nach der anderen rein, kriegen das Kichern und denken: Scheiße noch mal, ich habe ja ganz schön Humor. Nur, das ist ein fataler Irrtum.«

»Was soll daran falsch sein?«, fragte der Arzt. »Die Deutschen sind bekanntlich Schnäppchenjäger, wer will ihnen verübeln, wenn sie über die billigsten Witze lachen?«

Darauf wusste de Jong keine Antwort.

»Um noch mal auf unser Eingangsthema zu sprechen zu kommen«, sagte Dr. Frau. »Frohsinn erhöht Ihre Chancen bei der Partnersuche. Der Grund: Frauen schätzen es, wenn Männer Witz haben. Das können Sie mir als Ihrem Arzt glauben.«

»Wieso Ihnen als meinem Arzt?«

»Statistiken zufolge schlafen über 80 Prozent aller Frauen zwischen 25 und 45 am liebsten mit humorvollen Männern.«

»Ich kenne eine, der geht es genau umgekehrt«, sagte de Jong.

»Und damit wären wir auch schon wieder am Ende dieser Sitzung«, freute sich der Arzt, verließ seinen Sessel und legte Notizblock und Kugelschreiber in die Schreibtischschublade.

Bevor er ging, fragte de Jong: »Herr Doktor, hatten Sie in Ihrem Leben schon mal einen Augenblick, zu dem Sie am liebsten gesagt hätten: Verweile doch, du bist so schön?«

Dr. Frau nickte vielsagend, mit einem Blick zur Decke. »Sie spielen auf den Faust an, de Jong. Aber lesen Sie die Stelle richtig, und ich kann mit allem Stolz behaupten, dass ich noch niemals in die Versuchung gekommen bin, dies zu tun. Weil es immer Besseres zu erreichen gibt, verstehen Sie? Streben ist des Menschen Bestimmung. Und wer am Augenblick hängt, ist des Teufels, so steht es auch geschrieben.«

»Verstehe«, sagte de Jong und verabschiedete sich.

* * *

Während er die Arztpraxis verließ, versuchte er es noch mal bei Vivian; diesmal hatte er Glück. »Wie geht's deinem Bruder?«, erkundigte er sich.

»Danke«, sagte sie. Mehr nicht.

»Mein Teil des Krimis ist übrigens fast fertig«, sagte er. »Jetzt bist du dran.«

»Das hört sich gut an.«

»Kein Problem. Es war ganz einfach. Jetzt, wo sie den Kerl haben ...«

»Welchen Kerl?«

»Na, Bikeman.«

»Sie haben ihn gefasst? Bist du sicher?« Vivian hörte sich geradezu atemlos an.

»Ich dachte, du wüsstest es. Es kam in allen Nachrichten. Und deshalb ...«

»Ja, klar. Stimmt, ich hab es irgendwo gelesen.«

»Können wir uns vielleicht sehen?«

»Was hältst du denn von der *Literaturwerkstatt*?«

»Gern«, sagte de Jong und fügte ein wenig enttäuscht hinzu: »Aber das ist erst am Donnerstag.«

»Weißt du, Niklas, ich bin spät dran, ich müsste eigentlich längst weg sein. Ich rufe dich wieder an, versprochen.«

Dr. Fraus Praxis befand sich in einem historischen Bau inmitten der historischen Innenstadt, und de Jong empfand es schon als Akt der Heilung, hinauszutreten in den beginnenden Tag, sommerliche Morgenluft zu schnuppern und die frühen Touristen dabei zu beobachten, wie sie sich mit ihren Smartphones und Tablets in der Hand auf die Suche nach dem ersten Café machten, während die Lokalitäten ringsum noch damit beschäftigt waren, Stühle und Tische auf die Gehwege zu räumen.

Bist du sicher? – Vivians erstaunte Frage ging ihm durch den Kopf. Offenbar hatte sie nichts von der Verhaftung gewusst, aber das erklärte nicht ihre ganze Verwunderung. Sie hatte so geklungen, als könnte sie das nicht glauben. Als hätte de Jong ihr erzählt, er habe erfahren, dass heute Sonntag sei, obwohl sie genau wusste, dass Montag war.

Andererseits: Wo blieben denn seine Zweifel? Nur weil er mit seinem recht persönlich inspirierten Verdacht gegen Giulias positiven Bettgenossen falsch gelegen hatte, bedeutet das ja noch nicht, dass sie den richtigen hatten. In dieser Stadt gab es inzwischen Hunderte, die gerne Bikeman sein wollten, und einige von ihnen waren so geil darauf, im Mittelpunkt der Aufmerksamkeit zu stehen, dass sie sich dafür auch jederzeit verhaften lassen würden.

Er brauchte bis zum Nachmittag, um sich dazu aufzuraffen, Hauptkommissar Eugen Küppers anzurufen, der inzwischen der Zeitung ein wortreiches Interview gegeben hatte. Die Leistung der Kollegin Scheidemann sei beachtlich und fraglos lobenswert, hatte er darin getönt und obendrein dreisterweise behauptet, ihr habe man es vor allem zu verdanken, dass das letzte Opfer des Killers diesem eben nicht zum Opfer gefallen, sondern am Leben geblieben sei, wenn auch immer noch nicht vernehmungsfähig. Im Übrigen solle man nicht vergessen, dass Ermittlungserfolge wie diese nicht vom Himmel fielen, sondern nur als Ergebnis intensiver und mühevoller kriminalistischer Klein- und Teamarbeit zustande kämen. Wobei er, Küppers, nicht nur sich selbst meine, sondern auch und vor allem die Kollegen, die vorbildlichen und aufopferungsvollen Einsatz gezeigt hätten.

»Was willst du?« Sobald der Hauptkommissar de Jongs Stimme erkannte, kühlte sein Ton so sehr ab, dass de Jong fröstelte.

»Weißt du, was ich neulich gesagt habe, dass ich lieber mit deinem Kollegen ins *Knipperdolling* abhänge, das war nicht so gemeint.«

Schweigen.

»Ich möchte, dass du weißt, wie wichtig mir unsere regelmäßigen Treffen sind.«

Schweigen.

»Wie lange machen wir das jetzt schon?«

»Du meinst wohl, wie lange *haben* wir das gemacht?«

»Nein, das meine ich nicht. Sonst würde ich ja wohl nicht vorschlagen, ob du heute Abend Zeit hast.«

»Keine Ahnung. Hab viel zu tun im Moment.«

»Jetzt komm schon. Lass dich nicht so bitten.«

»Du willst doch irgendwas von mir.«

»Also wirklich, Eugen, mir so etwas zu unterstellen … Wie lange kennen wir uns jetzt.«

»Meinetwegen: heute Abend. Aber nur, wenn du sonst nichts von mir willst.«

»Ich schwöre. Ach, ehe ich es vergesse: Gratulation zum Abschluss des Bikeman-Falles!«

»Danke sehr.«

»Seid ihr euch eigentlich sicher, dass er es ist?«

»Was meinst du damit?«

»Was wohl? Ich meine, wenn du falsch liegst, das wäre doch ganz schön peinlich für dich. Ich könnte dir vielleicht helfen. Immerhin war ich selbst am Tatort Augenthaler, kurz nachdem der Irre zugeschlagen hatte. Ich könnte auf sachdienliche Hinweise stoßen, wenn ich den Mann sehe. Verschaff mir einfach einen Termin in der U-Haft und …«

»Ich wusste doch, dass du nicht einfach so anrufst.«

* * *

Trotzdem bekam de Jong den Termin. In der Strafvollzugsanstalt hatten die Kollegen sein Gesicht noch nicht vergessen, sodass er ohne Probleme noch am gleichen Tag die Gelegenheit erhielt, dem Mann, der vorgab, Bikeman zu sein, gegenüberzusitzen. Sein bürgerlicher Name: Carsten Prahlke. Auf den ersten Blick zögerte man allerdings, den Kerl als Mann zu bezeichnen, denn es handelte sich um einen Jüngling mit heller Haut und rötlichen Pickeln im Gesicht, von dem man nicht vermutet hätte, dass er Morde beging, eher dass er als Angehöriger der neuen Generation Kinderstudenten gerade erst und rein probeweise ein Studium irgendeiner Geisteswissenschaft begonnen hatte.

»Sie wollen also der Fahrradmörder sein?«, begann de Jong, nachdem der Gefangene ihn über eine Minute lang schweigend angestarrt hatte.

»Na klar«, antwortete Bikeman und starrte weiter.

»Und warum haben Sie es getan? Ich frage deswegen, weil mir die Auswahl der Opfer relativ willkürlich erscheint.«

Bikeman versuchte ein diabolisches Grinsen. »Dir vielleicht. Du hast ja auch keine Ahnung von dem tieferen Sinn, der dahintersteckt.«

»Dann erklären Sie mir den, wenn es Ihnen nichts ausmacht.«

»Warum sollte ich das tun?«

Weil Serientäter immer das Bedürfnis hatten, sich mitzuteilen, wusste de Jong. Er sagte: »Weil ich kein

Polizist mehr bin. Ich bin Ruheständler und kann frei reden. So werden hinterher viele Menschen von Ihren Taten erfahren und die Größe Ihres Werkes nachvollziehen können. Deshalb.«

Bikeman überlegte einen Moment und kratzte sich an einem seiner Pickel. »Na gut. Du musst wissen, dass ich eigentlich Künstler bin. Ein Comiczeichner.«

»Okay«, sagte de Jong. »Ist doch eigentlich ein schöner Beruf.«

»Blödsinn!« Der Junge schaltete urplötzlich auf Radau um. »Wenn du niemanden findest, der deine Zeichnungen bringen will, was nützt dir dann, dass du gut bist? Du bist trotzdem am Arsch! Also drauf geschissen! Und ich hab mir gesagt: Wenn ihr meine Zeichnungen nicht angucken wollt, dann eben in echt, kapiert?«

»Nein.«

»In echt! Mein Comic handelt vom Bikeman, und jetzt gibt es ihn eben in Wirklichkeit, so einfach ist das.«

»Wirklich sehr einfach«, bestätigte de Jong. »Und was ist mit den Stellen aus der Heiligen Schrift, die man bei den Opfern gefunden hat?«

Bikeman glotzte ihn fragend an. »Was soll damit sein?«

»Beim letzten Opfer hat Bikeman keinen Zettel hinterlassen. Ist er etwa vergesslich?«

Dieses Mal starrte der Comiczeichner etwas länger. Endlich nickte er. »Ganz genau das. Er wurde ja gestört, als er vollbringen wollte, was er vollbringen musste, verstanden? Aber ich kann dir sagen, was für einen Spruch er hinterlassen wollte. So passt es dann wieder ins Schema.«

»Also gut«, sagte de Jong neugierig.

Bikeman dachte scharf nach. »Selig sind, die arm sind im Geiste«, sagte er dann wie auswendig gelernt auf, »denn ihrer ist das Himmelreich.«

»War denn der Mann, den Sie umbringen wollten, geistig gesehen arm?«

»Exakt.« Der Gefangene nickte. »Du hast es voll kapiert, Mann.«

»Und was ist mit Mommsen?«

»Meinen Sie diesen Comedian? Der Typ ist cool, echt lustig.«

»Aber du hast ihn umgebracht. Warum?«

»Pass auf, die Sache ist so: Ich hab selig und fest geschlafen, da erscheint mir der Bischof von Münster und Osnabrück und sagt, ich sollte das alles tun.«

»Die Morde begehen?«

»Genau. Hätte er das nicht von mir verlangt, du kannst mir glauben, dass ich keinem ein Haar gekrümmt hätte. Aber der Kerl ist mir extra im Traum erschienen und hat mich damit sozusagen beauftragt. Was blieb mir also anderes übrig? Ende der Durchsage.«

Auch de Jong sah keinen Sinn darin, das Gespräch mit dem Spinner fortzuführen, also erhob er sich.

»Übrigens, die Mommsensache geht nicht auf mein Konto«, rief ihm Prahlke nach. »Den würde ich nie kaltmachen, schließlich bin ich Mommsenfan und hab noch keinen seiner Auftritte verpasst.«

29. Kapitel

Natürlich gönnte er Hauptkommissar Küppers, im Mittelpunkt des Interesses zu stehen, nachdem man Bikeman gefasst hatte. De Jong war zwar ein Mensch, der durchaus neidisch sein konnte, aber dieses Mal waren es andere Dinge, die in ihm Zweifel aufkeimen ließen. Zum Beispiel diese letzte Äußerung des angeblichen Fahrradkillers, dass er Mommsenfan sei. Warum sollte er das behaupten, wenn es nicht stimmte? Andererseits, wie kam er dazu, auch nur ein Wort der wirren Geständnisse für bare Münze zu nehmen? Ein Mann, der einen anderen umgebracht hatte, behauptete, es nicht getan zu haben – was war daran schon ungewöhnlich? Prahlke, der verkannte Künstler, war am Ende viel normaler, als er sich eingestehen wollte. Überhaupt nichts Besonderes.

Und trotzdem. Das war ja nicht der einzige Punkt, der de Jong Kopfzerbrechen bereitete. Dennoch nahm er sich vor, seine vagen Bedenken wenigstens für diesen Abend nicht zu äußern, um das Treffen im *Knipperdolling* nicht zu verderben.

»Ich kann dir sagen«, erklärte Küppers, kaum dass er an seinem ersten Glas Bier genippt hatte.

»Was?«, fragte de Jong.

»Ein Rummel ist das, zum Weglaufen. Presse hier, Fernsehen da, dann der Chef, die Kollegen – alle wollen dir auf die Schulter klopfen.«

»Das tut doch gut oder nicht?«

Küppers wiegte den Kopf hin und her zum Zeichen, dass es auch zu viel des Guten werden konnte. »Du musst geradezu froh sein, wenn sie dich zwischendurch mal aufs Klo gehen lassen.«

»Hey, du hast es dir verdient.«

Eugen zog eine Schnute. »Tja, wenn's nach unserer verehrten Kollegin Frau Scheidemann geht, dann stehen ihr alle Lorbeeren zu. Von der Pappnase ganz zu schweigen ...«

»Einmal abgesehen von den Lorbeeren, ihr seid euch wirklich sicher, dass der Kerl der gesuchte Killer ist?«

Nach dieser Frage de Jongs herrschte eine gute halbe Minute lang Schweigen zwischen den beiden. Im *Knipperdolling* war es ungewöhnlich still, was aber daran lag, dass kaum Gäste da waren, vor allem fehlten die üblichen Männergruppen, die den Abend hauptsächlich mit gemeinschaftlichem Johlen und Falschsingen verbrachten.

»Was meinst du damit, ob wir uns sicher sind?«, fragte Küppers endlich, und seine Stimme klang zwar leise, aber keineswegs entspannt.

»Nichts«, eierte de Jong herum. »Gar nichts Bestimmtes. Ich meine nur, wenn man jemanden verhaftet, will man doch absolut sicher sein und ausschließen, dass ...«

»Natürlich«, nickte der andere gnädig. Genau das. Aber de Jong freute sich zu früh, wenn er dachte, er sei doch noch mal glimpflich davongekommen. Denn plötzlich explodierte Hauptkommissar Küppers: »Dieser Mann«, er meinte Prahlke, »hat erstens ein Motiv und er hatte zweitens sowohl Gelegenheit sowie drittens die Mittel, diese Taten zu begehen.«

»Fingerabdrücke? Spuren von DNA?«

»Kommt alles noch. Der Mann ist uns gerade erst ins Netz gegangen, und wir reden nicht nur von einem Mord, sondern einer Mordserie.«

»Genau«, sagte de Jong.

»Ein Vergleich des Reifenprofils mit den Spuren an den Tatorten hat leider nichts ergeben. Aber kein Wunder: Das Rad wurde letzte Woche Freitag erst gestohlen gemeldet.«

»Pech für euch.«

»Die Kollegen von der Rechtsmedizin arbeiten jedenfalls Tag und Nacht. Fündig werden wir auf jeden Fall, da bin ich ganz relaxed.« Küppers Gesicht verfinsterte sich. »Was denkst du von uns, dass wir nicht professionell arbeiten können?«

»Natürlich nicht.«

»Abgesehend davon hat der Mann die Taten ja gestanden.«

»Du hast absolut recht«, ruderte de Jong zurück. Ihm wurde klar, es hatte keinen Zweck weiterzureden. Egal was er sagte, sein Exkollege und Fast-Ex-Kneipenfreund würde sich doch nur angegriffen fühlen. »Lassen wir das lieber«, lenkte er ein.

»Oh nein!« Küppers, mit Bierschaum auf der Oberlippe, versprühte etwas davon in de Jongs Richtung und fuchtelte mit seinem leeren Glas herum. »So leicht kommst du mir nicht davon. Das ist noch nicht alles, hast du gesagt. Also was noch, Herr Meisterdetektiv Superschlau? Was haben wir blöden Bullen noch alles nicht beachtet?«

Inzwischen war es dann doch so weit, dass ein Männerverein zwei Nebentische usurpierte, die man, ohne die Möbel anzuheben, zu einem zusammenschob. Mit der Stille war es vorbei. Im vollen Bewusstsein ihrer akustischen Übermacht übertönten die Herrschaften problemlos sämtliche anderen Geräusche einschließlich der Kneipenmusik und zwangen alle im Lokal, Ohrenzeugen von Gesprächen zu sein, die das Zuhören nicht wert waren.

»Ich sag doch nicht, dass ihr irgendwas nicht beachtet habt«, wiegelte der Ex-Kommissar vorsichtig ab. »Nur frage ich mich bei bestimmten Sachen, ob …«

»Ja, ja!«, unterbrach ihn Küppers harsch. »Also welche Sachen, raus mit der Sprache!«

»Da wären noch die Schriftstellen«, sagte de Jong. »Beim letzten Opfer, Sigurd Augenthaler, wurde keine gefunden.«

»Schon mal daran gedacht, dass es damit zu tun haben könnte, dass der Mörder bei seiner Tat gestört wurde? Vielleicht hat er dich ja schon bemerkt, als du da angeradelt kamst, und er hat sich verdrückt, bevor du deinerseits ihn bemerkt hast.«

»Natürlich, danach hab ich Herrn Prahlke auch befragt. Und er hat mir gern verraten, welche Schriftstelle er für sein neues Opfer vorgesehen hatte, wäre ich nicht dazwischengekommen.«

»Na also.«

Obwohl zwischen den beiden dicke Luft herrschte, waren de Jong und Küppers gezwungen, die Köpfe zusammenzustecken, da am Nebentisch gerade krachend angestoßen und gleich darauf ein Trinklied angestimmt wurde, das so polyharmonisch klang, dass man den Eindruck bekam, die Jungs wären längst besoffen und hätten nicht gerade erst bestellt.

»Selig, die arm sind im Geiste, denn ihrer ist das Himmelreich!«, brüllte de Jong so laut er konnte.

»Kenn ich!«, brüllte Küppers.

»Ist eindeutig eine Schriftstelle.«

»Genau.«

»Was soll das heißen?«

»Dass es eine *richtige* Schriftstelle ist. Eine, die so in der Bibel steht. Die anderen waren falsch, frei erfunden!«

»Na und? Wenn die anderen falsch waren, heißt das doch nicht, dass der Mörder nicht mal eine richtige nehmen könnte.«

»Natürlich nicht. Aber es legt doch wenigstens die Vermutung nahe, dass …«

»Eine Vermutung, ja, die legt es wohl nahe.« Der Lärm ebbte plötzlich ab, Küppers schüttelte enttäuscht den Kopf. »Ehrlich, ich finde es anstrengend, dass du, seit du raus bist, neuerdings die Masche des genialen Detektivs reitest.«

De Jong beschloss, zu einem Thema zu wechseln, mit dem er sein Gegenüber aus der Schmollecke locken konnte. Er hatte keine Lust, schweigend hier zu sitzen und sich besoffenes Gejohle anzuhören, das nicht mal versuchte, so ähnlich wie Gesang zu klingen. »Was sagt denn Kollege Merzenich zu eurem Ermittlungserfolg?«, versuchte er.

Schulterzucken. »Er ist der Auffassung, den gleichen Anteil wie alle daran zu haben. – Außerdem scheint er ja auch sehr nett zu sein, wie manche meinen.«

»So habe ich das doch nicht gemeint.«

»Hast du also nicht?«

Küppers blieb in der Schmollecke, jedenfalls für dieses Bier. Beim nächsten wechselte er dann selbst das Thema. »Wie ist das eigentlich mit deiner Schnecke weitergegangen?«

»Eine Schnecke?«, rätselte de Jong. »Was meinst du?«

»Die Kleine mit der Rastafrisur. Das scharfe Teil.«

»Ach so«, sagte de Jong. »Was willst du denn wissen?«

»Hast du mit ihr, ich meine, du weißt schon ...«

»Klar weiß ich.«

Sie ließen ein weiteres Trinklied über sich ergehen.

»Also was ist?« Küppers war noch immer beim Thema.

»Was geht dich das an?«

»Na, immerhin könnte ich ihr Vater sein.«

»Bist du aber nicht.«

»Und du auch.«

»Was willst du damit sagen?«

»Dass sie noch ein Kind ist.«

De Jong, der es hasste, belehrt zu werden, erst recht in solchen Angelegenheiten, erwog als Vergeltung noch eine spöttische Bemerkung über den sogenannten Fahndungserfolg der Soko Bikeman. Aber dann ließ er es doch sein. »Wir haben eventuell vor zu verreisen.«

»Wie schön für euch. Wohin denn, oder darf man das auch nicht fragen?«

»Kreta, Adriaküste – irgendwo ans Mittelmeer, wo es nicht so spießig und kleinkariert ist.«

»So so«, sagte Küppers. »Auf deine alten Tage …«

»Jetzt hör schon auf. Abgesehen davon ist sie weder deine noch meine Tochter, sondern die deines ehemaligen Kollegen. Hauptkommissar Gramm.«

»Das ist ein Scherz, oder?«

»Hör mal, sehe ich eigentlich so aus, als würde ich unaufhörlich scherzen?«

»Natürlich nicht. Ich dachte nur: Was für ein Zufall.«

Über eine Stunde später – sie hatten gezahlt und trennten sich vor der Kneipe – schüttelte de Jong den Kopf über diesen Abend, der alles in allem noch glimpflich verlaufen war. Und dann musste er auch denken: Das mit Gramm war schon ein ziemlicher Zufall. Dabei sagten die Leute, es gebe keine Zufälle …

***

Viele waren an diesem Donnerstagabend ins Kulturzentrum Everswinkel gekommen, um einen der ihren anzuhören, der aus seinem neuen Fantasyroman vorlesen wollte. Es ging um einen dunklen Magier, der die Herrschaft über die Welt zu erlangen beabsichtigte, indem er die Herzen der Menschen versteinerte und sie unfähig machte, zu lieben und Mitleid zu empfinden. Nur eine kleine Schar von Kämpfern des Lichts wehrte sich gegen die Übermacht. Die meisten applaudierten höflich, und der Autor, der nicht zu viel verraten wollte, gab nur widerstrebend preis, dass am Ende des Buches die Schar der Kämpfer obsiegen würde, obwohl es am Anfang gar nicht danach ausgesehen habe.

Vivian war gar nicht gekommen.

»Wirklich spannend«, sagte de Jong, der gar nicht so recht zugehört hatte. »Genauso wie die anderen.«

»Welche anderen?«, fragte der Autor. »Hab ich vielleicht noch andere geschrieben?«

»Na, die anderen Romane mit dunklen Herrschern und Kämpfern des Lichts.«

De Jong musste sich nicht lange darüber wundern, dass diese doch recht bekannte Geschichte so viele Zuhörer angezogen hatte. Denn schon bald offenbarte sich der eigentliche Grund für die hohe Besucherzahl: Eine blässliche, junge Studentin, die aussah wie eine Schülerin, las aus ihrem erotischen Debütroman *Nassrasur*, Untertitel: *Intime Bekenntnisse einer jungen Studentin*. Ihre Stimme klang leise und unprätentiös. Manchmal schluckte sie auch. In den Pausen zwischen den Absätzen konnte man eine Nadel fallen hören.

Und mitten in eine dieser Pausen platzte Vivian. »Tut mir leid, ich hab mich etwas verspätet«, sagte sie, stolperte auch noch über einen Stuhl und erntete von allen Seiten wütende Blicke. Auch sie sah blässlich aus, fand de Jong. Abgearbeitet und übernächtigt.

»Schön, dass du noch kommst!«, flüsterte de Jong ihr zu.

»Psst!«, machte ein älterer Herr zu seiner Linken.

Noch etwa zehn Minuten, dann war die Lesung zu Ende, der Kursleiter schwärmte wortreich von einem neuen Meilenstein erotischer Frauenliteratur und gratulierte seiner Verfasserin, genauer gesagt gratulierte er ihrem weiten Ausschnitt, an dem sich seine Augen irgendwie verhakt hatten. Einige der männlichen Teilnehmer hatten dann noch ein paar Fragen, konkret ging es darum, wie viel Autobiografisches in dem Text stecke, und keiner bekam mit, dass Vivian und de Jong sich aus dem Staub machten.

»Irgendwie beruhigend finde ich, dass sie den Kerl geschnappt haben«, meinte Vivian, als sie den Flur in Richtung Ausgang nahmen.

»Wen meinst du?«

»Na, wen denn wohl? Den Fahrradkiller. Hast du doch gesagt.«

»Ja, schon. Aber inzwischen habe ich so meine Zweifel, ob er wirklich der Gesuchte ist.«

Sie blieb stehen. »Echt?«

»Na ja, da sind so einige Dinge, die einen stutzig machen, aber das werden die Kollegen schon noch rausfinden.«

Sie standen draußen vor dem Bürgerhaus. Vivian kramte Tabak und Blättchen hervor.

»Seit wann rauchst du?«, wunderte sich de Jong.

Sie antwortete nicht, sondern rollte und klebte. Dann klickte ihr Feuerzeug. »Irgendwie kann einem der Kerl auch leid tun, finde ich«, sagte sie.

»Weil er ein Mörder ist oder weil man ihn geschnappt hat?«

»Die ganze Welt ist hinter ihm her, hält ihn für eine Bestie, und er bereut vielleicht, was er getan hat. Aber davon will keiner etwas hören. Er ist ganz allein und kann sich niemandem anvertrauen.«

»Und wenn er es nicht bereut? Ich habe mit ihm gesprochen«, sagte de Jong. »Er ist weder einsam noch in die Enge getrieben. Eher das Gegenteil. Ein eitler Angeber, der sich nach Aufmerksamkeit sehnt.«

»Aber du denkst doch, sie haben den Falschen?«

De Jong zuckte mit den Achseln. »Sie haben einen, der zugibt, diese Menschen umgebracht zu haben. Warum sollte er nicht der Richtige sein? Nur dass er es vielleicht nicht getan hat.«

»Aber dann ist er doch unschuldig.«

»Möglich«, gab er zu. »Aber weißt du, ich bin kein Bulle mehr und habe das nicht zu entscheiden.«

»Hey, was würdest du davon halten, wenn wir zu mir gehen?«, schlug Vivian vor, die ihre Kippe ausgedrückt hatte, und schmiegte sich an ihn. »Heute wäre so ein Tag.«

Er war einverstanden und fragte lieber nicht, was sie damit meine, dass heute so ein Tag sei. Natürlich hatte er selbst eine Vorstellung davon, was vor allem an der einnehmenden Art und Weise lag, wie sie sich an ihn schmiegte, aber er hielt lieber den Mund, um sich von dem, was kam, überraschen zu lassen.

Es war so ein Tag: Erst gingen sie zum Griechen essen, danach hockten sie bis Mitternacht auf Vivians engem Balkon, und er sah zu, wie sie rauchte. Und schließlich wartete er schon geraume Zeit auf der Schlafmatratze, als sie aus dem Bad kam und etwas Leichtes übergeworfen hatte, das sich mit dem Streicheln einer Hand abstreifen ließ. Was darauf folgte war Sex von einer erlesenen Qualität, der all das, was Hauptkommissar Utrecht mit Kim Decker erlebt mochte, bei Weitem übertraf.

Später, als sie längst neben ihm eingeschlafen war, lag er noch wach, starrte zur Decke und versuchte, dort oben Spinnen auszumachen. Aber entweder war die Decke zu weit weg, oder es war zu dunkel. Oder seine Augen waren zu schlecht geworden. Also gut, dachte er, und stellte sich eben vor, es wären welche da, und versetzte sich in sie hinein, wie sie von da oben auf die beiden Schlafenden hinunterschauten.

Hier lag er auf einer alten Matratze auf dem Boden, dachte de Jong, so als wäre er zwanzig Jahre jünger. Schlief mit einer Frau, die zwanzig Jahre jünger war. Machte sich vor, die letzten Jahrzehnte wären gar nicht vergangen, und nannte es bei Null anfangen. So etwas konnte auf die Dauer nicht gut gehen.

Und doch hatte er ein rundum gutes Gefühl. De Jong fand, dass man es ein untrügliches Gefühl nennen konnte. Es war nicht nur die jugendliche Ausstrahlung dieses Raumes, nicht nur Vivians betörender Geruch und die Wärme ihres Körpers. Nicht nur dieses Flair längst vergangener Zeiten, als er noch in der Wohnung gequalmt und den Aschenbecher erst am nächsten Tag auf den Balkon gestellt hatte.

Möglicherweise irrte er sich und es gab das doch, diese Art von Beziehung, die so sensationell war und sich nie abnutzte. Und wenn nicht, dann war es doch den Versuch allemal wert. Sie würden hier ihre Sachen packen und irgendwo ans Mittelmeer ziehen, dorthin, wo es weniger spießig war – und dann sehen, wie lange es dauerte.

Vivian hatte ihm geraten, das Vergangene abzuhaken und nach vorn zu schauen. Wieso fiel ihm das so schwer?

Vielleicht funktionierte es nur dann, wenn man nicht nach vorne schaute. Weil es nicht hilfreich war, nach vorne zu schauen. De Jong erinnerte sich an Kranichs Spruch: Optimisten und Pessimisten lieben das Leben gleichermaßen, aber nicht auf die gleiche Weise. Während sich der Optimist auf das Kommen des neuen Tages freut, beweint der Pessimist das Vergangensein des gestrigen. Na ja, dachte er, dann war er wohl überzeugter Pessimist.

Als er wach wurde, hatte das morgendliche Konzert der Vögel schon ein hohes Niveau erreicht. Immer noch war es dunkel, aber nicht mehr finster. Im morgendlichen Grau betrachtete er Vivian, ließ seinen Blick über ihren Körper gleiten. Es musste so gegen vier Uhr sein, und schon jetzt war dem kommenden Tag anzumerken, dass er sonnig und warm werden würde. Wie lange war es her, dass er das letzte Mal zum ersten Mal bei einer Frau übernachtet hatte, fragte er sich selbst. Es musste eine Ewigkeit her sein, denn damals war er noch nicht davon aufgewacht, dass er aufs Klo musste.

De Jong schlug die Decke zurück und kämpfte sich hoch. Tappte, möglichst ohne ein Geräusch zu machen, durch die Wohnung in Richtung Bad. Er trat auf eine Zeitung und stieg über einen kleinen, dreieckigen Tisch, auf dem noch der Aschenbecher und ihre beiden Gläser von gestern Nacht standen. Er durchquerte die Küche und fand die Tür, auf die wie ein Finger ein Strahl frühen Tageslichts deutete.

Aber das Tageslicht spielte ihm einen Streich: Hinter der Tür war kein Klo, sondern eine Art Rumpelkammer, vollgestopft mit Taschen, Kartons, einer Nudelmaschine und einem alten Schuhregal.

De Jong schloss die Tür leise und trat den Rückweg an. Dann blieb er abrupt stehen, drehte sich abermals um und ging noch mal zurück. Öffnete den Wandschrank und sah hinein.

Ins Schuhregal hatte jemand eine Tasche gestopft. Eine grüne Tasche, die prall gefüllt war, mit einem aufgedruckten Pandabär. Das WWF-Logo.

30. Kapitel

Vivian wachte erst gegen zehn Uhr auf, da hatte de Jong schon Brötchen geholt. Während sie duschte, musste er auch noch für saubere Tassen sorgen, da sie nur vier besaß und alle ungespült neben dem Waschbecken standen. Auf dem winzigen Austritt war zu wenig Platz, also öffneten sie die Balkontür weit und ließen die Sommerluft herein, während sie frühstückten.

»Ich hoffe doch, du bereust das von gestern Abend nicht?«, erkundigte sich Vivian.

»Nein, wie kommst du darauf?«

»Du machst so ein nachdenkliches Gesicht.«

»Ach was, das hat nichts zu bedeuten. Nein, es war wunderbar, ehrlich.«

Zum Abschied küssten sie sich ausgiebig. De Jong versprach, sich noch heute zu melden. Dann radelte er zurück nach Everswinkel in der festen Absicht, sich die Erinnerung nicht nachträglich noch zu verderben.

Es war wirklich alles wunderbar gewesen, der romantische Abend, der göttliche Sex und das gemütliche Frühstück am Morgen danach. Wozu also sein nachdenkliches Gesicht? Er war niemandem verpflichtet. Giulia war dem Marxähnlichen auf den Leim gegangen, man mochte es verstehen oder nicht, er war der Mann ihrer Träume und ihm, de Jong, weinte sie keine Träne nach. Die Kripo war Vergangenheit. Er war kein Bulle mehr, also was ging es ihn an, dass da eine Tasche voller Geld bei Vivian im Schrank stand? Was bewies das schon, vielleicht hatte sie nur Erspartes zurückgelegt. Und dafür hatte sie zufällig eine Tasche genommen, auf die ein Pandabär gedruckt ist. Ein seltsames Zusammentreffen, ja, aber erstens sollte man nicht so tun, als gäbe es nur eine von diesen Tüten, und zweitens war zu konstatieren, dass solche Zufälle gar nicht so selten waren. Wie zum Beispiel die Tatsache, dass Eugen Küppers und Vivians Vater zufällig Kollegen gewesen waren.

In der Post fand er einen Brief, der ihn auf ganz andere Gedanken brachte, weil er seine Neugier erregte. Der Verlag, dem er schon vor einer geraumen Zeit eine Kostprobe seines Generationenromans hatte zukommen lassen, hatte geantwortet. In Person einer Jasmin de Beukelaer, Lektoratsassistentin. Sie teilte ihm mit, dass man seinen Text mit großem Interesse gelesen habe und ihn, sobald er fertiggestellt sei, gern in das Verlagsprogramm aufnehmen wolle, natürlich nur, wenn das Manuskript noch nicht anderweitig vergeben sei. Das Buch habe eindeutig das Zeug zu einem Bestseller, darin sei man sich im Verlag einig. Da man aber mittlerweile herausgefunden habe, dass der durchschnittliche Leser über die ersten 30 Seiten eines Schinkens gar nicht mehr hinauskomme, ungeachtet dessen aber nach wie vor Bücher bevorzuge, die mindestens 600 Seiten schwer seien, habe man es verlagsseitig mit so etwas wie einem Dilemma zu tun. Diesem Rechnung tragend habe man sich inzwischen entschlossen, die Geschichte auf 40 Seiten zusammenzufassen und den Rest des Buches als Werbefläche zu verkaufen beziehungsweise selbst zu nutzen, indem man das eigene Verlagsprogramm vorstelle mit Leseproben der Top-Titel, bunten Illustrationen und Reaktionen der Presse. Wenn er Lust habe, so die Assistentin, könne er sich ja auf der Website des Verlages einmal kundig machen, wie so etwas aussehe – es folgte eine Internetadresse.

De Jong las das freundliche Schreiben zweimal. Dann gestand er sich endlich ein, dass er nicht zum Autor geboren war. Autor zu sein war schließlich auch nur eine von vielen Weisen, sich die Lebenszeit zu vertreiben. Aber etwas auf 40 Seiten zusammenzufassen und sich dann auch in Talkshows abendfüllend dafür bewundern zu lassen – das konnte man nicht Leben nennen, es sei denn, man definierte das Leben als eine Art permanente Selbstvermarktungsveranstaltung. Er schrieb freundlich an Jasmin de Beukelaer zurück, indem er sich für das Angebot bedankte und einräumte, dass Bücher zusammenzufassen sicher eine wichtige Sache sei, viel wichtiger aber erscheine ihm, diese wunderbare Schöpfung zu genießen, bevor man herausfände, dass aufgrund der grassierenden Smartphoneabhängigkeit nur noch durchschnittlich 10 Prozent der Wirklichkeit genutzt wurden und man sich daraufhin entschließe, die überflüssigen 90 Prozent rückzubauen, um Kosten zu sparen.

Anschließend sah er dann doch im Internet nach. Von der Website des Verlages war er schon bald enttäuscht, zumal es kein Bild gab, das Frau de Beukelaer zeigte. Dafür gab er aus einer spontanen Idee heraus den Namen Vivian Gramm ein und rechnete damit, auf Wissenswertes über die Krimiautorin zu stoßen. Das Ergebnis war aber recht mager. Dafür landete er kurz drauf auf einer Seite namens *www.spaß-bremsen.de*. Wie sich herausstellte, handelte es sich um ein Portal, das wie geschaffen war für Leute wie ihn. De Jong wunderte sich geradezu, dass er nicht schon früher davon Kenntnis erlangt hatte, um es akademischen Besserwissern wie Dr. Frau sozusagen als schlagenden Beweis dafür zu präsentieren, dass der Doktor sich irrte. *Spaßbremsen* hatte es sich zur Aufgabe gemacht, Argumente, Hinweise und Fakten für die Annahme zu sammeln, dass Lachen nicht – wie es der sogenannte Volksmund sagte – gesund sei, sondern, im Gegenteil, verantwortlich für eine ganze Anzahl von Leiden, angefangen von leichten Beschwerden bis hin zu tragischen chronischen Krankheitsverläufen. Mediziner kamen zu Wort, die versicherten, dass man, um Panikmache zu vermeiden, nie und nimmer von einer ernsten Gefahr sprechen könne und solle, es genüge vollauf, dass man darauf achte, stets passende Medikamente zur Hand zu haben, wenn man eine humoristische Veranstaltung mit Lachgarantie besuche. *Spaßbremsen* beschränkte sich nicht auf eine informative Internetpräsenz – und hier kam Vivian Gramm ins Spiel alias *Doris Mayday*. Sie war eine der maßgeblichen Aktivistinnen und organisierte als solche Protestveranstaltungen, darunter Mahnwachen vor Kleinkunsttheatern, Podiumsdiskussionen mit Kabarettisten und Standup-Comedians. Ein Bild zeigte sie auf einer Kundgebung in einem ihrer sensationellen T-Shirts, nur stand dieses Mal nicht *Carpe diem* darauf, sondern *Überhaupt nicht witzig!* Es war in einen Artikel eingebettet, in dem es um die Kontroverse ging, ob man auch das Verschicken von Drohbriefen unter bestimmten Bedingungen als politische Aktion ansehen könne.

De Jong erinnerte sich: *Deshalb noch einmal meine Warnung: Hör auf, diesen Menschen Gewalt anzutun, indem du sie zum Lachen bringst, du riskierst nämlich, dass es dir sonst genauso ergeht.* Diesen Brief hatte Mommsen erhalten.

Er betrachtete das Foto eine ganze Weile, bevor er weiterklickte. Dabei achtete er auf die Entschlossenheit und die Wut in Doris Maydays Blick und fragte sich nach einer Weile, ob sie wirklich die Vivian war, die er kannte. Jene Vivian, mit der er in der vergangenen Nacht auf dem winzigen Balkon gesessen und über ihre Ausstiegspläne auf Kreta philosophiert hatte. Mit der er kurz darauf ins Bett gegangen war. Oder war es die andere gewesen, die ihn immer wieder hektisch am Telefon abgewimmelt hatte und sich erst wieder melden wollte, wenn sie Land sehen würde.

Und wieder nagte an ihm, was Eugen Küppers dazu gesagt hatte. Kirke-Syndrom hatte er es genannt. Junge, attraktive Frauen, die ihre Jugend und Attraktivität schamlos dazu benutzten, um ältere Männer einzufangen, mit ihren Reizen zu betören und sie schließlich in Schweine zu verwandeln. Selten hatte er so einen haarsträubenden Unsinn gehört, dachte de Jong.

Er grinste, aber es war kein breites Grinsen. Eher ein dünnes.

31. Kapitel

Hochverehrter Professor Liebermann,
vielen Dank für Ihren Brief, der mich aus verständlichen Gründen nicht übermäßig gefreut hat. Schließlich weiß jeder, dass Sie ganz unbestritten weltweit die erste Instanz sind, wenn es um eingebildete Leiden oder seltsame Wahnvorstellungen geht. Genau deshalb aber wage ich es hiermit, Sie über einen weiteren Fall zu unterrichten, mit dem ich, wie ich meine und deshalb stolz bin, Ihnen berichten zu können, einen wichtigen Beitrag zur Ridikulose-Forschung zu leisten vermag.

Der Verlauf erschien zunächst eher harmlos: Gelegentliche Kicheranfälle, die durchaus noch in den situativen Kontext zu passen schienen. Schon bald aber gerieten die außer Kontrolle, der Patient lachte grundlos auf, und das in verfänglichen Situationen – in geschäftlichen Besprechungen, im Meditationskurs, als Teilnehmer einer Beerdigung, während des Geschlechtsakts. Das ist wohl der Grund, weshalb er ärztliche Hilfe suchte. Nun weiß ich, wie viel Sie, Herr Kollege, vom Einsatz der Prodepressiva halten, sodass ich deren Einsatz deutlich reduzierte auf sagen wir höchstens ein bis zwei pro Tag. Mit dem Erfolg, dass unser Patient dazu neigte, sich einzuschließen und im verschlossenen Raume in düsterer, ja ich möchte fast sagen satanischer Manier vor sich hin zu lachen. Sie können mir glauben, dass dies mitzuerleben auch für den Therapeuten nicht gerade leicht ist. Sicher werden Sie sich jetzt fragen: Wie haben Sie, geschätzter Kollege, es schließlich geschafft, diesen armen Menschen von seinem Leiden zu befreien?

Nun, die Antwort darauf ist leider komplexer, als ich selbst erwartet habe. Am aussichtsreichsten erschien mir zunächst die Bloßstellungstherapie – hier handelt es sich um eine Methode, die von dem namhaften russischen Kollegen Dr. Vladimir Turgeniew entwickelt wurde: Konfrontiere den auf krankhafte Weise grundlos Lachenden mit dem Grund seines Lachens. Führe ihm vor Augen, wie wenig Anlässe es gerade in der heutigen Zeit gibt, die einen mit gutem Gewissen lachen lassen. Wie verwerflich es sein kann zu lachen angesichts von Umweltzerstörung, Klimawandel und globaler Ungerechtigkeit. Kurz und gut, falls diese Therapie im Falle des bewussten Patienten zu einem positiven Ergebnis führte, so war dieses weder messbar noch spürbar, weshalb ich zu klassischen therapeutischen Mitteln überging, darunter Nahrungsentzug, Freiheitsentzug und Elektroschocks. Auch hier kann ich leider nicht von einer deutlichen Besserung berichten, was mich in medizinischer Weise ratlos werden ließ. Glücklicherweise erinnerte ich mich aber an das Motto, welches Sie, verehrter Kollege und Meister – denn das sind Sie unbestritten – in Ihren Vorlesungen oft ausriefen: Solange der Patient am Leben ist, besteht noch Hoffnung, wenn auch in vielen Fällen nur für den Mediziner. Also gab ich nicht auf und begriff die ständige Lacherei endlich als das, was sie war, nämlich eine Form sozialen Rückzuges. Wer lacht, denkt oder fühlt nicht. Er hat nur Spaß und weiß oft nicht, warum, oder es ist ihm auch egal. Bringe also den Erkrankten dazu, seine Umwelt wahrzunehmen, an ihr teilzuhaben, dann kann man das Lachen in eine Gabe verwandeln. Na ja, so oder so ähnlich, verehrter Kollege, hatte ich mir das jedenfalls gedacht. Und ich kann mit allem Stolz vermelden, dass es funktioniert: Unser Ridikulose-Patient findet mehr und mehr einen Ausweg aus seiner sozialen Isolation, beginnt teilzunehmen am sozialen Miteinander. Lernt von anderen Menschen, dass es Regeln gibt, die wichtig sind für eine Gemeinschaft, ebenso wie es wichtig ist zu lachen, dies aber gemeinsam und mit einem Grund: Man lacht, weil man glücklich ist. Und jeder Mensch sollte glücklich sein.

Verzeihen Sie mir, geschätzter Doktorübervater, dass ich hier ein wenig die medizinische Contenance vernachlässige und ins Schwärmen gerate. Aber Sie müssen zugeben, Sie würden das an meiner Stelle auch tun. Abgesehen davon war das ja schon immer Ihre Schwäche, anderen ihren Erfolg zu gönnen.

Mit allem schuldigen Respekt
Ihr ehemaliger Schüler

PS: Und kommen Sie mir jetzt nicht wieder mit den Nebenwirkungen! Ich sag immer: Das Leben hat nun mal Risiken und Nebenwirkungen, die machen es ja gerade so lebenswert, nicht wahr? In diesem Sinne.

32. Kapitel

Er stand im Treppenhaus und klingelte mehrmals, aber niemand öffnete. Schließlich hörte er ihre Stimme von drinnen: »Es ist offen!«

Ein kleiner Druck gegen die Wohnungstür, und de Jong konnte eintreten. Auf dem Boden standen immer noch die Frühstückssachen vom Morgen, die Balkontür war weit geöffnet, es roch nach großstädtischem Sommer. Auch der Wandschrank mit dem Schuhregal war noch da, den er letzte Nacht mit der Toilette verwechselt hatte. Jetzt, im Tageslicht, fiel de Jong auf, dass er geradezu überquoll von Schuhen. Hinter dem Regal lehnte ein fleckiger Wäschesack, auch er mit Schuhen vollgestopft.

Das Bad befand sich direkt gegenüber, die Dusche wurde gerade abgestellt. Zwei Sekunden später trat sie aus dem Bad, gehüllt in ein weißes Badetuch, duftend, nahbar und unnahbar zugleich. De Jong war sich plötzlich nicht sicher, ob heute wirklich der richtige Tag war für das, weswegen er gekommen war. Was sprach dagegen, es auf morgen zu verschieben, besser noch auf übermorgen? Warum nicht einfach das Vergangene abhaken und nach vorn schauen?

»So schnell sehen wir uns wieder«, sagte sie.

»Ich musste dich sehen. Und mit dir reden.«

»Okay.« Sie legte das Handtuch ab, stand nackt vor ihm und genoss ihre Wirkung. Dann griff sie nach ihrem Bademantel, der an einem Haken hinter der Tür hing, und legte ihn um. »Ich hab gerade Zeit.«

»Tja, ich hab heute ein bisschen im Netz gesurft, weißt du. Und da bin ich auf eine Frau gestoßen. Sie heißt Doris Mayday.«

»Na und?«

»Kann es sein, dass Mrs Mayday mit dem ermordeten Herrn Mommsen drohbrieflich verkehrt hat?«

Ein winziger, kaum wahrnehmbarer Schatten verdüsterte Vivians Miene. Sie ergriff den Saum ihres Mantels und schloss ihn um den Hals, so wie man einen Vorhang zuzieht. »Warum fragst du mich das?«

»Komm schon. Du bist Doris Mayday. Warum müsst ihr euch im Internet bloß immer andere Namen zulegen?«

Sie zog einen Schmollmund. »Ich habe nie einen Hehl daraus gemacht, dass ich bei *Spaßbremsen.de* aktiv bin. Dass wir nicht darüber geredet haben, liegt nur daran, dass du mich nie gefragt hast.«

»Und wer ist Miss G. Burt?«

»Da waren noch andere aus der Bewegung, wir haben diese Briefaktion gemeinsam durchgezogen. Um den Mann für unser Anliegen zu sensibilisieren.«

»Na gut, dann möchte ich dich noch etwas fragen. Erzähl mir, was du gemacht hast, als du so beschäftigt warst und wir uns nicht treffen konnten.«

»Marc Oliver Mommsen war nicht nur ein Täter in Sachen Humor«, sagte sie anstatt einer Antwort, »sondern auch ein Opfer.«

»Ich weiß.«

»Als ich ihn an dem Abend zufällig traf und er mir davon erzählte, wurde mir klar, was es bringen könnte, wenn wir ihn als prominentes Gesicht für unsere Sache gewinnen würden. Jemand, der ganz oben steht im Blödelgeschäft und der Welt von seiner Krankheit berichtet – das wäre so wichtig gewesen. Aber ich habe mich auf ganzer Linie in ihm getäuscht. Er wollte mir nur an die Wäsche.«

»Und dann wurde er umgebracht.«

Vivian durchbohrte ihn mit einem Blick, der in etwa sagte: Warum willst du alles zwischen uns kaputt machen?

»Hör zu, Vivian, ich bin nicht die Polizei. Ich will nur wissen, was passiert ist. Erzähl mir doch von deinem Bruder. Wie geht es ihm und was treibt er so?«

Sie ging auf den Balkon, rauchte eine ganze Weile und schien ihn dabei zu vergessen. Vivian schien zu jenen Rauchern zu gehören, die nicht nur konsumieren. Rauchen bedeutete für sie zu inhalieren, auszuatmen und den aufsteigenden Qualm zu betrachten, als enthalte er eine Antwort auf die Fragen des Daseins. »Na gut«, antwortete sie schließlich. »Ich erzähle dir alles. Dann verstehst du mich vielleicht etwas besser.«

»Genau das hoffe ich«, sagte de Jong.

Vivian drückte ihre Zigarette in den Aschenbecher, dann ging sie ins Bad und zog sich an. Anschließend machte sie beiden einen Kaffee.

»Falk, mein kleiner Bruder, leidet seit Langem an chronischen Lachanfällen«, erzählte sie, als sie beide mit der dampfenden Tasse in der Hand dort saßen, wo sie gestern Nacht die Sterne betrachtet hatten. »Ja, man sagt leichtfertig, dass Lachen ansteckt, aber es ist wirklich so. Falk hat sich höchstwahrscheinlich in einer katholischen Jugendgruppe angesteckt. Der Pfarrer, der die Gruppe leitete, war davon überzeugt, dass Religion Spaß machen und die Menschen zum Lachen bringen müsse. Und wer lacht, sei ein glücklicher Mensch. Das stimmt aber nicht. Falk fing an zu lachen, immer mehr, er kicherte und prustete ständig, zuerst nervte es, dann tat er mir nur noch leid. Er bekam diesen Husten und eitrigen Auswurf, trotzdem konnte er nicht aufhören. Und dann …«

»Was dann?«

»Schließlich beging er Selbstmord – dachte ich jedenfalls, als man seine Klamotten mit einem Abschiedsbrief am Strand von Texel fand. Aber zwei Jahre später stand er wieder vor meiner Haustür, wie ein Geist, der aus dem Reich der Toten zurückgekehrt ist, nur noch ein kichernder Schatten seiner selbst. Er konnte nicht mal eine Mahlzeit ohne Lachen aushalten. Und wenn es Suppe gab, hatte ich danach eine Menge aufzuwischen.«

De Jong nickte mitfühlend.

»Seit letztem Jahr ging es ihm dann immer besser, und ich dachte schon, dass wir über den Berg sind. Aber dann kam ich dahinter, dass er diese nächtlichen Radtouren unternimmt …«

»Dein Bruder ist also Bikeman?« De Jong nickte. »So was Ähnliches habe ich mir schon gedacht.«

»Ich wusste einfach nicht mehr weiter. Weißt du: Geschwister sollten füreinander da sein, immer und bedingungslos. Sie passen aufeinander auf und beschützen sich gegenseitig. Auch wenn es so schlimm um einen steht, wie es um Falk steht. Gerade dann.« Vivian presste die Lippen aufeinander. »Und als ich Marc Oliver traf, habe ich mir eingebildet, er würde mich verstehen. Und wenn er sich outete, konnte das auch eine Chance für Falk sein: diesem bisher kaum bekannten Leiden eine öffentliche Bühne zu verschaffen, die Welt darauf aufmerksam machen. Aber ob er es getan hätte, werde ich nie erfahren.« Vivian stellte ihre Kaffeetasse ab und griff wieder nach dem Tabaksbeutel. »Tja, und als wir uns kennenlernten, warst du meine letzte Hoffnung. Ich weiß nicht, was ich mir vorgestellt habe: dass ich dir alles erzähle und du schon weißt, was zu tun ist ...«

De Jong fühlte mit ihr. Er bemühte sich nach Kräften, ihre Geschichte zu glauben. Aber da war ein Verdacht, den er nicht los wurde, einer verschlagenen Zauberin gegenüberzusitzen, die kurz davor war, ihn in ein Schwein zu verwandeln. Deshalb war er auf der Hut. »Also gut«, sagte er. »Wo die Karten schon auf dem Tisch liegen, lass uns offen sprechen, in Ordnung?«

Vivian nickte.

»Ich sage dir, wie es meiner Meinung nach abgelaufen ist: Mommsen wurde von einem gewissen Augenthaler erpresst, weil der das mit seiner Sucht rausgekriegt hatte. Kurz nachdem er das Geld auf der Parkbank am See deponiert hatte, wobei ihn Augenthaler beobachtet haben muss, liefst du ihm über den Weg. Du hast ihm von deinem Bruder erzählt, und weil Marc

Oliver bei dir landen wollte, hat er dir erzählt, was du hören wolltest: dass er als Promi über die Folgen extensiven Humors öffentlich sprechen wollte. Als du aber kurz darauf gemerkt hast, dass er dich bloß verarscht, hast du rot gesehen …«

Vivian schüttelte den Kopf. »Nein, er hat mich nicht verarscht. Es war einer dieser Pointenanfälle, ich hab es bloß nicht kapiert, verstehst du? Deshalb habe ich zugeschlagen. Es war sozusagen ein tragischer Unfall.«

»Aber du hast so getan, als wäre Mommsen ein Opfer des Fahrradkillers.«

»Wie bist du darauf gekommen?«

»Durch Kim Decker. Sie wusste von den Schriftstellen. Ich war fast zwanzig Jahre bei der Kripo, da lernt man, auf so was zu kommen«, sagte de Jong. »Aber das war noch nicht alles. Du musstest dich natürlich auch noch um Augenthaler kümmern.«

»Um wen?«

»Er hat beobachtet, wie du mit Mommsen gestritten und die Tasche mit dem Geld an dich genommen hast. Dass er Mommsen erpresst hat, hat er mir gebeichtet. Aber natürlich nicht, dass er sich nach dem Mord an dich gehalten hat.« De Jong hatte eine Idee. »Sag mir, wie hast du deinen Bruder dazu gekriegt, das Problem Augenthaler in Angriff zu nehmen?«

»Siehst du, du bist doch ein Bulle«, sagte Vivian enttäuscht. »Ich weiß nicht, warum ich dir das alles erzählt habe.«

De Jong erhob sich, um auf die Toilette zu gehen. »Hätte ich mich bloß gestern Nacht nicht in der Tür geirrt«, sagte er. »Es wäre alles anders gekommen.«

Im Bad holte er sein Handy hervor und wählte eine Nummer.

* * *

Als er vom Klo zurückkam, hielt Vivian einen ausgedruckten Text in der Hand und reichte ihn de Jong. »Das ist das letzte Kapitel«, sagte sie. »Oder sagen wir, ein erster Entwurf. Ich dachte, du wirfst mal einen Blick darauf.«

De Jong las eine Art Showdown. Lionel Utrecht und Kim Decker waren dem gesuchten Killer hart auf den Fersen, aber im letzten Moment gelang es ihm immer wieder zu entwischen. Schließlich führte die dramatische Jagd den Kommissar und die Privatschnüfflerin auf eine idyllische Waldlichtung.

»Hier irgendwo muss er stecken«, sagte Hauptkommissar Utrecht. »Jede Wette, der Kerl beobachtet uns.«

»Aber es ist so ein schöner Abend«, sagte sie und schmiegte sich an ihn.« Viel zu schön für einen Mord. Ich wüsste so viele Dinge, die man heute tun könnte, vor allem eines ...«

»Genau deswegen. Wer rechnet mit einem Mord? Und genau deshalb schlägt er zu.«

Wie immer hatte er recht. Und Kim wollte den mysteriösen Fahrradkiller ja genauso gern zur Strecke bringen wie er, nur hatte sie in diesem Moment anderes im Kopf. Wo blieb nur ihr Schnüfflerinstinkt? Fast schämte sie sich für die wohligen Gefühle, die ihren sonst so messerscharfen Verstand zu verwirren drohten. Es war ein traumhafter Abend, die späte Sonne schaute zum letzten Mal über die Wipfel der hohen Kastanienbäume.

Arm in Arm durchwanderten sie eine Lichtung.

»Ich hoffe, du bereust nicht, was gestern geschehen ist.«

Utrecht lächelte. »Was meinst du, dass ich der Chefin die Meinung gesagt habe? Kein Wort davon bereue ich.«

Wie gradlinig er war! Unbeugsam, ein Mann mit Rückgrat. Einer, wie eine Frau ihres Kalibers sich ihn schon immer gewünscht hatte. »Nein, ich meine, was wir später getan haben«, stellte sie richtig. »Als du ahnungslos in der Wohnung standest und ich aus der Dusche kam. Genauso ahnungslos wie du, sonst hätte ich mir ja etwas übergezogen. Und wir …«

Utrecht brauchte nicht lange zu überlegen. »Nein, ich bereue keinen Moment«, sagte er, und die Erinnerung ließ ihn verträumt lächeln. »Im Gegenteil, es war das Schönste, was ich seit Langem erlebt habe.«

Kim schmiegte sich an ihn. Sie war eine hochemanzipierte Frau, die gelernt hatte, sich in einer knallharten Männerwelt zu behaupten und es sogar mit Hauptkommissarin Karin Klöbener aufzunehmen. Und dennoch sehnte sie sich nach Nähe. Nach Verletzlichkeit. Nach einem männlichen Arm, der sie beschützte. An diesem Abend hier mit ihm zu sein, das war einfach perfekt. Wenn es nach ihr ging, konnten sie immer hier bleiben.

In diesem Moment fiel ein Schuss.

Sie spürte, wie Lionel zusammenzuckte.

»Was war das?«

»Nichts, mein Schatz, nur ein Kratzer …«

»Nichts?«

Aber er war getroffen. In den Rücken geschossen. »Von wegen nur ein Kratzer!« Ihre Stimme überschlug sich. »Er hat dich eiskalt erwischt und du erzählst mir was von einem Kratzer ...«

»Hol ihn dir!«, stieß Utrecht hervor. »Ich weiß, dass du ihn kriegst, Kim. Kümmere dich nicht um mich, lass mich einfach hier liegen.«

Er war zu Boden gesunken, und Kim kniete bei ihm. »Nein, niemals verlasse ich dich.« Sie holte ihr Handy hervor, aber hier, in dieser Einöde weit ab der Zivilisation, gab es kein Netz.

»Halte durch, ich hole Hilfe!«, schrie sie, dabei wusste sie doch, dass es zu spät war. Man brauchte kein Mediziner zu sein, um zu sehen, dass er nicht durchhalten konnte, und all das, wovon sie geträumt hatte, würde niemals in Erfüllung gehen!

»Nein, geh nicht!«, schrie sie und weinte. So lange, bis ihre Trauer in Wut überging. Lionel atmete nicht mehr. Kim zog ihren Revolver aus der Tasche zog und entsicherte ihn. Sie stand auf, die Waffe in der Hand. Keine Ahnung, wo der feige Kerl sich versteckt hielt. Nur eines wusste sie: dass er jetzt und hier teuer bezahlen würde für das, was er ihr angetan hatte ...

Als er aufsah, hielt Vivian einen Revolver in der Hand. Sie hatte ihn auf de Jong gerichtet.

»Was soll denn das jetzt?«, fragte er.

»Ahnst du das nicht längst?« Vivian erhob sich und umschloss die Waffe mit beiden Händen, wie die Cops im Fernsehen, wenn sie eine Wohnung stürmen. »Warum wollte ich wohl mit dir diesen Krimi schreiben?«

»Um mich abzulenken?«, riet er drauflos. »Damit ich nicht auf die Idee komme, dass du eine Mörderin bist?«

Sie schüttelte den Kopf. »Alle Täter wünschen sich, gefasst zu werden«, sagte sie, »damit es endlich vorbei ist. Hältst du mich für so unmoralisch, dass ich mit dieser Schuld einfach so weitermachen will?«

»Nein, bestimmt nicht«, sagte de Jong. »Im Gegenteil.«

»Na, siehst du. Ich habe mich in dich verliebt, Niklas, das musst du mir glauben.«

»Und deshalb willst du von mir gefasst werden?«

»Weißt du, ich habe es mir so ähnlich vorgestellt wie in diesem Krimi.«

»Ja, aber da wird Utrecht doch erschossen. So muss es nicht ausgehen.«

»Wie denn sonst?«

»Überleg doch mal, was wird aus deinem Bruder, wenn du hinter Gittern sitzt, weil du einen Polizeibeamten erschossen hast?«

»Du bist kein Polizeibeamter.« Sie drückte ab, noch bevor er etwas darauf erwidern konnte.

»Nicht getroffen«, sagte de Jong. Obwohl es offensichtlich nicht stimmte. Er fühlte sich plötzlich seltsam benommen. »Was ich noch sagen wollte, Vivian«, sagte er, »nichts gegen dich, aber mir ist eins klar geworden: Ich kann das Vergangene nicht abhaken. Ich hab's versucht, leider vergeblich. Vielleicht klappt's ja mit dem Nach-vorne-Schauen. Aber nicht mit uns.«

»Wenn du nicht getroffen bist, werde ich noch einmal schießen müssen«, sagte Vivian.

»Warum?«

»Weil du noch nicht tot bist.«

Es kostete de Jong Mühe, den Kopf zu schütteln. »Aber ich bin doch so gut wie tot. Warte ein bisschen, und du wirst schon sehen. Nur ein paar Minuten, um mehr bitte ich dich nicht.«

»Also gut«, sagte sie. »Ich hoffe, du nimmst es nicht zu persönlich. Aber du hast recht, mein Bruder braucht mich.«

»Klar«, sagte de Jong.

Dann hob sie den Revoler, um doch noch einmal zu schießen, aber dazu kam es nicht mehr. Denn im selben Augenblick wurde die Wohnungstür praktisch aufgesprengt. SEK-Beamten stürmten herein, allen voran Küppers, der der völlig perplexen Vivian die Waffe entriss, noch bevor sie überhaupt begriff, was vor sich ging.

»Abführen«, sagte er.

De Jong hatte das Gefühl, dass ihn das alles nichts mehr anging. Da waren jede Menge Aufregung, Handgemenge und laute Stimmen, die sich allerdings allmählich entfernten. So wie bei einer lauten Veranstaltung, nachdem man höflich gebeten hat, ob es nicht auch ein bisschen leiser gehe. Möglich aber auch, dass er es war, der sich entfernte, das konnte er aber nicht genau feststellen.

»Wo hat sie nur das Geld?«, hörte er jemanden fragen. Es hallte von weit weg herüber, wie vom Ende eines langen, dunklen Flures.

»Keine Ahnung«, antwortete eine andere Stimme vom anderen Ende, die höchstwahrscheinlich Küppers gehörte. »In der Wohnung ist es nicht. Wir werden es schon noch finden.«

33. Kapitel

Als de Jong aufwachte, konnte er sich an alles, was geschehen war, erinnern, hätte allerdings nicht gedacht, dass es schon zwei Tage zurücklag, wie die Krankenschwester ihm versicherte, die außerdem hinzufügte, dass er nicht viel verpasst habe.

Inzwischen schien aber so manches durcheinandergeraten zu sein. So trug er zum Beispiel einen beigefarbenen, blaugepunkteten Schlafanzug, dabei trog ihn auch hier die Erinnerung nicht, dass er nie einen solchen besessen hatte. Das Krankenhauszimmer verfügte über zwei Betten, wobei das, welches er belegte, der Tür am nächsten stand. Von dem am Fenster hätte man die Aussicht auf das sonnige Wetter und die rauchenden und badebemäntelten Spaziergänger unten im Park genießen können, aber es war unbewohnt.

Nachmittags, kurz vor fünf, kam der erste Besuch: Eugen Küppers. Er trug eine grüne Krawatte über seinem hellblauen Hemd und mittelgroße Schwitzflecken unter den Achseln. »Hey, da bist du ja wieder«, sagte er, ganz so als wäre nicht er zu Besuch, sondern de Jong.

»Das ist gar nichts«, meinte de Jong. »Nur ein Kratzer.«

»Ein Kratzer.« Der Exkollege verzog das Gesicht. »Also bevor die dich zusammengeflickt haben – du kannst mir glauben, ehrlich, das sah nicht so aus, als würden sie es schaffen.«

»Sei bloß froh, dass sie dich nicht erschossen hat«, grinste de Jong.

Küppers öffnete die Packung Pralinen, die er mitgebracht hatte, und stellte sie auf das Klappbrett des Nachttisches. »Greif zu«, sagte er. Damit du schneller gesund wirst.«

»Nein, danke«, sagte de Jong. »Was habt ihr mit Vivian gemacht?«

»Tja!« Wie hungrige Bussarde kreisten Küppers Finger über den Pralinen. »Die Kollegin Scheidemann kann einem leid tun. Sie hat sich schon als Star einer RTL-Dokusoap gesehen, und jetzt ist alles ganz anders gewesen!«

»Als ob das die Dokusoap-Fritzen jemals stören würde.«

»Miss Bikeman – das ist ein Hammer. Mein karnevalistischer Kollege hat vielleicht Augen gemacht.«

»Aber Frau Gramm ist doch nicht Bikeman.«

»Noch nicht«, berichtigte Küppers mit vollem Mund. »Aber das wird schon noch …«

»Nein, so meine ich das nicht. Sie hat die Morde nicht begangen. Ihr müsst ihren Bruder finden, das kann doch nicht so schwer sein!«

Küppers Rücksicht gegenüber dem verwundeten Exkollegen schloss nicht ein, den vorwurfsvollen Unterton im zweiten Halbsatz einfach so zu überhören. »Tja, das ist es aber leider«, gab er eingeschnappt zurück. »Wie sich nämlich herausgestellt hat, Herr Meisterbulle, hat Frau Gramm überhaupt keinen Bruder.«

»Na ja, vielleicht ist er nur ein Halbbruder. Oder ein verflossener Lover.«

»Oder der Heilige Nikolaus höchstpersönlich, was?«

De Jong versuchte, sich aufzusetzen und spürte einen heftigen Schmerz in der Seite. »Vivian ist keine brutale Mörderin. Die Sache mit Mommsen war ein Unfall. Und auf mich hat sie auch nur aus Versehen geschossen.«

»Ja, so sehe ich das auch.« Eine weitere Süßigkeit fand den Weg in Küppers Mund. »Hör mal, du musst dir auch nehmen, sonst sind die hier gleich alle weg.«

»Damit meine ich, sie wollte eigentlich nicht abdrücken. Aber sie kennt sich mit Waffen kein bisschen aus, verstehst du?«

Küppers Finger kreisten wieder, aber jetzt wie Bussarde, die keine Beute mehr finden. »Ja, ja. Kann mir gut vorstellen, dass sie im Bett eine Granate ist«, grinste er.

»Quatsch, damit hat das nichts zu tun.«

Die Tür öffnete sich, das Abendessen wurde aufgetragen: zwei Scheiben Graubrot, ein Kleks Butter, zwei blasse Scheiben Käse, eine Scheibe gekochter Schinken. Dazu eine Tasse Pfefferminztee.

Küppers erhob sich. »Ich muss dann auch schon wieder los ...«

»Hör mal, da ist noch was: Neulich hast du erwähnt, dass du Kontakt zu einem Immobilienmenschen hast, der Grundstücke unten in Italien verscherbelt.«

»Klar, was ist denn mit dem?«

»Nichts. Kannst du mir die Nummer mal geben?«

»Mach ich, alter Freund.« Küppers klopfte seinem Exkollegen auf die Schulter, worauf der das Gesicht verzog. »Aber komm du erst mal wieder auf die Beine.«

* * *

Nach dem Abendessen bekam er noch mal Besuch, dieses Mal von einer Blondine mit einem sehenswerten Dekolleté. Sie stellte sich als Svenja Eulenbeck vor, Physiotherapeutin, und kündigte an, ab Morgen mit de Jong ein tägliches Programm zu absolvieren, das ihm schnell dazu verhelfen werde, seine Mobilität wiederzuerlangen. Den Rest des Abends verbrachte er damit, sich durch TV-Sender zu zappen und schließlich bei einer philosophisch-kriminalistischen Runde zu enden, die sich mit dem Thema Serienmord auseinandersetzte. Einer der Anwesenden stellte die Frage, was denn zuerst gewesen sei, der Mord oder die Serie, und verstieg sich zu der These, dass der moderne Serienmord ein Produkt unserer heutigen Zeit sei, die die gesamte Wirklichkeit TV-geprägt als Serie begreife, was man auch daran festmachen könne, dass man in den USA schon von Vorabendserienmördern und Late-night-Serienmördern spreche und die zeitliche Abfolge der Taten in Staffeln definiere.

Die Nacht verlief unruhig und nervenaufreibend; de Jong träumte, dass er an einem Meeresstrand wild zeltete, und sich, kurz nachdem er die Heringe eingeschlagen hatte, herausstellte, dass das Meer aus Unmengen von Elektroschrott bestand, der in Tausenden von Tonnen eitrigem Schleim schwamm. Das Aufrollen der klebrigbreiigen Brandung gellte in seinen Ohren, so sehr er sie sich auch zuhielt. Schließlich entschloss er sich zusammenzupacken, aber Frau Eulenbeck stellte sich ihm in den Weg und bestand energisch darauf, dass er blieb, schließlich sei wild zelten nur auf eigene Gefahr gestattet.

Am nächsten Morgen war er nicht mehr allein. Im Bett mit dem Parkblick lag ein Mann in einem modischen, dunkelgrauen Schlafanzug. Er war hager, deutlich jünger als de Jong und trug einen beachtlichen Verband um den Kopf. Er hoffe doch, dass de Jong nichts dagegen habe, Gesellschaft zu bekommen, sagte er, aber die Stationsleitung habe ihn verlegt, weil sein bisheriger Zimmernachbar sich von seiner Schnarcherei überfordert gefühlt habe.

De Jong verstand, er war also der klebrige Ozean.

»Die Schwester sagte, Sie sind angeschossen worden?«

De Jong nickte. »Ist aber schon viel besser. Und Sie?«

»Schussverletzungen«, sagte der andere, anstatt zu antworten. »Da kann ich Ihnen so einiges erzählen.« Er richtete sich auf und hob den Arm, an dem ein Infusionsschlauch baumelte. »Dr. Schmehling«, stellte er sich vor. »Keine Angst, vom Boxen verstehe ich nichts.«

»Aber von Schussverletzungen?«

»Genau. Fünfundzwanzig Jahre in der Rechtsmedizin. Und ich kann Ihnen sagen.«

»Was denn?«

»Du denkst, du bist über den Berg, aber dann kriegen sie dich doch noch. So viele von denen, die dachten, sie wären über den Berg. Und dann lagen sie bei mir auf dem Obduktionstisch.«

Das Mittagessen kam, es gab Geschnetzeltes und Kartoffelbrei mit Möhrchen, und anschließend erschien Frau Eulenbeck, packte de Jong in einen Rollstuhl und verfrachtete ihn zur Physiotherapie. Der Ex-Kommissar genoss die Abwechslung und gab sich Mühe, der Therapeutin während der Übungen nicht allzu offensichtlich in den Ausschnitt zu glotzen. Auf dem Rückweg fühlte er sich selbst angeglotzt. Es war im Fahrstuhl: Ein schlaksiger Kerl um die Dreißig, in einem grauen Kapuzenpulli und mit einer dickrandigen Brille auf der Nase fixierte de Jong, wie er sich jedenfalls einbildete, als wäre er ein alter Bekannter.

»Aber ich sage auch, es muss immer weitergehen«, begrüßte ihn der Rechtsmediziner im Ruhestand, sobald er zurück auf seinem Zimmer war.

»Weitergehen? Womit?«

»Mit allem.« Schmehling machte eine ausladende Geste, sodass sich der Infusionsschlauch anspannte wie eine Sehne. »Wenn ich eines gelernt habe, dann dass der Tod zum Leben dazugehört. Auch wenn er das Letzte ist, was dazugehört.«

»Also geht es doch nicht immer weiter«, sagte de Jong.

Als wollte Schmehling beweisen, dass das Gegenteil der Fall war, überschwemmte er de Jong geradezu mit Anekdoten aus seinen fünfundzwanzig Berufsjahren, berichtete reihenweise von »Kunden«, wie er sich ausdrückte, nicht nur solche mit Schussverletzungen, die geglaubt hatten davonzukommen und dann doch auf seinem Tisch aus gebürstetem Edelstahl gelandet waren.

De Jong beschlich das dumpfe Gefühl, dass sich die neue Nachbarschaft mit dem Leichenobduzierer kompliziert gestalten könnte.

Für die Nacht stopfte er sich Watte in die Ohren, sodass er von der Brandung des eitrigen Ozeans verschont blieb. Er träumte von Frau Eulenbeck, von ihrem langen, blonden Haar und ihrem üppigen Busen. Und er kam zu dem Schluss, dass so, wie die Sache sich entwickelt hatte, eigentlich niemand zufrieden sein konnte. Vivian saß in Untersuchungshaft, und er war an dieses Krankenbett gefesselt. Hätte er neulich seinen Mund gehalten, dann hätte sie nicht die Waffe auf ihn gerichtet, dachte de Jong. Stattdessen hätten sie einen weiteren Abend die Sterne betrachtet. Und er läge jetzt in ihrem Bett und müsste nicht an einem schleimigen Gewässer zelten ...

* * *

Nach der nächsten Physiotherapie mit Frau Eulenbeck warteten Giulia und Rembert Kranich an seinem Bett.

»Tut mir leid, dass ich dich beschuldigt habe«, sagte de Jong. »Hätte dich gern verhaftet. Aber nicht jeder ist der geborene Mörder, was?«

»Schon vergessen«, lachte der Marxähnliche. Er zog etwas aus der Tasche, das in Geschenkpapier eingewickelt war. »Wir haben dir ein kleines Geschenk mitgebracht.«

Es war ein Bändchen mit chinesischen Weisheiten.

»Du«, korrigierte Giulia. »Du hast es ihm mitgebracht.«

Dem Meditator entfuhr ein genervter Seufzer. »Aber Liebling, entschuldige mal, ich dachte, wir beide ...«

»Ja, dachtest du. Das ist ja auch deine Stärke. Aber wenn es nach mir gegangen wäre, hätten wir den Präsentkorb genommen.«

»Blumen, zuckerfreie Süßigkeiten und eine Flasche Rotbäckchen«, zischte Kranich abfällig. »Was soll er denn damit anfangen.«

»Das frage ich mich auch«, gab de Jong ihm recht.

»Immer noch besser als deine hübsch frisierten Weisheiten für Besserwisser«, sagte Giulia.

Die Spitze fand genau ins Ziel und brachte den Marxähnlichen zum Verstummen. Sie mochte sich einbilden, dass sie den Kerl als Mann unwiderstehlich fand, kam es de Jong in den Sinn, aber diese hämische Bemerkung bewies ja wohl, dass sie immer noch genau auf seiner Wellenlänge tickte und nicht auf der des Meditators.

Der Besuch dauerte länger als geplant, dabei war man schon nach einem knappen, wortkargen Austausch von Informationen bei den üblichen »Und sonst?«-Fragen angelangt. Giulia fing an, sich zu verabschieden, was Rembert zu der kritischen Bemerkung veranlasste, dass sie ja gerade erst gekommen seien. Also blieben sie noch, aber als der Marxähnliche eine Viertelstunde später das Bedürfnis zu gehen äußerte, rächte sie sich ihrerseits mit der Bemerkung, dass es ja wohl nicht zu viel verlangt sei, wenn er sich noch ein paar Minuten gedulde. Daraufhin verlieh er seinem Protest Ausdruck, indem er auf dem Flur wartete.

»Tut mir leid, dass es bei euch nicht so rund läuft«, sagte de Jong, während sie halbwegs allein waren – der Bettnachbar gab vor zu schlafen.

»Ach was, das wird schon wieder«, sagte sie und lächelte geheimnisvoll. »Mach dir bloß keine Hoffnungen.«

»Und ob ich das tue.«

Als auch sie sich kurz darauf verabschiedete, indem sie ihn wie ein Kind auf die Stirn küsste, prägte sich ihm diese ihre Äußerung ein: Mach dir bloß keine Hoffnungen. Je mehr er darüber nachdachte, desto sicherer war er, dass es sich um eine dieser Äußerungen handelte, die genau das Gegenteil von dem äußerten, was sie zu sagen schienen. Er solle sich keine Hoffnungen machen, hatte sie gesagt, aber ihr Ton hatte sich eher angehört wie: Hey, ich hoffe doch, du hast nicht ganz vergessen, wie sensationell es früher mit uns war. Vielleicht konnte man es inhaltlich sogar weiter eingrenzen, etwa in der Art: Wenn das mit dem Kerl so weitergeht, dann schließe ich nicht aus, dich eines nicht mehr allzu fernen Tages zu fragen, ob du mir verzeihen kannst und mich noch willst.

Bei Letzterem war er sich allerdings nicht hundertprozentig sicher.

* * *

Eine weitere kleine Unstimmigkeit im Verhältnis zu seinem Zimmernachbarn ergab sich durch das abendliche Fernsehprogramm: Als de Jong über einen Horrorfilm hinwegdöste, bestand sein Nachbar darauf umzuschalten. So landeten sie bei einer Sitcom. Monotone Lachsalven, regelmäßig wie ein Uhrwerk, hielten ihn vom Wiedereindösen ab.

»Nee«, sagte de Jong.

»Was meinen Sie mit ›Nee‹?«

»Dass ich diese Sendung nicht sehen will. Dann lieber gar nichts.«

»Also gut.« Schmehling schaltete aus. »Humor und Heiterkeit scheinen ja nicht Ihre Dinge zu sein.«

»Ganz genau.«

»Humorlosigkeit. Das kann man behandeln.«

»Ich weiß.«

»Soll ich Ihnen mal sagen, wie viele Leute schon dachten, sie hätten nur ein bisschen zu wenig Humor – und dann landen sie eines Tages auf meinem Tisch …«

»Ja, ja«, sagte de Jong.

Und der Arzt verstummte, möglicherweise eingeschnappt.

So verging der Abend, schließlich schnarchte Dr. Schmehling los, ohne eine Gute Nacht gewünscht zu haben.

De Jong aber konnte wieder nicht einschlafen, nicht nur wegen der Schnarcherei. Trotzdem musste er eingenickt sein, denn irgendwann schreckte er hoch. Und er konnte schwören, dass direkt an der Tür ein Mann stand und auf sein Bett starrte. »Hey …!«, brummte de Jong und blinzelte schlaftrunken. Er richtete sich auf und wollte den Mann fragen, wer er sei, aber da konnte er ihn nicht mehr entdecken.

Neben ihm rollte das schleimige Eitermeer auf den Sand, zog sich zurück und kam wieder, manchmal sanfter, dann wieder laut und aggressiv wie ein ertrinkendes und im Todeskampf um sich schlagendes Wildschwein. Und de Jong kam zu dem Schluss, dass er schlecht geträumt hatte.

***

Am nächsten Morgen war Schmehling schlecht gelaunt, verkatert geradezu, denn eine Nacht durchzuschnarchen konnte anstrengend sein.

»Hoffe, wenigstens Sie hatten eine geruhsame Nacht«, brummte er während des Frühstücks.

»Sie etwa nicht?«

»Habe kaum ein Auge zugetan.«

Zufällig wusste de Jong ja, dass das nicht stimmte. »Haben Sie dann eventuell jemanden bemerkt, der hier im Zimmer stand? So gegen drei oder vier Uhr?«

Sein Nachbar starrte ihn erstaunt an und runzelte die Stirn – ein plötzlicher Arztblick mit dem typischen Aufblitzen von professioneller Besorgnis, obwohl der Mann doch nur Tote als Patienten gehabt hatte. »Wen meinen Sie?«

»Als ich aufgewacht bin, stand jemand im Zimmer.«

»Wer denn?«

»Keine Ahnung. Seinen Namen hat er nicht gesagt.«

»Was wollte er denn?«

»Ich habe nicht die geringste Ahnung. Als ich mich aufrichtete, war er weg.«

»Er war also weg? Einfach so?«

»Genau.«

Schmehling nickte wie jemand, für den die Sache damit klar war. »Interessant«, meinte er.

»Was ist interessant?«

»Halluzinationen sind als medikamentenbedingte Nebenwirkung sehr beliebt. Geradezu klassisch.«

»Was verstehen Sie denn davon?«, meckerte de Jong. »Sie sind doch immer erst dann in Aktion getreten, wenn kein echter Arzt mehr helfen konnte, oder nicht?«

Schmehling kratzte sich nachdenklich am Kopf – er pulte mehr als er kratzte. Schien zu überlegen, ob er das mit dem echten Arzt übel nehmen sollte. »Lazarus, Lazarus, komm heraus – schon mal davon gehört?«

»Ich bin nicht gerade gläubig«, sagte de Jong.

»Darum geht es auch nicht. Sondern darum, dass jeder Pathologe, jeder Rechtsmediziner auf dieser Welt genau davon träumt: Leben zurückzugeben.«

»Und Sie sagen mir, ich hätte Halluzinationen«, sagte de Jong.

* * *

Die Physiotherapie war an diesem Tag nicht so sehenswert wie sonst, weil Frau Eulenbeck einen hochgeschlossenen Jogginganzug trug, der dem Betrachter lediglich einen vagen Eindruck ihrer Körperformen vermittelte. Auch sonst war es nicht unbedingt ihr Tag. Bisher die Ausgeglichenheit in Person, forderte sie de Jong während der Trainingseinheit mehrmals auf, mehr Engagement zu zeigen und sich nicht so hängen zu lassen. Außerdem meckerte sie über die Unordnung im Gymnastikraum. Wie so oft lagen einige Turnhallenmatten auf dem Boden verstreut, und mindestens eine der Hanteln fehlte.

»Sie haben es auch nicht leicht«, sagte de Jong und bemühte sich, keiner der schwierigen Patienten zu sein, was Frau Eulenbeck am Ende ein bisschen versöhnte.

Nach dem Abendessen gab es dann noch mal Physiotherpie, was de Jong ziemlich verwunderte. Er war gerade dabei, sich mit dem Rollstuhl vom Klo Richtung Bett zu manövrieren, als jemand von hinten an das Gefährt herantrat, die Griffe umfasste und ihn kurzerhand nach draußen auf den Flur schob. Dann nahm er zackig Fahrt auf. Ziel war der Gymnastikraum im zweiten Stock.

»Mein Name ist Süverkrüpp«, erklärte der Fahrer, der hinter ihm stand, während sie im Fahrstuhl hinabfuhren. »Ich bin der neue Physiotherapeut.«

»Wo ist denn Frau Eulenbeck?«, erkundigte sich de Jong.

Süverkrüpp antwortete nicht. Er schob weiter, bis sie im Gymnastikraum angelangt waren. Dort trat der Mann endlich in de Jongs Gesichtsfeld. Es war der Mann im Kapuzenpulli.

»Normalerweise«, sagte de Jong, »macht sie nämlich die Therapie. Außerdem hatte ich heute schon eine Anwendung.«

Süverkrüpp schüttelte den Kopf. »Vergessen Sie Frau Eulenbeck. Sie hat längst Feierabend.«

»Und Sie sind nie und nimmer Physiotherapeut«, sagte de Jong.

Der Mann, der sich Süverkrüpp nannte, ging zur Tür und drehte den Schlüssel herum. »Also gut«, sagte er. »Spielen wir offen.« Er nahm die dickrandige Brille ab und starrte den Ex-Kommissar an. De Jong hielt seinem Blick stand, und es lohnte sich, denn plötzlich hatte er tatsächlich in gewisser Weise das Gefühl, den Mann zu kennen. »Sollen wir vielleicht über Ihre Schwester reden?«, fragte er.

»Sie haben sie hinter Gitter gebracht.«

»Was hatte ich denn für eine Wahl? Immerhin hat sie versucht, mich zu töten.«

Süverkrüpp alias Falk Gramm schüttelte düster den Kopf. »Vivian war alles, was ich hatte. Ich habe getan, was ich konnte, um sie zu beschützen. Aber vor Ihnen konnte ich sie nicht beschützen. Sie haben Sie mir weggenommen, Herr Kommissar.«

»Ex-Kommissar«, sagte de Jong. »Aber Vivian hat mir gesagt, dass sie vielmehr diejenige ist, die Sie beschützen muss.«

Wieder das resignierte Kopfschütteln. »Sie haben wohl keine Geschwister«, sagte Gramm, eher eine Feststellung als eine Frage.

»Das schon«, sagte de Jong, aber Bikeman überhörte das. »Dann wüssten Sie nämlich, dass Geschwister immer *einander* beschützen! Einer ist für den anderen da und umgekehrt. Jetzt und immer, ohne Kompromisse.«

»Deshalb sind Sie also hier?«, vermutete de Jong.

»Ich habe Sie gesucht und gefunden.«

Eine Weile verharrten sie schweigend, der falsche Therapeut stehend und de Jong sitzend. Die Neonröhren der Deckenbeleuchtung brummten.

»Und wie geht es jetzt weiter?«, erkundigte sich de Jong. »Wollen Sie mich jetzt umbringen wie all diese Menschen, die Ihnen nichts getan haben?«

»Diese Menschen«, erklärte Bikeman, »hatten sehr wohl etwas getan. Aber sie bekamen die Chance zu bereuen. Etwas Positives in diese Welt zu bringen, indem sie ihr ein Lachen schenkten. Sie haben diese Chance vertan.« Er trat zu de Jong und ging in die Hocke, um mit ihm auf Augenhöhe zu sein. »Vielleicht sind Sie ja einer, der sie zu nutzen versteht.«

»Wenn's weiter nichts ist«, sagte de Jong.

»Gut, sehr gut. Dann lachen Sie mal."

»Ich?«

»Ja. Los jetzt.«

»Geht leider nicht. Ich leide an Humorlosigkeit. Fragen Sie die Ärzte.«

Falk, der Bikeman, wirkte tief enttäuscht. »Sehen Sie. Das meinte ich gerade.«

»Was denn? Was soll ich sehen?«

»Jeder redet sich irgendwie heraus. Die Menschen lachen nicht. Entweder leiden sie an Humorlosigkeit oder haben gerade zu viel um die Ohren oder sonst was. Im Klartext: Sie sind nicht glücklich. Nicht in der Lage, sich für die schönen Dinge dieser Welt zu öffnen.«

»Vielleicht ist das so«, gab de Jong zu.

»Also gut. Dann arbeiten wir jetzt daran.« Gramm stand auf, griff in die Seitentasche seines Kapuzenpullis und holte etwas heraus, das de Jong zunächst für einen Kuli hielt. Aber es war ein winziges Messer, das in einer Scheide steckte. Ein Skalpell.

»Nein«, sagte de Jong. »Das können Sie vergessen. Wir arbeiten ganz sicher nicht.«

Der falsche Physiotherapeut zog blank, und die Klinge des Skalpells näherte sich bedrohlich de Jongs Kehle. »Sie werden lachen, sofort. Und wehe, es ist Ihnen nicht ernst damit.«

De Jong wartete, bis Falk nahe genug war. Und genau im richtigen Moment schlug er zu. Nicht mit bloßer Faust, sondern mit der Hantel, die er vorsichtshalber immer unter dem Bademantel bereithielt, seit er die nächtliche Gestalt neben seinem Bett bemerkt hatte. Der Mann, der Bikeman war, sackte ohne einen Laut zusammen.

»Niemand sagt mir, wann ich zu lachen habe und wann nicht«, sagte de Jong. Dann suchte er nach dem Klingelknopf, um eine Schwester zu rufen.

34. Kapitel

Niklas de Jong konnte die Klinik schon früher als geplant verlassen. Aber es gab eine Auflage für seine verfrühte Entlassung: die regelmäßige und zuverlässige Nachbetreuung durch den behandelnden Arzt. Deshalb rief er in der Praxis von Dr. Frau an, sobald er wieder in Everswinkel war und seine Blumen gegossen hatte.

»Haben Sie akute Beschwerden?«, erkundigte sich die Sprechstundenhilfe.

»Überhaupt nicht«, sagte de Jong. »Es geht mir bestens.«

»Warum brauchen Sie dann einen Termin?«

»Brauche ich gar nicht. Wir können das auch so klären. Rein informell. Sagen Sie mir einfach, wann der Doktor Feierabend macht.«

Das wollte sie zunächst nicht, schließlich rückte sie aber damit heraus, dass die Praxis um 18:30 Uhr schließen würde, wies ihn allerdings nachdrücklich darauf hin, dass auch Ärzte das Recht auf ihren verdienten Feierabend hätten.

»Wenn nicht sie, wer dann?«, pflichtete de Jong ihr bei.

Danach rief er Eugen Küppers an, den »genialen Strippenzieher« der Münsteraner Kripo, dem es gelungen war, in einer gewagten Aktion und mithilfe eines quasi undercover operierenden Beamten den brutalen Serienkiller in der Uniklinik zur Strecke zu bringen – so ungefähr hatte er es der Presse mit einfachen Worten erklärt. Jetzt hatte de Jong etwas gut bei ihm.

»Wenn ich dir sage, wie sie mich nennen, glaubst du mir das nicht«, sagte Küppers aufgekratzt.

»Kojak Küppers.«

»Scheiße, woher weißt du das jetzt wieder?«

»Kriminalkommissar Kojak Küppers. Viermal K. Du solltest dir was drauf einbilden.«

»Klar, mach ich, und wie.«

»Hat sich inzwischen was mit Frau Gramm ergeben?«

»Negativ. Wir müssen sie wahrscheinlich wieder laufen lassen. Jedenfalls wird nichts aus der Mordanklage, solange wir die dämliche Tasche mit dem Geld nicht finden.«

»Ach, da fällt mir ein: Ich müsste noch mal in ihre Wohnung.«

»Weshalb denn?«

De Jong wand sich. »Schlafanzug, Zahnbürste. Du weißt schon.«

»Ach, dann hast du sie also doch …«

»Was meinst du?«

»Du weißt schon, was ich meine.«

»Okay. Ich hab sie also doch. Und deshalb brauche ich die Übernachtungssachen, falls die Spusi sie nicht beschlagnahmt hat.«

»Also schön, warum nicht?« Küppers gluckste lasziv. »Ich hoffe doch, dass es sich gelohnt hat ...«

* * *

De Jong hatte schon immer geglaubt, dass Eugen Küppers eher zum Trainer einer Fußballmannschaft geboren war als zum Kriminalisten. Nicht nur, weil Küppers eine Menge vom Ballsport verstand und kaum ein Spiel der Bundesliga unkommentiert lassen konnte. Sondern auch, weil er als Kripokommissar wenig Ehrgeiz verspürte, einen Fall wirklich bis in den letzten Winkel zu durchleuchten. Er stellte nur so viele Fragen wie unbedingt nötig, und gab sich nicht selten mit der erstbesten Antwort zufrieden. Seltsam eigentlich, dass seine Aufklärungsquote trotzdem gar nicht mal schlecht war. Bikeman war endlich gefasst worden, der falsche Täter als Trittbrettfahrer entlarvt – Fall gelöst, das Wochenende in Sicht. Kein Wunder, dass Hauptkommissar Merzenich seine Probleme mit dem Kollegen hatte, der gar nicht unbedingt genau wissen wollte, was Falk Gramm letztlich zu seinen Taten getrieben hatte. Unerfüllte Geschwisterliebe? Eine seltene Krankheit, von der kaum jemand bisher gehört hatte? Und wieso beging Vivian, um ihren Bruder zu schützen, einen Mord an jemandem, der zufällig auch an einer seltenen Krankheit litt?

Letztlich war die Nachbehandlung nicht der einzige Grund, weshalb de Jong den Arzttermin gemacht hatte.

Das Haus mit der schönen, mittelalterlichen Fassade, in dem die Praxis untergebracht war, präsentierte sich im besten goldenen Abendlicht. Die Innenstadt gebärdete sich stiller als sonst, weil die meisten Einwohner ihre Grillsachen gepackt und sich in Richtung Kanal oder Aasee aufgemacht hatten. De Jong war noch zu früh, es war erst zwanzig nach, aber Dr. Frau erwartete ihn bereits an der Tür und bestand darauf, dass er Zeit hatte.

»Ich möchte aber nicht, dass Ihnen meinetwegen weniger Zeit für die Patienten bleibt«, sagte der Ex-Kommissar großzügig.

»Keine Sorge, mein Guter, die Arbeit ist für heute getan, wir sind hier ganz unter uns.« Frau rieb sich die Hände. »Was kann ich Ihnen anbieten: ein Gläschen Franzbranntwein?« Wieder einmal grinste er, als ob ihm ein grandioser Scherz gelungen wäre.

De Jong nahm ein Wasser, und sie begaben sich in den Besprechungsraum. Ein unterteiltes Fenster sah nach draußen in die sommerlich verschlafene Altstadt, an der Wand hing abstrakte Kunst, und in der Ecke wucherte eine riesige Zimmerpflanze, an deren Zweigen Orangen baumelten.

»Sie haben mich neugierig gemacht«, sagte Dr. Frau. »Ein Kriminalkommissar sucht einen Arzt auf, aber nicht aus medizinischen Gründen. Aus welchen denn wohl dann?«

»Ich bin nicht mehr bei der Kripo«, stellte de Jong richtig.

»Und Sie waren auch nicht an der Aufklärung dieser Mordfälle beteiligt.«

»Nein.«

Ungläubiges Lächeln.

»Der Anlass meines Besuches ist im Grunde ja doch ein medizinischer.« De Jong hob die Arme und klatschte unvermittelt in die Hände.

Ein weiteres Lächeln. »Fruchtfliegen, ich weiß«, sagte Dr. Frau. »Die haben wir unserem Obstbaum zu verdanken.« Er deutete auf die Orangenpflanze. »Was Sie, mein Freund, im moralischen Sinne aber nicht freispricht, wenn ich das sagen darf.«

»Freispricht? Wovon denn?«

Der Arzt lehnte sich zurück und verschränkte gemütlich die Arme vor dem Bauch – ein Therapeut, der in seinem Element angekommen war. »Sehen Sie, Herr Kommissar, ich weiß nicht, wie das mit Ihnen ist – modern ist ja heute, an nichts mehr zu glauben –, aber ich würde mich als radikalen Buddhisten bezeichnen. Besonders was die Auffassung über den universalen Wert allen Lebens angeht. Dass man einen Wert nicht quantifizieren kann – was ist mehr wert: das Leben eines Elefanten, eines Menschen, einer Kakerlake? Was macht dieses Mehr aus: die Körperfülle, die Größe des Gehirns? Ich sage, das ist Unsinn. Man kann Qualität nicht quantifizieren. Sind Sie nicht meiner Ansicht?«

»Vielleicht«, sagte de Jong, dem nicht ganz klar war, welche Richtung das Gespräch gerade nahm.

»Also gut, dann muss ich Ihnen aber leider sagen, dass Sie ein Mörder sind. Gerade erst, vor wenigen Augenblicken, haben Sie in die Hände geklatscht und damit eine Fruchtfliege getötet.«

»Ich bitte Sie«, sagte de Jong.

»Nun, vielleicht haben wir uns etwas verrannt«, räumte der Arzt ein und rieb sich die Hände zum Zeichen, dass er jetzt aber zum Punkt kommen wolle. »Lassen Sie uns über Ihre Nachbehandlung sprechen.«

»Vorher wäre mir lieber, dass wir über einen Ihrer Patienten sprechen. Vielleicht auch über zwei.«

Dr. Frau verzog den Mund zu einem säuerlichen Lächeln. »Sie wissen doch sicher, dass ich an die Schweigepflicht gebunden bin.«

»Seine Name war Marc Oliver Mommsen.«

»Und der zweite?«

»Falk Gramm. Viele kennen ihn unter dem Namen Bikeman.«

»Wie haben Sie herausgefunden, dass er mein Patient war?«

»Gar nicht.« De Jong zuckte mit den Schultern. »Es war nur eine Vermutung. Nennen Sie es den richtigen Riecher.«

Der Arzt reagierte mit einem Nicken, das ziemlich lange dauerte. Aber de Jong hatte Zeit. Er war sich nicht sicher, hätte aber schon darauf gewettet, dass Dr. Frau in seinem Inneren darauf brannte, sich zu äußern. Und er behielt recht.

»Sehen Sie, als Facharzt für eingebildete Leiden und seltsame Wahnvorstellungen war ich für diesen armen Tropf die geeignete Anlaufadresse. Mir war sofort klar, dass mein ganzes Können gefordert sein würde. Und ich darf sagen, dass meine Bemühungen von Erfolg gekrönt waren. Man hätte im vollen Sinne von einer erfolgreichen Therapie sprechen können, wenn es nicht an jenem Abend dazu gekommen wäre.«

»Wozu gekommen?«, fragte de Jong, den eine seltsame Vorahnung beschlich.

»Eines Abends ruft mich der Komiker an und verlangt, dass er dringend seine Arznei bekommt. Hier und sofort, weil er jeden Augenblick einen Anfall befürchtete. Nun, was sollte ich tun? Ich packte meine Arzttasche, um ihm das Geforderte zu bringen und ihn nach Hause zu fahren. Und dann fand ich ihn, zusammengeschlagen, übel zugerichtet mit einer Zaunlatte.«

»Er war also nicht tot?«

»Es ging ihm leidlich gut. Unverwüstlich, der Kerl. Ich setzte ihm eine Spritze, worauf er sich leider in eine Art Rausch hineinsteigerte: dass dieser Bikeman gut für eine brillante Comedynummer sei. Ich konnte ihm das nicht ausreden.«

»Na ja«, meinte de Jong. »Spaßmacher sind nicht immer taktvoll.«

»Taktvoll oder nicht«, sagte der Arzt, »ich konnte es nicht zulassen. Das sehen Sie doch auch ein.«

»Was dann?«

»Die Holzlatte war ja noch da, ich musste nur vollenden, was ein anderer begonnen hatte. Die übliche Schriftstelle war auch schon beigefügt.«

»Sie haben ihn ermordet, Sie haben Mommsen ermordet?«

Dr. Frau, unsicher, ob diese Bezeichnung das Geschehen adäquat beschrieb, wiegte den Kopf hin und her. »Ich bin Mediziner, Herr de Jong. Und Mediziner machen die Menschen gesund und bringen sie nicht um. Jedenfalls solange es nicht therapeutisch gesehen geboten ist.«

»Nur in diesem Fall ...«

»Man muss es als Notfall bezeichnen. Was wäre denn die Konsequenz gewesen: Mommsen hätte alles auf die Bühne gebracht, und die ganze Welt hätte erfahren, was sie nicht erfahren sollte. Dies gilt selbstverständlich auch für diesen sauertöpfischen Intellektuellen. Ich wollte ihn nicht umbringen, aber warum musste er auf die Idee kommen, mich zu erpressen? Dann hätte ich ja auch Mommsen am Leben lassen können, verstehen Sie?«

»Ich glaube schon«, sagte de Jong, der inzwischen daran zweifelte, dass der Arzt richtig im Kopf war. »Wir sprechen doch gerade von Herrn Augenthaler?«

Frau nickte. »Als Erpresser agierte er genauso stümperhaft wie als angeblicher Schizophrener, der mich aushorchen wollte.«

»Wovon sollte denn die Welt nichts erfahren?«, erkundigte sich de Jong.

»Ja, damit wären wir dann bei dem anderen Patienten angelangt.« Von Schweigepflicht war jetzt nicht mehr die Rede – Dr. Frau seufzte auf wie ein aufopferungsvoller Menschenfreund, der sein Bestes getan hatte. »Das Unheil begann, als die beiden sich bei mir im Wartezimmer kennenlernten. So etwas hätte nie passieren dürfen ...«

»Die beiden? Sie meinen Mommsen und Gramm?«

»Mommsen war einfach zu prominent, um nicht erkannt zu werden. Das hatte ich nicht bedacht.«

»Und Sie wussten davon, dass Falk Gramm Bikeman war?«

Frau schüttelte den Kopf. »Das war er doch noch nicht. Seine Schwester brachte ihn zu mir. Eigentlich ein hoffnungsloser Fall. Aber hoffnungslose Fälle sind meine Spezialität. Lachen ist ein Ausdruck von Glück, aber das wahre Glück ist, anderen Glück zu bringen. Das war mein Ansatz. Ein ganz einfaches Prinzip: Wenn du das Feuer nicht löschen kannst, leite es um und mache es zum nützlichen Helfer. Fernwärme ist ein gutes Beispiel. Zum Einsatz kamen die üblichen Medikamente, na ja, und dann bin ich wahrscheinlich ein bisschen über das Ziel hinausgeschossen. Falk wurde die soziale Ader, die ich stimuliert habe, zum Zwang, verstehen Sie? Das Bedürfnis, andere glücklich zu machen, indem man sie zum Lachen bringt. Falk war davon besessen, andere lachen zu hören. Ich versuchte, meinen Fehler zu korrigieren, aber es war zu spät. Ohnmächtig musste ich mit ansehen, wie der zwanghafte Humor die Intelligenz meines Patienten gleichsam auffraß. Von Tag zu Tag wurde es schwieriger, zu ihm durchzudringen. Der Junge entglitt mir, so wie Dr. Frankenstein mit ansehen musste, wie ihm seine eigene Kreatur entglitt.«

»Herr Doktor«, sagte de Jong, »haben Sie sich eigentlich schon einmal selbst zugehört?«

»Warum sollte ich das tun?«

»Nun, Sie sagen mir gerade sinngemäß, dass Sie eine Art Frankenstein sind und Falk ein Monster.«

Dr. Frau nickte bedächtig. »Da haben Sie mich im Grunde nicht falsch verstanden, Herr Kommissar.«

»Ex-Kommissar.«

»Ob Sie jetzt Monster sagen oder Bikeman, diese Unterscheidungen sollten wir doch der Boulevardpresse überlassen, meinen Sie nicht?«

»Wissen Sie, eigentlich geht es lediglich nur um die Nachbehandlung. Deshalb bin ich hergekommen.«

Dr. Frau schwieg. Sein Gesichtsausdruck wechselte dabei mehrfach. Schließlich sagte er: »Schade. Das alles hätten wir uns sparen können.«

»Was jetzt?«

»Ich kann Sie leider nicht gehen lassen. Nach all dem, was ich Ihnen anvertraut habe.«

»Ich frage mich«, sagte de Jong, »wie Sie das verhindern wollen.«

»Die Tür ist bereits verschlossen, dafür habe ich gesorgt.« Der Doktor machte ein kompromissbereites Gesicht. »Sehen Sie, was ich Ihnen vorschlagen kann, ist Folgendes: Ich verfüge sowohl über die therapeutischen wie pharmazeutischen Ressourcen, um Ihre leidige Humorlosigkeit ein für alle Mal in den Griff zu bekommen. So hätten wir beide etwas davon.«

»Wir beide?«

»Nun ja, auch wir Ärzte sind keine Götter in Weiß. Wir sind Menschen und lernen aus Fehlern. Also seien Sie zuversichtlich, dass ein zweites Experiment gute Chancen hätte, keinen derart verheerenden Verlauf zu nehmen.«

De Jong schüttelte den Kopf und stand auf. »Das ist doch nicht Ihr Ernst.«

»Wie wollen Sie beurteilen, was Ernst ist«, sagte Dr. Frau und erhob sich ebenfalls, »wenn Sie nicht wissen, was Spaß ist?« Er griff hinter sich und hielt jetzt eine Spritze in der Hand, die mit einer Flüssigkeit gefüllt war. »Es ist nur ein winziger Piekser ...« Der Arzt machte einen Satz auf de Jong zu und hielt die Spritze wie einen Dolch in der Faust. De Jong wich zurück, flüchtete hinter den Schreibtisch, aber der Arzt war ihm auf den Fersen und versuchte ihm den Weg abzuschneiden.

»Damit kommen Sie doch nie durch.« De Jong stand mit dem Rücken zum Fenster, bereit, mit einer Hand die Nadel abzuwehren. Mit der anderen tastete er hinter sich auf der Fensterbank und bekam etwas zu fassen, das er Frau umgehend an den Kopf warf und sich noch im Flug als Stethoskop erwies. Der Treffer richtete kaum etwas an, aber er verschaffte de Jong die nötige eine Sekunde. In der schlug er Frau die Ampulle aus der Hand, schubste den Arzt und bemächtigte sich der Spritze. Richtete sie jetzt seinerseits auf Dr. Frau, der aufgab und die Hände hob.

»Na los, machen Sie ein Ende mit mir«, verlangte er. »Ich habe es verdient.«

Stattdessen angelte de Jong mit der Linken sein Handy aus der Tasche und rief die Kripo an.

Epilog

Das alles war noch gar nicht so lang her. Und trotzdem hatte man das Gefühl, dass die Morde des Fahrradkillers, das tragische Ende des Hauptkommissars Utrecht sowie die seltsamen Ansichten des Arztes in eine andere Zeit gehörten. Vielleicht weil so einiges danach geschehen war.

Zum Beispiel hatte Eugen Küppers, von dem man dies nie geglaubt hätte, überraschend den Dienst quittiert und trainierte seit Kurzem irgendeinen Fußball-Regionalligisten in Norddeutschland. Bei jeder Gelegenheit, die sich ihm bot, kreuzte er allerdings wieder in Everswinkel auf und traf sich mit seinem neuen Spezi, Heiner Merzenich, auf ein Bier im *Knipperdolling*.

Vivian war vom Vorwurf des Mordes freigesprochen worden. Wegen ihres Angriffs auf de Jong befand sie sich aber in einer therapeutischen Klinik, in der sie auch einen Kurs in kreativem Schreiben anbot. Hin und wieder meldete sie sich bei de Jong. Und der antwortete ihr, dass auch er immer weiter auf dem Weg der Besserung vorankomme. Das betraf nicht nur seine

Schussverletzung. Auch was seine Humorlosigkeit anging, machte er deutliche Fortschritte. Jeden Tag übte er mit kleinen Scherzen oder absolvierte ein motorisches Ablachtraining. Es ging immer besser. Manchmal erschien ihm die ganze Welt zum Lachen – und dann auch wieder nicht.

Es war ein schöner Tag im Herbst. In Everswinkel standen die Leute unter ihren Regenschirmen an der Bushaltestelle und beschwerten sich wie jedes Jahr darüber, dass der Herbst in diesem Jahr aber schon sehr früh dran sei.

Glücklicherweise befand sich de Jong nicht unter ihnen, sondern fast zweitausend Kilometer entfernt auf Sizilien. Sein kleines, aber feines Häuschen war ein Schnäppchen gewesen, für das man über Beziehungen verfügen musste, von denen man nicht unbedingt wissen wollte, wohin genau sie verliefen. Das man aber auch nicht ablehnen konnte. De Jong hatte gelernt, dass man hier auf Sizilien unter Herbst etwas völlig anderes verstand. Blauer Himmel, annehmbare Temperaturen und hin und wieder auffrischende Winde.

Jemand lehnte sich aus dem Fenster im ersten Stock. »Hey«, rief Rembert Kranich, »was meinst du, ob es noch warm genug zum Schwimmen ist?«

»Was fragst du mich? Komm runter und finde es selbst heraus!«

De Jong hatte keine Ahnung, wie der Marxähnliche ihn ausfindig gemacht hatte. Jedenfalls hatte er vor etwa drei Wochen plötzlich auf der Schwelle gestanden – verzweifelt und wie ein ausgestoßener Hund. »Ich weiß einfach nicht mehr weiter«, hatte Kranich gesagt. »Du musst mir helfen. Kann ich bei dir übernachten?«

Schon bald hatte de Jong bereut, sich darauf eingelassen zu haben. Nicht nur, dass Kranich laut schnarchte und sogar die Singvögel draußen zum Verstummen brachte, das eigentlich Nervtötende war, dass er sich mit unaufhörlichen Selbstgesprächen im Kreis drehte und stets darauf bestand, sie in de Jongs Anwesenheit zu führen.

»Es tut so gut, jemanden zu haben, der einem zuhört«, hatte er versichert.

Er und Giulia hätten doch eine so gute Beziehung gehabt. Aber dann sei alles gekippt eines Tages, warum eigentlich, könne er gar nicht genau sagen. Aber da sei beispielsweise die Sache mit dem Lachanfall gewesen. Während sie Sex hatten, erlitt er einen Anfall, der fast die ganze Nacht andauerte. Giulia fand das zuerst komisch, dann überhaupt nicht mehr und musste am Ende noch den Notarzt rufen. »Na ja, irgendwie haben wir später versucht, das aufzuarbeiten«, erzählte Rembert, »aber die Sache steht bis heute zwischen uns. Eines Tages fing sie aus heiterem Himmel damit an, dass sie etwas Zeit brauche. Ich sag dir, wenn Frauen damit anfangen, dass sie Zeit brauchen, ist der Ofen aus.«

De Jong hatte ihm Meditation empfohlen, aber davon wollte der Marxähnliche nichts wissen. »Komm mir nicht damit«, hatte er geknurrt. »Ich hab mein ganzes Leben lang meditiert, und was hat es mir gebracht?«

Das Haus, in dem sie momentan zu zweit lebten, war über hundert Jahre alt und ehemals eine Dorfschule gewesen. Es befand sich etwas oberhalb von Monreale, einem kleinen Ort in den Hügeln oberhalb der Millionenstadt Palermo. Das Städtchen war malerisch, aber nicht gerade beschaulich, dazu kamen zu viele Touristen her. Weiter oberhalb gab es nur noch steinige Abhänge, Ziegen und Olivenplantagen. Und Millionen von Zikaden.

Hier hatte de Jong eine ganz neue Form der Meditation erlernt. Sie besaß ihre spezielle Dramaturgie: Man sitzt in einem mediterranen Garten, beobachtet die Olivenbäume, deren silbrig grüne Blätter sich im Wind sanft hin und her bewegen. Man hört das unablässige Zirpen der Grillen. Selbst tut man nichts, außer ab und zu in den azurblauen Himmel zu schauen, gegen die Sonne zu blinzeln, um sich ins Gedächtnis zu rufen, dass die Welt eines Tages untergehen mag, dem sizilianischen Sommer aber nichts anhaben wird. Man sitzt und sitzt. Es ist so, als würde die Zeit stillstehen. Aber das täuscht. Ein bisschen passiert natürlich immer.

Immerhin war es ihm gelungen, seinen Dauergast dazu zu bewegen, weiter an der Übersetzung der Weltliteratur in Polingua zu arbeiten, das lenkte ihn etwas ab. So hatte sich Kranich in ein Arbeitstier verwandelt, während de Jong über das Nichtstun als Quelle geistiger und spiritueller Kraft nachdachte. Nichts anderes war ja die Meditation. Aber man nannte es natürlich nicht so. Nichtstun hatte auf dieser Welt keinen guten Klang. Wer nichts tat, war ein Verweigerer, mehr noch, ein Verräter an der kosmologisch vorgegebenen Ordnung der Vergleichbarkeit aller Menschen und Dinge, des ewigen Besser oder Schlechter, Mehr oder Weniger, Größer oder Kleiner. Wer sich nicht vergleichen ließ, war niemand, er existierte nicht. Noch unter dem Kriminellen stand er, denn dieser tat wenigstens etwas, eben das Falsche zwar, aber er leistete etwas in einer Welt, die in Leistung jeder erdenklichen Art vernarrt war und ohne Mord und Totschlag auch gar nicht da gewesen wäre, wo sie sich heute befand.

De Jong malte sich jedenfalls oft aus, wie es eines Tages sein würde, an jenem berühmten Tag, an welchem er seinem Schöpfer gegenüberstand. Hatte sich seine Antworten schon überlegt. Der Schöpfer würde fragen: Na, dann zeig mal, was du so vorzuweisen hast. Was hast du in deinem langen Leben so getan? Dann würde er einfach antworten: gar nichts. Und wenn Gott der Herr daraufhin sagen würde: Tja, dann tut es mir leid, aber für nichts gibt's nun mal auch nichts, dann würde de Jong sagen: Hab ich's mir doch gedacht, dass der Laden hier oben genauso bescheuert läuft wie da unten.

Auch mit den Fruchtfliegen hatte er sich arrangiert. Wenn er ehrlich war, hatte ihm der Spruch mit der Seele zu denken gegeben. Fruchtfliegen gab es reichlich, aber es hatte keine Sinn, sie zu bekämpfen, denn sie waren in der Überzahl. Abgesehen davon konnte man mit ihnen auskommen.

Genau an diesem Herbsttag, der für einen niederrheinisch-westfälisch geprägten Nordeuropäer eigentlich nichts von Herbst hatte, rief sie an. Sprichwörtlich aus heiterem Himmel.

»Ich bin's«, sagte sie.

»Weiß ich doch.«

»Ich hab gehört, dass du jetzt umgezogen bist.«

»Von wem?«

»Steht dein Angebot noch, Niklas?«

»Welches meinst du?«

»Dass ich dich besuchen soll.«

»Jederzeit, Giulia. Wenn du willst, kannst du auch länger bleiben. Ich sage dir, es ist traumhaft hier.«

»Vielleicht komme ich wirklich.«

»Es ist am Mittelmeer. Hatte ich dir schon gesagt, dass ich damals falsch lag? Ich weiß nicht, wie viele Tage in dieser Sonne ich verpasst habe. Und du mit mir.«

»So ist das Leben. Man verpasst eine Menge.«

»Wahrscheinlich. Also was ist: Kommst du?«

»Ich weiß nicht, Niklas. Ja, vielleicht komme ich. Wenn es dir nichts ausmacht.«

Nachdem er aufgelegt hatte, atmete er auf, wie er schon lange nicht mehr ausgeatmet hatte. Um ihn herum zirpten die Grillen, weit weg, unten in der Stadt, hupten Autos.

Er brauchte jetzt nur noch zu warten. Ein, zwei Tage, dann würde sie hier sein. Alles war perfekt.

Warum es also nicht einfach mal versuchen? Niemand beobachtete ihn, Rembert Kranich hatte sich eben erst, den Sonnenschirm unter dem Arm, hinunter zum steinigen Strand aufgemacht.

De Jong stand auf, schob den Stuhl beiseite und ging bis ans Ende der Terrasse, von wo aus man die ganze Ebene überblicken konnte. Über Palermo flimmerte die Sonne, da unten herrschte die Siesta. Es roch nach Oregano und noch etwas anderem, etwas Würzigem, das er nicht entziffern konnte. Wein vielleicht. Aber konnte die Luft nach Wein riechen?

»Verweile doch«, sagte er zu dem Augenblick. Seine Stimme ging unter im lauten Zirpen der Zikaden. Also räusperte er sich und sprach etwas lauter. »Verweile doch, du bist so schön ...«